Als Maria in Dublin die Liebe fand

Von Emma Donoghue ebenfalls
bei Krug & Schadenberg erschienen:
Zarte Landung

Dieses Buch ist auch als eBook erhältlich.

Verlag Krug & Schadenberg, Hauptstr. 8, 10827 Berlin
Tel. (030) 61 62 57 52, info@krugschadenberg.de
www.krugschadenberg.de

Emma Donoghue

Als Maria in Dublin die Liebe fand

Roman

Aus dem Englischen von
Gabriele Weber-Jaric

Krug & Schadenberg

Ich danke Siobhan Harding, Daniel Levine, Una Ní Dhubhghaill, Lene Rubenstein, Margaret Lonergan, Jenna Roberts, Cris Townley, Debra Westgate, meiner Agentin Caroline Davidson und meiner Lektorin Alexandra Pringle für ihre konstruktive Kritik.

Dieses Buch ist für Anne.

KAPITEL 1

»2 ♀♀ SUCHEN MITBEWOHNERIN!« Zwei Fitzel Kreppband fixierten die Karte am Schwarzen Brett. »EIGENES ZIMMER. *Wow!* BIGOTTERIE UNERWÜNSCHT.«

Der Text war mit roter Tinte geschrieben, außer dem *Wow!*, das jemand dazugekritzelt hatte. Irgendein Daumen hatte die obere Hälfte der 2 verschmiert, so dass sie jetzt wie ein Schwan aussah, der seinen Schnabel hoch in den Wind reckte. Maria kramte nach einem Kuli.

Sie schrieb die Anzeige auf die erste Seite ihres Notizblocks ab, der, wie sie leicht verärgert feststellte, so leer und jungfräulich aussah wie die Hausaufgabenhefte, die die Nonnen am ersten Schultag immer verkauft hatten. Sie unterschlängelte die Telefonnummer. Wahrscheinlich wohnte in der Zwischenzeit schon jemand in dem Zimmer, denn die beiden oberen Kartenecken hatten bereits Eselsohren. Trotzdem, einen Versuch war es wert. Es war besser als alle anderen Angebote. Maria war nicht sicher, wie lange sie es noch mit der Tante und deren Fußbänkchen aushalten würde.

Ihr Blick glitt über das Anschlagbrett mit den abblätternden Zetteln, auf denen alles Mögliche angeboten wurde von »Nachhilfe in fließendem Angelsächsisch« bis »Verkaufe garantiert sicheres Fahrradschloss«. Von den Mietangeboten klang eines so trist wie das andere. »S. niedr.

Miete« bedeutete mit Sicherheit ein Loch und »informelle Atmo« Blauschimmel im Brotschrank.

Maria steckte den Kuli in ihre Blusentasche zurück und lehnte sich gegen die Säule mit den Flugblättern. Sie faltete die Hände locker über dem Notizblock und hielt ihn gegen den Bauch gedrückt. Ihre Mundwinkel hoben sich ein wenig – gerade so viel, als ob sie auf jemanden warten würde, hoffte sie, aber nicht so, dass es albern aussah. Sie presste den Notizblock fester an sich und fühlte sich so wohl wie in einer alten Rüstung. Mit gesenktem Blick beobachtete sie die Menge, die in der Mensa jeden Tisch und Stuhl in Beschlag nahm.

Ein paar Typen in schwarzem Leder traten gegen einen Kaffeeautomaten. Sie sah schnell weg, damit nicht einer von ihnen einen Spruch auf sie losließ, auf den ihr keine Antwort einfallen würde. Durch die Schmutzschicht auf dem Fenster fiel ihr Blick auf eine silbrige Fläche. In der Collegebroschüre hatte der See um einiges blauer ausgesehen. Ihr Griff um den Notizblock war zu fest, sie lockerte die Finger und stellte sich vor, sie wäre ein Seehecht. Dick und stoisch würde sie geheime Öldosenlager untersuchen, schwarze Aststücke, eine gesunkene Sandale, die grün vor sich hin schimmelte. Ein großer geduldiger Fisch, der auf den Sommer wartet, wenn der erste nichtsahnende Zeh nur wenige Zentimeter vor seinem zuschnappenden Maul entfernt eintaucht. Maria unterdrückte ein Lächeln.

Sie beugte die Knie und ließ sich hinabgleiten, bis sie auf der obersten Stufe saß. Irgendetwas kitzelte sie am Hals, und sie wich abrupt aus, aber es war nur die abstehende

Ecke eines der orangefarbenen Plakate für den Erstsemesterball. Über ihre Schulter hinweg las sie die Einzelheiten und registrierte, dass in »Kommittee« ein paar Konsonanten zu viel untergebracht waren. Dann befahl sie sich, nicht gleich am ersten Tag so verdammt negativ zu sein, und wandte den Kopf wieder nach vorn. In einer entfernten Ecke, unter dem mit braunen Spritzern übersäten Wandgemälde von Mutter Irland, entdeckte sie einen flüchtigen Bekannten aus ihrem Heimatort. Seine Cordhosenknie waren bis unters Kinn hochgezogen, ein Flugblatt der Ökologiegruppe verbarrikadierte das Gesicht. Nein, sie würde nicht hingehen und hallo sagen – so verzweifelt war sie nicht.

Trigonometrie war ein stickiges Mauseloch im vierten Stock. Sie zählte vierundzwanzig Köpfe und zwängte sich zaghaft in die letzte Reihe. Das Mädchen neben ihr schien zu schlafen, das gesträhnte Haar hing ihr wie Efeu ums Gesicht. Maria spürte die Wärme, die von der weichgepolsterten Hüfte ausging. Als der Tutor ihre Namen abfragte, ging eine Art Rucken durch die Bank, und der Kopf des Mädchens flog hoch.

Maria las sich den Anzeigentext noch einmal durch; sie spürte, wie ihr Mund vor Unschlüssigkeit erschlaffte. Als die Namensliste rundging, versetzte sie ihrer Nachbarin einen behutsamen Stoß und hielt ihr den Notizblock hin. »Entschuldigung, aber weißt du vielleicht, was diese kleinen Zeichen hier bedeuten?«

Rosafarbene Fingernägel kaschierten ein kurzes Gähnen. »Das bedeutet einfach Frauen«, murmelte das Mädchen. »Irgendwie feministisch, kenn man ja, die Sorte.«

Ihr Blick wurde forschend. Maria flüsterte: »Vielen Dank« und senkte den Kopf. Sie war weit davon entfernt, »diese Sorte zu kennen«. In der Bücherei ihres Heimatortes hatte sie *Der weibliche Eunuch* entdeckt, eine zerfledderte Ausgabe, in die die verrückte Nelly Anmerkungen auf die Seitenränder gekritzelt hatte. Es hatte ihr sehr gut gefallen – ganz besonders die Stellen, die Nelly unterschlängelt hatte –, aber sie konnte sich keine Mitbewohnerinnen vorstellen, die den ganzen Tag lang daraus zitierten. Aber letztlich, sagte sich Maria, als der Kurs sich zum Ende hinschleppte, war sie nicht hier, um Vertrautes zu finden. Wenn Dublin sich also merkwürdig anfühlte – so windig, überall leere Chipstüten, niemals still –, dann war je merkwürdiger, umso besser.

Es war fünf nach zwölf, als sie an den vielen Ellbogen vorbei aus dem Raum schlüpfen konnte. Eine Gruppe Dozentinnen und Dozenten kam aus deren Aufenthaltsraum hinter ihr, ihre anglophile Art, die Wörter auszusprechen, hallte durch den Flur. Maria eilte die Treppenstufen hinunter auf der Suche nach einem Telefon. Als sie ihr Spiegelbild in einem der verschmutzten Treppenhausfenster erblickte, blieb sie stehen, um die Schulterpolster ihrer schwarzen Jacke zurechtzurücken. Diese verdammten Dinger – sie sollten ihr einen Ausdruck von Selbstbewusstsein verleihen, stattdessen machten sie ihr einen Buckel. Sie fuhr mit den Fingern durch ihren Pony und reckte ihr spitzes Kinn energisch vor.

»Huhuu, Maria!«

Sie ignorierte den Ruf, denn hier kannte niemand ihren Namen.

Der Ruf wurde schriller. Sie spähte unter dem Geländer durch und sah, dass die gesträhnte Blonde aus dem Tutorium ihr aus einem Wirrwarr von Trenchcoats heraus zuwinkte. Um zu ihr zu gelangen, musste sie sich zwischen einer abstrakten Bronzefigur und dem Pappdolmen der Archäologiegruppe hindurchzwängen.

»Du heißt doch Maria, nicht wahr?« Sie trug eine Anstecknadel aus Emaille, auf der *Material Girl* stand.

»Ja, aber es spricht sich nicht ›Mar-eia«, sondern ›Mar-ia‹, mit einem spitzen ›i‹«, erklärte sie.

Die Stimme ergoss sich weiter. »Spitz? Wie schrecklich. Ich schmeiße Mathe übrigens gleich wieder. Das Leben ist zu kurz. Ich habe gehört, wie der Trigonometrie-Typ deinen Namen aufgerufen hat, und gedacht, also die sieht so aus, als wüsste sie, wovon der da quasselt, was mehr ist, als man von mir behaupten kann.«

»Mir gefällt Mathe irgendwie«, sagte Maria zögernd.

»Pervers.« Ihr Blick schweifte ab zu einem Flecken auf ihrer blassrosa Hose, und sie kratzte mit einem Fingernagel daran herum. »Ich persönlich wechsele zu Philosophie. Ich habe gehört, dass man dort die Prüfung in jedem Fall besteht.« Sie schaute auf. »Oh, ich heiße Yvonne, hatte ich das schon gesagt? Tut mir leid, ich hätte mich vorstellen sollen.«

Maria verzog das Gesicht zu ihrem ersten Grinsen an diesem Tag. Weil sie nicht wollte, dass es auch nur eine Sekunde zu lang anhielt, sah sie weg und sagte, dass sie auf der Suche nach einem Telefon sei.

»Drüben in der Ecke, hinter dem Raum der Studentengemeinde. Ist es wegen der WG?«

»Ja – vielleicht.« Zu defensiv. »Ich habe mich noch nicht endgültig entschieden.«

»Ich persönlich«, vertraute Yvonne ihr an, »hätte kein Vertrauen zu irgendetwas, das auf einem Aushang in diesem versifften Studentenwerk angepriesen wird. Eine Kusine von mir hat eine sehr schlechte Erfahrung mit einem gebrauchten Mikrowellenherd gemacht.«

Maria schürzte die Lippen. »Was hat er ihr denn angetan?«

»Das weiß ich auch nicht so genau«, gab Yvonne zu. »Also, hör zu, wenn die Frauenbewegten dir nicht liegen ... Ich habe einen Onkel, der wirklich sehr schöne Wohnungen vermietet, richtige Apartments, gleich hinter Dublin 4 ...«

»Nun, ich suche eher etwas Preiswertes«, sagte Maria. »Ich muss sehen, dass ich mit meinem Geld auskomme.«

Yvonne nickte, ihre Ohrringe hüpften auf und ab. »O Gott, ich weiß, wovon du redest, wo geht das nur immer hin? Ich bin bei meiner Mum schon bis über beide Ohren wegen des Ballkleids verschuldet. Wie sollen wir das bloß bis Weihnachten durchhalten, Maria, kannst du mir das mal sagen?«

»Ja.«

»Ähm, hallo, Entschuldigung, ist das 036942?«

»Soviel ich weiß.«

»Oh. Also, es ist wegen eurem Aushang.«

»Unserem was?«

»Wart ihr das nicht?«

»Nicht dass ich wüsste.«

»Eure Anzeige. Eurem Aushang am Schwarzen Brett im Studentenwerk.«

»Ich hab keine Ahnung, wovon du redest.«

»Aber – tut mir leid, ich habe ihn dort erst heute Morgen gesehen.«

»Was stand denn da?«

»Also, es fängt mit einer ›zwei‹ an, dann so eine Art Symbol oder so was ...«

»Bleib dran. Ruth? Ruth, stell den verdammten Fön ab! Sag mal, offerierst du unsere Dienste seit Neuestem im Studentenwerk? Was? Nein, ich bin nicht begriffsstutzig. Oh, die Wohnung, okay, warum hast du mir denn nichts gesagt? – Du da, bist du noch dran? Ich erfahre hier nie etwas.«

»Ich hatte nur gedacht, vielleicht könnte ich vorbeikommen und mir das Zimmer mal ansehen, falls es euch recht ist. Es sei denn, ihr habt schon jemanden.«

»Was weiß ich – womöglich hat sie das ganze Gebäude schon an die Zeugen Jehovas untervermietet.«

»Vielleicht sollte ich später noch mal anrufen.«

»Nein, ist schon in Ordnung. Warum kommst du nicht auf einen Happen vorbei?«

»Heute noch?«

»Wir sterben doch morgen.«

»Ihr macht was?«

»Nutze den Tag, *denn morgen sterben wir.* Entschuldige, ich spiel mich nur auf. Komm so gegen acht.«

»Wirklich? Das wäre super. Bis dann.«

»Warte doch, wie heißt du überhaupt? Ich frage nur, damit wir nicht irgendeine Fremde, die hier reinschneit, zum Abendessen einladen.«

»Entschuldigung. Ich heiße Maria.«

»Also, ich bin Jael. Übrigens, stand unsere Adresse in der Anzeige?«

»Ich glaube nicht, nein.«

»Dann gebe ich sie dir vielleicht besser, es sei denn, du verlässt dich lieber auf deine Phantasie.«

»Sag mal, machst du dich irgendwie über mich lustig?«

»Darauf kannst du deinen Hintern verwetten. Okay, also jetzt mal im Ernst, Leute – es ist Beldam Square 69, oberstes Stockwerk. Du nimmst den Bus Nummer sieben ab Universität und sagst dem Schaffner, er soll dich hinter der Kirche ›Zu den kleinen Schwestern der Armen‹ rauslassen. Okay?«

»Ich denke schon.«

»Und sei hungrig.«

Sie liebte die Doppeldeckerbusse, jeden einzelnen dieser letzten schwerfälligen Ungeheuer. Einmal zu Weihnachten hatte ihre Mam mit ihnen einen Ausflug nach Dublin gemacht. Maria war noch klein gewesen, sieben oder so, aber sie hatte die Hand ihrer Mutter auf der halben Wendeltreppe des Busses losgelassen und war zu der vordersten Reihe gerannt. Sie hatte so getan, als hätte sie ein riesiges Lenkrad zwischen den Fäustlingen, und hatte jede Kurve genommen, wobei sie verächtliche Blicke auf die Radfahrenden warf, die im Busschatten verschwanden, als hätte die Erde sie verschluckt. Als sie durch die O'Connell Street bretterte, dunkelte der Nachmittag bereits, und als der Bus in der Henry Street hielt, musste man sie mit Gewalt losreißen. Resigniert war sie den Blockabsätzen ihrer Mutter in die Menge gefolgt. Als sie über die Schulter hinweg zurückgeblickt hatte, sah sie, wie in der ganzen Straße die Weihnachtslichter angingen, weiße Birnchen an einem Baum nach dem anderen, die gemeinsam den Himmel marineblau färbten. Maria hatte ihre Mutter fragen wollen, wieso Licht die Dinge dunkler machte, aber dann waren sie schon in der Moore Street gewesen, und ihre Stimme war untergegangen in den gellenden Rufen: *Ge-schenk-pa-pierl Fünf Bogen zwanzig Pence!*

Dies hier war nicht dieselbe Strecke, sondern eine sehr viel ruhigere Fahrt, aber vielleicht hatten die zehn Jahre seither lediglich ihre Wahrnehmungsfähigkeit beeinträchtigt. Der Bus tuckerte um georgianische Plätze herum, vorbei an abwesend wirkenden Bürofenstern. Es war kurz nach halb acht und keine Seele mehr zu sehen; nur hier und da ein Zeitungsladen an einer Straßenecke, aus dem noch Licht strömte. Maria stieg an der richtigen Haltestelle aus, aber weil sie Angst hatte, zu früh zu sein, wanderte sie zu dem letzten Laden zurück und trödelte zwanzig Minuten lang bei den Zeitungen herum. Die junge Frau hinter dem Verkaufstresen hatte einen hohl klingenden Husten – bei jedem Anfall krümmte sie sich auf ihrem hohen Hocker zusammen. Nach einer Weile begann Maria sich unbehaglich zu fühlen und kaufte eine Ausgabe von *Her* und eine Tüte Chips.

Sie leckte sich das Salz von den Fingern, als sie an der dritten Ecke des Beldam Square vorbeiging. Die Nummer

69 grenzte direkt an eine kleine Straße, die Ziffern waren in das Oberlicht eingraviert. Maria klopfte zweimal an die Seitentür mit dem abblätternden Lack, bis sie merkte, dass diese nur eingeklinkt war. Drinnen tastete sie nach dem Lichtschalter. Drei Meter über ihr ging eine Lampe an, rund und perlmuttfarben wie die bei ihrem Zahnarzt, auf die sie sich beim Bohren konzentrierte. Als sie die erste teppichbelegte Treppe halb hinauf war, fiel ihr das zusammengerollte Hochglanzmagazin unter ihrem Arm wieder ein. Sie zog es hervor und überflog die Titelseite. »Bereitet Ihr Chef Ihnen Kummer?« – das war in Ordnung, und selbst die glühendste Feministin konnte nichts gegen »Mit Brustkrebs leben« einwenden. Zweifel kamen ihr allerdings bei »Warum nette Männer nicht sexy sind«, und als ihr Blick auf »Zu Weihnachten – runter mit dem Speck« fiel, rollte sie die Zeitschrift wieder zusammen und ließ sie unten auf der Treppe liegen. Sie konnte sie ja auf dem Rückweg wieder einsammeln. Vielleicht mochte sie die beiden gar nicht.

Von einer Stufe zur nächsten stand Maria im Dunkeln. Das verdammte Licht hatte einen Zeitschalter. Mit ausgestrecktem Arm griff sie nach dem Geländer, eine kalte Schlange aus Holz, die ihre Hand nach oben zog. Noch war nichts von gekochten Linsen zu riechen, dachte sie, als sie um eine Biege geführt wurde und dann eine weitere Treppe hinauf. Wie viele Feministinnen braucht man, um eine Glühbirne in die Fassung einzuschrauben? Eine, die die Birne einschraubt, eine, die die Linsensuppe rührt, und eine, die sich über das Wort »einschrauben« aufregt. Ihr frecher kleiner Bruder hatte das einmal gesagt, als sie sich eines Abends über einen sexistischen Beitrag im Fernsehen beschwert hatte. Sie hatte ihm dafür später eines mit dem Geschirrtuch übergezogen.

Ein grauer Lichtstreifen zerteilte die obersten Treppenstufen. Die nackte, unlackierte Tür stand eine Handbreit offen. Maria beobachtete, wie sie sich im Luftzug leicht bewegte. Sie knöpfte ihre Jacke zu und wieder auf. Der Geruch von Knoblauch war verlockend. Ihr erstes Pochen war kaum zu hören. Sie fasste sich ein Herz und bummerte gegen das Holz.

»Hi, Moment – das Essen brennt an!«, schrie es von drinnen. Eine lange Pause. »Ich meine, du kannst natürlich reinkommen.«

Maria stand im Dämmerlicht eines Flurs und ertastete eine halbe Erdnuss tief in der Tasche ihrer Jeans, als eine Frau sich mit dem Ellbogen den Weg durch einen Perlenvorhang bahnte. Sie stopfte ein paar Haarsträhnen unter eine schwarze Kappe und lächelte warm und herzlich. »Ich bin Ruth – die andere.« Sie hielt die Perlen beiseite und ließ Maria eintreten. Sie wies auf ein Sofa, über das eine Decke mit Schottenmuster geworfen war, und murmelte: »Setz dich. Ich muss eben ein Wörtchen mit unserem Wok reden. O Göttin, was für ein Chaos.«

Maria räusperte sich. »Halb so schlimm«, erklärte sie und suchte sich auf dem Sofa einen Platz zwischen einem Wörterbuch und einem Körbchen voller Brombeeren.

»Weißt du, ich wollte eigentlich früh nach Hause kommen, Ordnung schaffen und die vollendete Gastgeberin spielen, aber erst stand ich in der Schlange am Kopierer in der Bibliothek, und dann ist meine Uhr stehengeblieben – jedenfalls bin ich gerade erst heimgekommen.« Ruth wandte sich wieder dem Wok zu und rüttelte ihn so heftig hin und her, dass der Einsatz schepperte. »Und diese verdammten Zwiebeln bleiben an der nichthaftenden Oberfläche haften.«

Maria sah ihr zu, wie sie sich geschickt zwischen Herd und Tisch hin- und herbewegte und Steingutteller und Weingläser herbeischaffte. Aus dem Spülbecken holte sie ein Bündel nasser Zweige, stellte sie in eine leere Milchflasche und platzierte sie großartig mitten auf den Tisch. Maria wartete darauf, dass ein Tropfen Wasser von einer der rostfarbenen Blattspitzen auf die Holzfläche fallen würde.

Ruth ließ sich auf das Sofa sinken. Sie richtete den Blick auf ihre übergroße schwarze Armbanduhr und schaute dann wieder hoch. Ihre Augen waren wachsam und schokoladenbraun. »Typisch, ich reiße mir ein Bein aus, um alles zu zehn nach fertigzubekommen, und die Gnädige ist noch nicht da.«

»Übrigens, was ich fragen wollte, schreibt man es mit Y?«

»Schreibt man was mit Y?«

»Den Namen. Wie in Yale-Schloss.«

»Nein, nein mit J. Jael aus dem Buch der Richter. In der Bibel, weißt du? Entschuldige, ich sollte das nicht voraussetzen. Jedenfalls, diese Jael tötete den feindlichen Feldherrn, indem sie ihm mit dem Schmiedehammer einen Zeltpflock durch die Schläfe trieb, wenn ich mich recht entsinne.«

»Oh.« Nach einer kurzen Pause fragte Maria weiter: »Studiert sie auch?«

Ruths Ausatmen verwandelte sich in ein Gähnen, bevor sie antwortete. »Langfristig gesehen ja, obwohl sie jetzt gerade wahrscheinlich in der Stadt herumstreicht, lilafarbene Socken kauft und Cappuccino trinkt.« Sie lehnte sich in die Kissen zurück und rollte den Kopf hin und her.

»Macht sie das oft?«

»Alle paar Wochen. Manchmal sind es Schnürsenkel statt der Socken. Es sind ihre Hormone, weißt du?«

Sie fingen an zu kichern, als die Eingangstür aufflog und Schritte durch den Flur polterten.

Ruth öffnete den Mund in ihrem schmalen Gesicht. »Jaelo«, sang sie. »Komm her und unterhalte unseren Gast.«

Pause – dann schob sich ein blasses, sommersprossiges Gesicht durch den Perlenvorhang. Sehr groß, sehr rotes Haar. Ein beunruhigendes Lachen, als sie ihre Plastiktüten auf das Sofa schmiss, wobei sie die Brombeeren nur knapp verfehlte. »Hallo du, neue Person, ich hatte dich vollkommen vergessen. Maria, nicht wahr?«

»Ja, aber mit einem spitzen ›i‹ – Mar-i-a«, erklärte sie. »Eigentlich ist es nicht so wichtig, weil die meisten es ohnehin falsch aussprechen.« O Gott, sie hörte sich wirklich an wie siebzehn.

»Hast du dir das absichtlich so ausgesucht, damit es sich auf Paria reimt?«, fragte Jael, und ihr Stuhl scharrte über die nackten Fußbodendielen.

»Ähm, nein, eher nicht.« Los, kneif jetzt nicht. »Was bedeutet das eigentlich?«

Mit dem Schnürriemen ihres Stiefels beschäftigt, hielt Jael inne, den Fuß in der Luft. »Weißt du, genau kann ich dir das auch nicht sagen. Jemand, der irgendwie abweicht. Es ist eines dieser Wörter, mit denen man ständig um sich schmeißt, bis jemand fragt, was es heißt, und dann merkt man, dass man die ganze Zeit über Scheiße geredet hat.«

Maria räusperte sich.

»Ausgestoßener«, murmelte Ruth, als sie den Wok zum Tisch brachte, das Gesicht wegen des Dampfes abgewandt. »Der Paria befindet sich auf der untersten Stufe des indischen Kastensystems.«

»Und die Allwissende auf der zweituntersten.« Jael schob die Hand in einen Topfhandschuh, der wie ein Krokodil aussah, und machte einen Satz auf Ruth zu, die ihr jedoch geschickt auswich.

Die nächstbeste Sitzgelegenheit war von einem Fuß in einem roten Strumpf besetzt. »Tut mir leid, Maria, aber meine Größe zehn braucht einen eigenen Thron. Setz dich da hin, ans Kopfende des Tisches«, kommandierte Jael. »Aber lehn dich besser nicht zu weit zurück, sonst bricht der Stuhl auseinander.«

Sie setzte sich zurecht und probierte einen der Pilze.

»Kümmere dich einfach nicht um diese Frau«, sagte Ruth, rollte die Ärmel ihres Jeanshemdes herunter und reichte den Korb mit dem Knoblauchbrot herum. »Sie hat ihn im letzten Sommer selber kaputtgemacht, als wir ein paar Leute zum Essen hier hatten und es mitten in ihrem improvisierten Gitarrenvortrag mit ihr durchging.«

»Alle meine Gitarrenvorträge sind improvisiert«, sagte Jael in bekümmertem Ton. Sie zerrte den Korkenzieher aus der Flasche und beugte sich zu Maria vor.

Automatisch bedeckte diese das Glas mit der Hand. »Nicht für mich, danke.«

Jael ließ den Wein durch Marias Finger sickern.

Sie riss die Hand weg. Rote Tropfen spritzten auf den Tisch, einer davon verlief sich in einer Ritze auf der Holzfläche. »Ich habe gesagt, ich –«

»Ich habe gehört, was du gesagt hast.« Das bauchige Glas war zu zwei Dritteln gefüllt. »Aber du kannst Ruths Kochkünste nicht beleidigen, indem du Wasser dazu trinkst, und schon gar nicht das verseuchte Leitungswasser von Dublin.«

Maria leckte sich die Finger der Reihe nach ab, während sich das Gespräch anderen Dingen zuwandte. Der Wein schmeckte so vollmundig wie der in den überteuerten Flaschen, die ihr Dad hinten im Laden für gelegentlich auftauchende Dubliner aufbewahrte, die auf dem Weg in ihr Ferienhaus waren. Sie machten häufig im Ortszentrum Rast, um sich die Füße zu vertreten und den Kofferraum mit Ingwerkuchen und Feueranzündern vollzupacken. Wie viele Jahre würde es wohl dauern, bis sie auch so eine Fremde geworden war? Sie griff nach dem Glas und trank einen geräuschlosen Schluck. Drei Jahre College, vorausgesetzt, sie hatte Glück und bestand gleich alles im ersten Anlauf. Dann irgendein Job, auf den ihre Statistikkurse sie in keiner Weise vorbereitet haben würden. Oder weitermachen bis zur Magisterprüfung in Kunstgeschichte. Dann Arbeitslosengeld und Kindern helfen, Wandgemälde auf baufällige Hausmauern zu malen. An welchem Tag, in welchem Monat im Laufe der Jahre würde sie feststellen, dass sie eine

Entwurzelte geworden war – ein kleiner Punkt innerhalb der sich ausbreitenden Stadtlandschaft? Ihr Dialekt wurde jetzt schon bröcklig. Der Abschiedsgruß für den Busfahrer an diesem Abend hatte Vokale enthalten, von deren Existenz sie bis vor kurzem überhaupt nichts gewusst hatte.

Da war etwas hinter Ruths sich essend bewegenden Kopf, das auf der Fensterscheibe schimmerte. Es sah aus wie ein Falke – oder ein Riesenschmetterling? Maria wollte die Diskussion nicht unterbrechen, in der es um die Zukunft oder Zukunftslosigkeit der irischen Sprache ging. Sie konnte sich die Fensterscheibe bei Tageslicht einmal genauer ansehen. Falls sie je bei Tageslicht hier wäre. Falls sie nicht noch heute Nacht den Zug nach Hause nähme und am Montag anfinge, im Laden die Kartoffeln zu sortieren. In dem kleinen Ort wussten die Leute wenigstens, wie man den Namen des anderen aussprach.

Als Maria sich den letzten Bissen des kälter werdenden Essens in den Mund geschoben hatte, prahlte Jael gerade mit ihrer zwanzig Jahre langen Erfahrung in Sachen gute Weine.

»Demnach hat man dir wohl schon als Baby Wein eingeflößt«, sagte Maria.

Jael machte große Augen und wandte sich an Ruth. »Soll das etwa heißen, dass du sie nicht gewarnt hast?«

Ruth starrte mit abwesendem Blick auf den Kühlschrank. »Ich wusste, dass ich die Bohnensprossen vergessen würde. Entschuldigung, vor was gewarnt?«

»Davor, dass wir alte Schachteln sind. Die von der üblen Sorte, die sich unter dem Euphemismus ›reife Studentinnen‹

verbergen.« Jael hob eine ihrer Locken hoch und deutete auf unsichtbare Krähenfüße um ihre Augen herum. »Deine entzückende Gastgeberin dort ist vierundzwanzig, und ich bin neunundzwanzig, auch wenn es mir schwerfällt, das zuzugeben.«

»Das kann doch wohl nicht sein.« Marias Augen wanderten von einer zur anderen. Sie trank noch einen Schluck Wein. »Keine von euch beiden sieht danach aus. Das heißt, du siehst nicht gerade jung aus, aber auch nicht wie fast schon dreißig.«

Jael stieß ein gackerndes Gelächter aus, wobei sie den letzten Pilz auf einer Gabel voll Broccoli balancierte. »Ich bewahre mir mein jugendliches Aussehen, indem ich nachts das Blut jungfräulicher Erstsemesterinnen trinke.«

»Du siehst viel älter aus als ich«, sagte Ruth nachdenklich. »Stimmt's, Maria?«

»Ich ergreife keine Partei, ich bin hier nur zu Besuch.«

Ruth griff an Jael vorbei nach dem Wein. »Wenn ihre Haare nicht rot wären, sähe man das Grau viel deutlicher. Und dann solltest du erst mal die Zellulitis an ihren Hüften sehen.«

Jael machte ein wütendes Gesicht und schnipste mit einer Erbse nach ihr. Ruth flüchtete zum Abwaschbecken und ließ den Wasserkessel volllaufen.

»Und was ist mit dir?«

Maria zuckte zusammen. Sie war darin vertieft gewesen, mit der Gabel in dem verschütteten Wein Kreise auf dem Tisch zu ziehen. »Was möchtest du wissen?«

»Na, das Übliche«, sagte Jael, zog den ausgefransten

bunten Pullover über den Kopf und warf ihn beiseite, wobei sie das Sofa knapp verfehlte. »Geburtsort, Studienfächer, Lebensdaten, schlechte Angewohnheiten, Ansichten über die Bedeutung des Lebens.«

Maria dachte nach. Die Gabel in ihrem Mund schmeckte nach Metall. »Ich lasse mich nicht gerne ausfragen«, sagte sie und lächelte ein wenig, um die Worte abzuschwächen.

War das Respekt in Jaels verschmitzten blauen Augen, oder wirkte sie eher amüsiert?

Sie schob den glasierten Kaffeebecher über den Tisch, um ihn sich aus der Kaffeekanne füllen zu lassen.

»Aber wie sollen wir denn dann herausfinden«, fuhr Jael fort, »ob du die notwendigen Voraussetzungen für eine gute Mitbewohnerin mitbringst?«

»Du musst raten.«

Ihre Mutter hätte ihr eines auf die Finger gegeben für derart schlechte Manieren, aber ihre Mutter war mehr als hundert Meilen entfernt. Und zu Hause gab es auch keine Kaffeesahne. Sie nahm das Kännchen aus Ruths ausgestreckter Hand entgegen. Ruths Blick ruhte auf ihr. »Sag uns zumindest eines: Wieso hast du auf unseren Aushang geantwortet? Ich könnte mir vorstellen, dass du Freunde von zu Hause hier hast, die mit dir an die Uni gekommen sind.«

»Oh, habe ich auch. Das heißt Schulfreunde, keine richtigen Freunde. Die meisten studieren Wirtschafts- oder Agrarwissenschaften. Sie sind nett und eigentlich ganz in Ordnung«, fügte sie unbehaglich hinzu. »Es ist nur so, dass ich nicht mehr so tun will, als wäre ich genauso nett.«

Ruth nickte. »Ich hatte früher auch Freunde, die ich lediglich als nett hätte bezeichnen können. Dafür ist das Leben zu kurz.«

»Außerdem«, fuhr Maria fort und trank einen großen Schluck von dem heißen Kaffee, »kann ich mir genau vorstellen, wie es wäre, wenn ich mir die Wohnung mit Schulfreundinnen teilen würde. Briefmarken ausborgen, BH-Größen vergleichen und so.«

Jael hustete so heftig, dass sie ihren Kaffeebecher absetzen musste. »So was gab es zu meiner Zeit noch nicht. Wir haben damals Stützkorsetts getragen.«

»Oh. Und außerdem«, sagte Maria und wandte sich wieder Ruth zu, »ist mir euer Aushang wegen dem ›Bigotterie unerwünscht‹ aufgefallen.«

Jael kicherte, über ihren Becher gebeugt. Maria hatte keine Ahnung warum.

»Das war meine Idee«, murmelte Ruth. »Es macht die Dinge einfacher.«

»Es war auffallend«, versicherte ihr Maria.

Ein neuerliches Prusten von Jael.

Hatte sie irgendwas Dummes gesagt? Merkte man ihr wieder an, wie jung sie noch war? Sie setzte schnell hinzu: »Ich war mal drei Wochen lang in der Gaeltacht in Mayo, um Irisch zu lernen, wo zwei Mädel für die Apartheid waren. Ich glaube nicht, dass ich es in einer Wohnung aushalten könnte, in der nicht alle grundsätzlich liberal sind.«

»Du wirst noch merken, dass wir Dublinerinnen im Großen und Ganzen sehr liberal sind«, sagte Jael und schob sich die unbändigen Locken aus der Stirn. »Leben, Freiheit und das Streben nach Guinness-Seligkeit.«

»Ich bin hier die Einzige, die aus Dublin ist«, sagte Ruth.

»Ah, Kildare ist nur ein County weit entfernt. Außerdem habe ich die Atmosphäre dieser Metropole schon seit geraumer Weile in mich aufgesogen. Ich bin jedenfalls genauso eine Dublinerin wie du aus deinem snobistischen Dubliner Süden.« Jael duckte sich, um dem Geschirrtuch zu entgehen. »Hör zu, warum zeigen wir dem Landmädchen hier nicht einfach mal unser entzückendes Domizil?«

Im Dämmerlicht des Flures erhaschte Maria einen Blick auf schwarzweiße Plakate mit Stadtlandschaften. Irgendetwas streifte an ihrem Ohr vorbei. Sie griff mit einer Hand danach und entdeckte einen über ihr hängenden Spinnenfarn. Die Spitzen fühlten sich scharf an. Bei ihr zu Hause hatten sie keine Pflanzen, ihr Dad meinte, dass er davon Heuschnupfen bekäme.

»Das Zimmer ist ein bisschen kahl, fürchte ich.« Ruths Stimme hallte durch den schmalen Flur. Als das Licht anging, blinzelte Maria und registrierte Wände in einem hellen Orangeton und feuerrot gestreifte Vorhänge.

»Wenn du die Farbe zu grauenhaft findest ... ich meine, wir hatten schon immer mal vor, das Zimmer zu streichen.«

»Sie ist sehr auffällig«, sagte Maria bedächtig.

»Ruthie, Babe!«, wurde von irgendwoher gerufen. »Ich springe rasch runter in den Schnapsladen. Hast du zufällig einen Zehner?«

Ruth kramte in den Taschen ihrer Jeans und ging hinaus.

Maria testete das Bett vorsichtig mit der Handfläche. Die nussfarbene Kommode wirkte altersschwach. Als sie die oberste Schublade aufzog, hielt sie plötzlich den schmiedeeisernen Griff in der Hand. Sie steckte ihn hastig wieder in die Halterung zurück und setzte sich auf den Bettrand.

Die Stimmen sickerten über den Flur zu ihr herüber. Sie überlegte, ob sie sich die Ohren zuhalten sollte, aber das wäre kindisch gewesen. Sie konzentrierte sich auf den alten Kalender, der an einem Nagel neben ihr an der Wand hing. *Irland – Königreich des Meeres* stand darauf. Auf dem Oktoberbild war ein Taschenkrebs abgebildet, der ihr mit einem Stück Seegras aufgeregt Zeichen zu geben schien.

»Jetzt ist sie weg.« Das war Jael, die Stimme rau.

Maria hielt den Atem an.

»Tatsächlich?«

»Ihr Flug ging heute Morgen um elf. Vielleicht hat sie ihn verpasst, aber das halte ich eher für unwahrscheinlich.«

»Gut.« Ruth wieder, zurückhaltend. »Ich hoffe, sie findet dann auch einen Job. In Dublin hatte sie ja kaum eine Chance.«

Jaels Stimme wurde wieder laut, als sie die Treppe hinunterpolterte. »Bis dann, meine Damen. Bleibt anständig.«

Durch das nackt wirkende Fenster strömte kalte Luft herein. Maria zog die Ärmel ihres Pullis bis über die Finger und stützte sich auf die Fensterbank. Ihr Atem bildete einen schimmernden Kondenskreis. Sie berührte die kühle Fläche mit dem kleinen Finger und malte ein kleines »m« in die Mitte. Als sie Schritte auf dem Flur hörte, hob sie die Hand, um das Zeichen wegzuwischen, doch dann griff sie stattdessen nach den Vorhängen und zog sie zu. Das Zimmer wirkte jetzt sicherer, aber auch kleiner. »Konnte nichts sehen außer Dächern«, erklärte sie Ruth.

»Ja, aber dieses Zimmer geht nach Westen – am späten Nachmittag ist es grandios. Komm, ich zeige dir den Rest.«

Es würde seltsam sein, so viele Treppen hoch zu wohnen, ohne Garten, in den man hinausspazieren konnte. Elegantes wie Schäbiges lebten in dieser Wohnung Seite an Seite. Sie verrenkte den Hals, um den Stuck um die nackte Glühbirne an der Decke zu begutachten.

»Georgianisch«, erklärte Ruth. »Großartiges Oberlicht über der Eingangstür, hast du es gesehen? Drei Stockwerke dieses Gebäudes sind in den Fünfzigern in Büros umgewandelt worden, aber das Dachgeschoss hatte einen zu ungewöhnlichen Schnitt und kam nur als Wohnung in Frage. Im Winter beschissen zu heizen, aber ich liebe diese hohen Decken. Sie erheben den Geist, findest du nicht?«

Maria nickte hingerissen. Die höchste Decke, erinnerte sie sich, unter der sie jemals geschlafen hatte, war die in Onkel Malachys übelriechender Scheune, und zwar in jener Nacht, als man sie versehentlich ausgesperrt hatte. Sie hatte keinen Stein werfen wollen, um Mam nicht aufzuwecken, die nach der Operation immer noch schwach gewesen war. »Wer ist denn unter uns?«

»Es ist unwahrscheinlich, dass du ihnen je begegnest, sie benutzen den Vordereingang. Ein Vermessungsunternehmen, ein Optiker und ein Büro der Pfadfinderinnen. Im Souterrain ist noch etwas, das sich als Haarklinik ausgibt, aber wir haben den Verdacht, dass es sich um ein Bordell handelt. Gibt es in deinem Heimatort auch ein Bordell, Maria?«

»Nicht dass ich wüsste«, antwortete sie nach einem Moment der Verunsicherung. »Ich habe zwar mein ganzes Leben dort zugebracht, aber ich habe keine Ahnung. Es existieren Gerüchte über den protzigen Wagen vor Mrs. Keoghs Haus, aber ich wette, das ist nur wegen ihrer roten Haare.«

Ruth lachte verhalten. »Das muss ich Jael erzählen.«

Das Badezimmer war mit weißen Kacheln ausgestattet, sauber, aber hier und da waren die Kacheln gesprungen. Ruth öffnete den Wäscheschrank und rückte eines der gefalteten Handtücher zurecht. Als sie sich umdrehte, wirkte ihr Gesicht in dem kalten Neonlicht müde.

»Ich sollte lieber aufrichtig sein, Maria. Es könnte dir hier etwas abgeschieden vorkommen.«

»Abgeschieden? Inwiefern?«

Eine unbehagliche Pause. »Kommt drauf an, was du suchst.« Ruth beugte sich vor, um eine leere Shampooflasche aus der Wanne zu fischen. »Ich zum Beispiel bin nicht so furchtbar gesellig; ich mache meine Sachen an der Uni, Diskussionsrunden und so, aber wenn der Tag zu Ende ist, rolle ich mich am liebsten zusammen, lese ein Buch und trinke eine Tasse Tee.«

»Ich auch.«

»Tatsächlich?« Ruths Mund wurde weicher. »Du könntest etwas finden, das näher bei der Uni liegt, mit einer jüngeren Truppe, für das gleiche Geld. Andererseits kann das hier auch eine Art Zuhause sein. An guten Tagen.«

»Ich finde es sehr nett«, sagte Maria.

»Wirklich? Es hängt alles davon ab, wie ... Womit befasst du dich, Maria?«

»Kunst und Mathematik.«

Die Hände wedelten ihre Antwort beiseite. »Nein, ich meine, was machst du gerne?«

Sie saß auf dem Rand der Badewanne und ließ die Frage im Raum stehen. Ihr Blick fiel auf eine Meerjungfrau aus Keramik, in deren Busen alte Zahnbürsten steckten.

»Ich weiß, es ist total abgeschmackt«, sagte Ruth. »Ich habe alles versucht, aber Jael ist eben ein sturer Skorpion. Angeblich hat es für sie Erinnerungswert, weil ein alter Freund aus Dänemark es ihr geschenkt hat. Ich glaube allerdings, dass sie es nur behält, um mich zu ärgern.«

Maria zog den blonden Scheitel mit dem Finger nach. »Warum hast du sie denn noch nicht aus Versehen von der Fensterbank gestoßen?«

»Daran habe ich noch nie gedacht.« Ruths Gesicht zeigte einen gewissen Respekt. »Ich bin nicht sicher, ob ich es fertigbrächte. Was wäre, wenn es einem Passanten auf den Kopf fallen würde? Wenn du hier einziehst, dann schaffe ich es vielleicht.«

Maria fiel ein, dass sie sich noch beweisen musste. »Zu deiner Frage von vorhin – ich kann gar nicht wirklich sagen, was ich gern mache.«

»Ach, vergiss es – du magst ja keine Fragen.«

»Nein, das ist es nicht.« Ihre Finger blieben auf der kühlen Keramikfigur liegen. »Es ist bloß so, dass ich noch nie woanders gewohnt habe als zu Hause, und deshalb weiß ich nicht, wie das ist. Zu Hause zeichne ich und sehe mir Dokumentarfilme an, über Tiere in freier Wildbahn und so. Ich sitze rum und quatsche mit meiner Mam, während sie kocht, und ich passe auf, dass meine Brüder keine zerbrechlichen Gegenstände in die Finger kriegen.«

»So jemanden braucht man in jedem Haushalt.« Ruths Lächeln verschwand, als sie das Licht ausknipste. »Und das hier ist unser Zimmer.« Sie öffnete die Tür zu einem größeren dunklen Schlafzimmer, in dem etwas Rotes an der Wand hing. »Es liegt nach Norden, deshalb halten wir uns hier nicht viel auf.«

»Aber ihr habt ja noch nicht einmal richtige Betten!«, rief Maria. »Könntet ihr den Vermieter denn nicht fragen –«

»Wir mögen diesen Futon, wirklich. Für Jaels Rücken ist er bestens, und er bietet viel Platz.«

»Es kommt mir ein bisschen unfair vor, dass die, die hier neu einzieht, ein eigenes Zimmer bekommt.«

»Ach, mach dir darüber keine Sorgen«, sagte Ruth und beugte sich vor, um eine Ecke der Bettdecke glattzuzupfen. »Wir sind mittlerweile aneinander gewöhnt. Ich habe Jael beigebracht, nicht zu schnarchen.«

Am Ende ihrer Runde durch die Wohnung bemerkte Maria eine Motte, die gegen die Decke flatterte. Sie schaute nach oben und entdeckte eine Dachluke. »Kann man auf das Dach gehen? Der Blick über Dublin ist bestimmt großartig.«

»Ehrlich gesagt, ich habe es noch nie versucht.«

»Schade«, sagte Maria und bereute ihren Überschwang.

»Aber ich werde den Vermieter fragen«, setzte Ruth hinzu und stieß eine störrische Tür vor einem Stapel Decken zu. »Obwohl uns dieser geldgierige Kerl bestimmt gleich einen Fünfer auf die Miete draufschlägt für ›die Benutzung der Dachterrasse‹.« Ihre Finger glitten zum Lichtschalter, und dann standen sie im Dunkeln.

Maria rührte sich nicht. Kleinanzeigen – damit lockten Psychopathen die Opfer in ihre Wohnungen.

»Sieh mal«, sagte Ruth.

»Was denn?«

»Da oben. Haben deine Augen sich schon an die Dunkelheit gewöhnt?« Ruths Finger deuteten direkt auf die Dachluke. »Das da müssen die Sieben Schwestern sein.«

»Ich hätte nie geglaubt, dass man in Dublin Sterne sieht. Ich meine, bei dem Smog und so.« Sie schaute mit offenem Mund nach oben.

Die Wohnungstür flog auf.

»Was für Spielchen treibt ihr denn da im Dunkeln?«, fragte Jael, als sie ihr über den Flur entgegenkamen, um ihr die aufplatzenden Tüten abzunehmen. »Hey«, fuhr sie fort, »irgendeine gute Fee hat mir die neueste Ausgabe von *Her* auf die Treppe gelegt, und darin sind zwanzig Superseiten mit Dessous. Ich habe allerdings so einen Verdacht«, fuhr sie fort und wedelte mit einer Weinflasche vor Ruths Nase herum.

»Sie gehört mir.« Marias Gesicht brannte. »Sie muss mir runtergefallen sein, ohne dass ich es gemerkt habe.«

»Oh, wie schade.«

»Nein, nein, behalt sie ruhig. Ich habe sie schon gelesen. Im Bus«, beharrte sie. »Apropos, ich muss jetzt gehen, sonst verständigt meine Tante die Polizei.«

Nachdem sie sich verabschiedet hatte, knipsten sie das Licht im Treppenhaus für sie an. Sie würden anrufen. Maria würde auf sich aufpassen. Als sie auf dem untersten Treppenabsatz angekommen war, hörte sie, wie eine von beiden anfing, einen Schmachtfetzen aus den Fünfzigern zu summen, einen von denen, die einem hinterher nicht mehr aus dem Kopf gingen.

Maria tat so, als würde sie den Burschen mit dem Motorradhelm, der vor der Telefonzelle herumlungerte, sich die Hände rieb und im Licht der Straßenlaterne auf die Armbanduhr blickte, gar nicht sehen.

»Ja, sie geben mir bis Ende der Woche Bescheid. Ich hoffe es, Mam. Ich glaube, es war ein Plus für mich, dass ich nicht rauche. – Die Miete ist gar nicht so heftig. Wenn ich zu dem Stipendium noch einen Job bekomme, dann klappt das prima. – Zentralheizung und einen Kamin. – Ich habe nicht in den Kühlschrank geschaut. Hätte ich das tun sollen? – Ach, Mam, es ist sehr zivilisiert ... Nein, keine verwahrloste Bruchbude. Jetzt reg dich nicht weiter auf. – Okay, ich meine nicht aufregen, sondern Sorgen machen. Mach dir keine Sorgen. – Ja, ich esse ordentlich. Thelma macht alles mit Sahnesoße. – Mam, sie hat mich ausdrücklich gebeten, sie so zu nennen, dann fühlt sie sich jünger. – Ja, sie polstert noch immer Möbel auf. – In Ordnung. Gute Nacht. Und vielen Dank für das R-Gespräch. Grüße Dad und die Jungs. Behüt dich Gott.«

Sie stieß die Glastür der Telefonzelle weit auf und kam mit einem hastigen »Tut mir leid, dass Sie warten mussten«

herausgeflitzt. Als sie die Hälfte der Straße zurückgelegt hatte, die Hände wärmesuchend in ihrem Dufflecoat vergraben, fiel ihr ein, dass ihr Füllfederhalter noch auf dem Telefonbuch lag, und sie spurtete zurück.

Der Helmtyp war jetzt mitten in einer lebhaften Unterhaltung über den Hörer gebeugt. Maria klopfte schüchtern gegen die Glasscheibe und kassierte einen wütenden Blick.

»Entschuldigung«, formte sie lautlos mit den Lippen. »Füller.« Sie machte eine Schreibbewegung mit der Hand, dann wies sie auf die Ablage. Dunkle Augen starrten sie durch das Glas hindurch an.

»Schon gut«, bedeutete sie ihm lautlos weiter und wedelte mit den Händen. Sie drehte sich um und ging mit rotem Kopf auf die Straße zurück.

Die Tür der Telefonzelle flog krachend auf. »Was? Was ist los?«

»Nichts, nichts«, rief sie, ihre Stimme klang zittrig.

»He, Lady, komm zurück, ich bin fertig mit Telefonieren.« Er senkte die Stimme, als sie wieder näherkam. »Ich war wohl ziemlich unhöflich. Ich hatte es eilig.«

»Es ist nur wegen meinem Füller«, sagte Maria und räusperte sich. »Ich glaube, ich habe ihn auf der Ablage liegengelassen.«

Er hielt ihn ihr hin. Sie nahm ihn aus seiner Hand. Von nahem betrachtet, war der Typ mager und kaum älter als sie selbst.

»Tut mir leid, dass ich die Tür nicht aufgemacht habe, aber du hättest ja auch ein Messer dabeihaben können oder so.«

Sie starrte ihn an.

»Okay, du siehst nicht gerade aus wie jemand, der einen überfällt«, gab er zu, nahm den Helm ab und strich sich mit einer grobknochigen Hand durch den Haarschopf. »Aber in Brooklyn riskiert man nichts.«

»Kommst du wirklich aus New York?« Sie hörte ihre eigene Stimme, die auf einer verlassenen Straße mit einem Unbekannten sprach. »Entschuldige, dass ich dich gestört habe. Gute Nacht.« Sie marschierte davon und erlaubte ihm auf diese Weise nicht mehr als ein Kopfnicken.

Als sie geborgen auf dem Oberdeck des Busses saß, der sich nach Dun Laoghaire zurückschlängelte, entkrampfte sie die Schultern und lud das Gewicht des langen Tages ab. Zwanzig Minuten zum Träumen, jetzt, wo die hellerleuchteten Ränder der Stadt flackernd in die schwarzen Straßen der Vororte mündeten. Die knorrigen Äste überhängender Rosskastanienbäume schlugen gegen die Fensterscheiben und rissen sie immer wieder in die Gegenwart zurück. Auf dem Glas konnte sie die ersten Regenspritzer schimmern sehen.

Das Haus ihrer Tante war das letzte in einer Sackgasse mit dicken Heckensträuchern. Maria verschaffte sich geräuschlos Einlass und war schon halb die Treppe hoch, als ihr die Ohne-Schuhe-Vorschrift einfiel. Verdammt und zugenäht, wer hatte sich bloß magnolienfarbigen Teppichbelag ausgedacht? Sie zerrte gerade den zweiten Mokassin vom Fuß, als die Küchentür aufging.

»Willkommen daheim. Trinkst du eine Tasse Kakao mit mir?«

»Klar«, sagte Maria und stopfte die Schuhe in die Manteltaschen. Sie tappte die Treppe wieder hinunter und betrat die blitzblanke Küche. »Könnte ich auch ein Glas Wasser haben?«

Thelma zog ihren beigefarbenen Satinschlafrock am Hals zusammen und lächelte angesichts des ängstlich beflissenen Tons. »Ich glaube, das lässt sich machen.«

»Tut mir leid, dass ich so spät komme.«

»Oh, daran habe ich mich bei Alexandra gewöhnt. Sie war immer weg bis fünf in der Früh. Das Studentenleben hat die Vagabundin in ihr zum Vorschein gebracht.«

»Wo ist sie jetzt gerade noch mal?«, fragte Maria höflich und schnitt um ein Haar eine Grimasse, als sie von dem Leitungswasser trank.

»Bukarest. Zumindest kam ihre letzte Postkarte von dort. Amüsier dich, solange du noch jung bist, sage ich immer, sonst tut es dir später leid.«

Maria drehte das Glas in der Hand und beobachtete, wie das Wasser weiße Lichtovale einfing.

Thelma nahm einen kleinen Schluck Kakao, ohne dass sich eine Spur davon auf ihren Lippen zeigte. »Ich habe immer zu ihr gesagt, ›Liebling, triff deine eigenen Entscheidungen – ich werde sie respektieren‹. Ganz besonders während der schlimmen Phase, nachdem ihr Vater von uns gegangen war, dachte ich, sie sollte das wissen.«

Maria nickte und griff nach ihrem Kakao. Plötzlich spürte sie jeden Muskel einzeln.

»Wie ist es denn so bei euch zu Hause – gerätst du oft aneinander mit Caitríona? Streit wegen Jungs?«

Maria presste die Lippen aufeinander. »Mam und ich kommen eigentlich gut miteinander aus.«

»Du nennst sie doch nicht immer noch Mam, oder? Das hört sich an wie in den Vierzigern.« Thelma löffelte den letzten Rest Kakao aus dem Becher.

»Ihr ist es lieber so.«

»Ich verstehe.« Eine nachdenkliche Pause. »Caitríona war nie der Familienrebell.«

»Wie geht's mit dem Hocker voran?«, fragte Maria, ehe sie unhöflich werden konnte. Sie neigte den Kopf, um den Kakaodampf einzuatmen.

»Sehr gut. Die Schelllackpolitur ist fertig, und morgen fange ich mit dem Sitz an. Er ist für das Wohnzimmer meines Zahnarztes, er nimmt ihn als Zahlung für die abgebrochene Krone von meinem Backenzahn.« Thelmas Gesicht wirkte geradezu mädchenhaft vor Zufriedenheit. »Möchtest du ihn gerne sehen?«

Den Backenzahn oder den Hocker?, überlegte Maria und spürte, wie das schlechte Gewissen sie in die eine und ihre Müdigkeit sie in die andere Richtung zog. »Morgen früh gerne.«

»Gute Nacht dann. In deinem Bett liegt eine Wärmflasche.«

Maria beobachtete das Knäuel Gliedmaßen, das sich zur Einfassung des Sees vorkämpfte. Um sie herum fläzten sich Studentinnen und Studenten auf den Betonstufen, die weißen Gesichter der Herbstsonne zugewandt. Erst bei dem dritten Schrei der Frau in der Mitte des Knäuels begannen die Leute aufzusehen. »Das sind wieder die Ingenieure«, sagte eine träge Stimme dicht hinter Maria. »Es heißt, dass sie den letztjährigen Rekord von zehn Frauen im See bis zum Ende der Einführungswoche übertreffen wollen.«

»Wenigstens scheint dieses Jahr die Sonne«, bemerkte ein anderer.

Maria konnte die Frau jetzt sehen. Sie strebte in die andere Richtung und trat mit den Füßen um sich, machte vergebliche Versuche, ihren sich hochbauschenden pfirsichfarbenen Rock zwischen den Knien festzuklemmen, während ein Dutzend Typen sie mit dem Kopf voran die Stufen hinunterschleppten. Hier und da hörte man einen der Zuschauer kichern. Nach einem spitzen Schrei und heftigem Fußgezappel kam ein Bein frei, die Sandale fiel auf die Erde, und vier Hände fingen das Fußgelenk wieder ein. »Schwingen, schwingen.« Sie schwangen sie zwei Mal über dem Wasser hin und her, wobei der Singsang die Schreie der Frau übertönte, und dann schlug der Körper mit einem Klatschen auf.

Fast im gleichen Augenblick tauchte ein glänzender schwarzhaariger Kopf wieder über dem Betonrand auf, tropfnass und lachend, nach jemandem rufend, der beim Herausklettern helfen sollte. Maria sammelte ihre Sachen ein, um zu gehen. Oben auf den Treppenstufen wandte sie sich noch einmal um und schaute wieder hin, bis einer der Studenten die Sandale einsammelte und ein anderer die Frau in seinen Labormantel hüllte.

Als sie blindlings die dichtbesetzten Stufen hochlief, rannte sie gegen eine harte Schulter.

»Wir sollten aufhören, uns auf diese Weise zu treffen.«

Einen Moment lang fiel es ihr schwer, das Gesicht einzuordnen, dann überkam sie ein Gefühl der Verlegenheit, als sie sich an den Burschen aus New York erinnerte. »Entschuldige, hallo, tut mir leid.«

»Und ich heiße Galway. Hast du das Ritual mitangesehen? Die Hexentaufe.« Er wies mit dem Kopf zum Wasser hin.

»Das ist keine Hexe – das ist eine blöde Kuh«, entgegnete Maria bissiger, als sie beabsichtigt hatte.

Er zog eine buschige Augenbraue in die Höhe. »Kennst du sie?«

»Sie hat gelacht, verdammt noch mal. Wie konnte sie sich von denen in diese ölige, schlammige Brühe werfen lassen und dann auch noch lachen?«

»Womöglich hatte sie keine große Wahl. Wenn sie vier Jahre lang mit denen zusammen studieren will, wird sie keinen Wert darauf legen, als Spielverderberin zu gelten.«

»Ich finde es krank.«

»Natürlich ist es krank. Ich dachte, das versteht sich von selbst.« Galway rückte sich den verblichenen Rucksack auf den Schultern zurecht. »Kindischer Machoscheiß. Deshalb bin ich zu Hause auch nie einer Verbindung beigetreten. Hab nie begriffen, was so aufregend daran sein sollte, in Boxershorts rückwärts über Dachfirste zu laufen.«

Sie entspannte sich und lächelte, als sie sich gemeinsam auf den Weg machten und auf die langgezogenen grauen Gebäude zuschlenderten. »Hast du Lust auf … Ich meine, ich wollte gerade eine Tasse Tee trinken gehen.«

Das ist jetzt das vierte Mal heute Abend, dachte Maria und biss die Zähne zusammen, als sie den Song wiedererkannte.

Es folgte ein begeistertes Kreischen, und eine weitere Kette mit Tänzern fädelte sich in die Menge ein. Sie überflog die geröteten Gesichter. Nuala, ihre Freundin aus dem letzten Schuljahr, hätte sie alle als ›verschwitzte Prolls‹ bezeichnet, oder als ›die Kicherclique‹.

Es wäre eigentlich ganz praktisch, wenn sie die anderen Erstsemester einfach verachten würde, immerhin könnte sie sich dann die Mühe sparen, sie kennenzulernen und stattdessen in Thelmas Wohnung zurückkehren und die Morgenausgabe der Sonntagszeitung lesen. Leider war es aber auch so, dass ihr die eine Hälfte der Leute intelligenter vorkam als sie selbst, und die andere Hälfte, fand sie, sah besser aus.

Jemand versetzte ihr einen schmerzhaften Stoß zwischen die Schulterblätter. Sie drehte sich um und sah Yvonnes rosafarbene Fingernägel. »Stehst du schon lange an? Besorg mir eine Wodka-Cola, wo du schon dabei bist. Versuch's bei dem Barmann mit dem Ohrring – er ist süß.«

Maria lehnte sich gegen die Wand, die kondensierte Feuchtigkeit sickerte durch ihren dünnen Ärmel. Sie trat erschrocken wieder zurück. »Amüsierst du dich gut?«, fragte sie.

»Na klar.«

Darauf fiel ihr keine Antwort ein.

»Ich wette, jetzt bist du froh, dass ich dich überredet habe mitzukommen.«

Sie zwängten sich in eine Lücke an der Bar. Lager und Stout vermischten sich auf dem Holz zu blassglänzenden Bierpfützen.

»Die Haremshose wirkt echt scharf an dir.«

»Ich finde, es sieht aus, als hätte ich O-Beine.« Sie registrierte Yvonnes Blick. »Entschuldigung, ich meine, ich bin dir dankbar, dass du sie mir geliehen hast. Ich habe nur nicht gesehen, wie viel Goldlitze dran ist, und jetzt komme ich mir vor wie aus dem Zirkus entlaufen.«

»Hm-hm, deshalb habe ich sie auch nie angezogen ... Aber du bist schlank genug, du kannst so was tragen«, setzte Yvonne hastig hinzu.

»Du siehst hinreißend aus«, sagte Maria und unterdrückte ein Gähnen.

»Rosa hat mich schon immer gut zur Geltung gebracht«, pflichtete Yvonne ihr bei. »Obwohl mir beim Lambada eben um ein Haar alles rausgerutscht wäre. Diesem Typ, Pete, sind fast die Augen aus dem Kopf gefallen.«

Endlich nahm der Barmann Marias Winken wahr und beeilte sich mit den Drinks.

»Erzähl mal, hast du schon eine Wohnung gefunden?«

»Ich habe ein bisschen rumtelefoniert und ein fieses Loch besichtigt. Eigentlich hätte ich von der ersten Wohnung schon Ende letzter Woche was hören sollen.«

Yvonnes Aufmerksamkeit wanderte von ihr weg. Die Hand auf Hüfthöhe wies sie diskret in eine bestimmte Richtung. »Das ist die Frau, die sie in den See geworfen haben – war das nicht irre? Sie sieht aus, als hätte sie immer noch eine Gänsehaut.«

Um keine Antwort geben zu müssen, hob Maria ihr Bier mit der cremigen Schaumkrone an die Lippen. »Jedenfalls, wenn das mit der Wohnung nicht klappt, dann sehe ich mir Montag noch ein paar andere an.«

»Tu das. Sag mal«, die blassblauen Augen kehrten zu ihr zurück, »hat dich schon jemand aufgefordert?«

Maria überlegte, ob sie lügen sollte, brachte es aber nicht über sich. »Ich bin mit einem pickligen Theologiestudenten zu einem Remix aus den Fünfzigern rumgehüpft und hab mir dabei einen gewaltigen Stoß in die Rippen eingefangen.«

»Pech.«

»Es war kein Verlust. Der Typ hat nur davon geredet, wie viel Punkte er bei der Aufnahmeprüfung gehabt hat.«

Yvonne strich glättend über ihren Rock. »Irgendwo musst du anfangen, Maria.«

»Aber nicht mit dem.«

Sie stieß einen theatralischen Seufzer aus. »Das Problem ist, dass deine Ansprüche zu hoch sind.«

»Das sagt meine Mutter auch.«

Aber Yvonne war schon dem Winken eines Typen mit Kläppchenkragen gefolgt und hatte sich ein paar Schritte entfernt.

Jetzt, wo sie darüber nachdachte, fiel Maria auf, dass ihre Mutter das nur ein einziges Mal gesagt hatte. Damals musste sie so um die neun Jahre gewesen sein. Man hatte ihr erlaubt, länger aufzubleiben, um den Schlagerwettbewerb der Eurovision mitanzusehen. Sie hatte fortwährend Bemerkungen darüber fallenlassen, wie eklig die Männer aussähen mit entweder zu großen Ohren oder zu vielen Haaren auf der Brust. Mam hatte angemerkt, dass Maria als alte Jungfer enden würde, wenn sie bei den Männern so wählerisch sei und ihr keiner gefalle. Eine Ehe beinhalte immer Nehmen und Geben und zu einem beträchtlichen

Teil sogar Aufgeben. Maria hatte daraufhin Polygamie als Lösung vorgeschlagen, von der sie im Geschichtsbuch in einem kurzen Passus über »Unsere Stammesvorfahren« gelesen hatte, aber ihre Mutter war wohl zu katholisch, um das witzig zu finden. Als ihr Dad sie später nach oben ins Bett gebracht hatte, hatte er ihr gesagt, sie solle sich keine Sorgen darüber machen – sie würde eben die Karrierefrau in der Familie sein. Sie hatte gelacht und einen zusammengerollten Socken nach ihm geworfen, als er das Licht ausknipste.

Im Dunkeln hatte sie die Vorhänge aufgezogen und die Ellbogen auf die kalte Fensterbank gestützt. Sie zählte die Lichter des kleinen Ortes, der sich um ihr Haus schmiegte, und stellte fest, dass alle Frauen, die sie kannte, Ehefrauen und Mütter waren. Außer den jungen Frauen, die auf die Uni zusteuerten, und der Bibliothekarin mit dem Heuschnupfen und einige von den Lehrerinnen. Und natürlich die verrückte Nelly, die auf den Stufen des Rathauses saß und sich die Knöchel kratzte. In der Nacht hatte Maria sich tief in ihr Bett gekuschelt und sich die Decke über den Kopf gezogen und nicht einschlafen können vor lauter Sorge, wie es ihr später einmal ergehen würde.

Viel weiter war sie mit dieser Frage in der Zwischenzeit auch nicht gediehen, dachte sie, als sie sich einen Weg durch das Gedränge zu einem leeren Stuhl am Fenster bahnte. Mittlerweile wurden langsame Stücke gespielt, ohne dass es ihr besonders aufgefallen war. Bei der Coverversion eines melancholischen Stücks aus den Sechzigern schoben die Paare nur zentimeterweise über die Tanzfläche. Maria lehnte sich auf dem wackligen Plastikstuhl zurück und wandte den Kopf zum Fenster. Sie folgte den Kreisen, den die Lichter um die Campusgebäude zogen, bis die Musik und die Stimmen im Hintergrund verschwammen. Sie stellte sich vor, wie sie sich in die Lüfte erhob und flog, wie sie über den See glitt und an Höhe gewann, während sie auf die Stadt zusauste. Schwarze Nachtluft zwischen den Beinen, blinkende Bürofenster, an denen sie vorbeischoss.

Yvonne ließ sich schwer auf den Stuhl neben ihr fallen. Dann schoss sie wieder hoch, fasste an ihre Hinterbacken und beroch ihre Finger. »Verdammt noch mal, ich hab mich in eine Ciderpfütze gesetzt!«

Maria klopfte auf die Fensterbank neben sich, aber Yvonne ließ sich auf dem Fußboden nieder und stützte den Kopf auf ein rosafarbenes Satinknie. Ihre Locken fingen an sich aufzulösen.

»Amüsierst du dich immer noch gut?«

»Ja. Es sind nur Krämpfe.« Yvonnes Stimme klang hart.

»Du Ärmste. Willst du ein Aspirin?«

»Besser nicht, mit den drei Wodka zusammen würde mich das umhauen.«

Maria überlegte, sich hinunterzubeugen und den gesenkten Kopf zu streicheln, aber dann ließ sie es lieber sein.

Für die Dauer von zwei Songs saßen sie schweigend nebeneinander, dann fragte Yvonne: »Wo ist denn dieser magere Typ, mit dem du so nett in der Mensaschlange zusammengestanden hast?«

»Galway ist nicht hier, und er ist nicht mein Typ.«

»Grauenhafter Name – Gary – irgendwie dürftig.«

Maria hob die Stimme über den Geräuschpegel der Musik. »Nein – Galway, wie die Grafschaft. Ami-Nostalgie.«

»Noch schlimmer.«

»Es ist nicht seine Schuld«, wandte Maria ein und legte die schmerzenden Füße auf eine Bank, die mit Zigarettenasche bestäubt war. »Offensichtlich war seine Großmutter die Leiterin des Postamtes in Oughterard, bis sie 1934 ausgewandert ist. Sie hat Galway zugesetzt, dass er sein drittes Studienjahr hier verbringt, anglo-irisches Drama studiert und zu seinem Ursprung zurückfindet.«

»Vielleicht findet er deinen Ursprung, wenn er schon dabei ist«, antwortete Yvonne mechanisch. »Und wieso ist er heute Abend nicht hier?«

»Er betrachtet das hier als infantile Paarungsrituale, und außerdem kann er es sich nicht leisten.«

Yvonne reckte sich und stemmte sich auf die Stöckelschuhe hoch. »Das ist Madonna. Komm, lass uns weitermachen.«

»Mir geht es hier prima.«

Yvonnes Augen wurden hart. »Ich weiß, dass es nicht leicht ist, bei hundert Dezibel Freunde zu finden, aber wir müssen es versuchen.«

»Ich rede doch nach den Seminaren mit den Leuten.«

Yvonne wartete, die Hände stützend in den Rücken gestemmt. »Du machst es dir auf lange Sicht nur schwerer, Maria.«

»Jaja, schon gut. Hör auf zu nörgeln.«

Sie zwängten sich in die Menge.

Das kleine »m« war noch da, ein schwacher Abdruck auf der Fensterscheibe.

»Ich überlasse dich jetzt – nun, zu was immer man Leute ihren Schlafzimmern überlässt.«

Maria wandte sich vom Fenster ab und grinste breit. »Ich bin ohnehin reif fürs Bett. Meine ganzen weltlichen Besitztümer die Treppe hochzuwuchten hat mich geschafft.«

Ruth blieb noch an der Tür stehen. »Bist du auch sicher, dass du nichts mehr brauchst … eine Nagelbürste vielleicht oder so?«

»Da ist nichts zu bürsten«, sagte Maria und hielt ihr die kurzgeschnittenen Nägel zur Begutachtung hin. »Ich fühle mich super, mach dir wegen mir keine Sorgen.« Sie legte die letzten der ordentlich zusammengerollten Socken hinten in die Schublade, schob die Schublade ruckelnd zu und bückte sich, um den Koffer unters Bett zu schieben. Als sie sich aufrichtete, sah sie, dass Ruth immer noch dastand, die Hand auf dem Türgriff, ihre Miene beinahe ängstlich besorgt.

»Ich bin wirklich froh, dass ihr mich genommen habt.« Behalt den zwanglosen Ton bei, setz dich auf den gewebten braunen Bettüberwurf. »Ich hatte es fast schon aufgegeben, auf euren Anruf zu warten.«

»Ich weiß, es tut mir leid«, sagte Ruth schnell. »Es gab noch ein paar andere Interessentinnen, und wir fanden, wir sollten noch abwarten, bloß um sicherzugehen.«

Wie – sichergehen?

»Träum süß, Maria.« Ruths leichte Schritte verhallten im Flur.

In der ersten Nacht an einem fremden Ort schlief sie nie. Die Wohnung war warm und roch immer noch ein bisschen nach Knoblauch. Sie streckte sich in dem knarrenden Bett aus und entdeckte Gesichter auf den Feuchtigkeitsflecken an der Decke. Dieses da war mit Sicherheit ihr Vater mit den buschigen Augenbrauen und dem spitzen Kinn. Die beiden formlosen Kleckse in der Ecke könnten ihre Brüder sein, ihre Gesichtszüge veränderten sich noch zu schnell, um schon fest ausgeprägt zu sein. Und wer war die Frau mit dem einen weitaufgerissenen Auge und den ins Gesicht hängenden Haaren?

Ehe sie sich selbst Angst einjagen konnte, steckte Maria die Nase unter die Bettdecke. Die sanften Stoffrippen der Decke hatten nichts mit Einbildung zu tun. Sie strich mit den Fingern darüber, zählte die Rillen. Sie war eine Riesin und tastete über eine Landschaft voller Straßen.

Dann fiel ihr ein, dass sie vergessen hatte, sich die Zähne zu putzen. Sie gähnte, kramte nach ihrem Toilettenbeutel auf der Kommode und ging in Richtung Badezimmer. Irgendwo auf dem Weg über den pechschwarzen Flur wanderte sie in die falsche Richtung. Ihre Hand berührte den Perlenvorhang. Sie wollte gerade den Rückzug antreten, als sie vom Kamin her leise Stimmen hörte. Sie zuckte zurück, aber ihre Füße weigerten sich kehrtzumachen.

Als sie ungefähr sechs Jahre alt war, hatte Maria eine Phase der Unsicherheit durchlebt. Wenn sie jetzt die Augen schloss, sah sie sich als Kind in einem zerknitterten Baumwollschlafanzug die Treppe hinunterschleichen, bis vor die Tür des Wohnzimmers, an die sie das Ohr presste, während ihre Eltern beim Abendessen über irgendwelche Alltagsdinge sprachen. Sie wartete immer, ob sie über sie reden, sie heimlich loben oder rügen würden, aber das geschah nie. Dann wurde ihr kalt, und sie ging auf Zehenspitzen zurück ins Bett. Nach und nach hatte sie die Angewohnheit wieder aufgegeben. Aber gelegentlich, in Nächten wie dieser hier, ergriff die alte Neugier wieder von ihr Besitz. Ihre Füße wurden taub, wie sie da im Flur stand und mit der Nase beinahe an die Perlenschnüre stieß. Nur eine halbe Minute, schwor sie sich.

Ruths Stimme war die weichere. »Ja, aber sie ist erst siebzehn.«

Maria schloss die Augen.

»Das sind Altersvorurteile«, kommentierte Jael zufrieden. »Sie hat Witz und ist mir tausendmal lieber als diese humorlose Sozialwissenschaftlerin.«

»Darum geht es nicht. Ich glaube auch, dass es schön ist, sie hierzuhaben.«

»Und wo liegt dann dein Problem?«

»Es ist nicht mein Problem, es ist unser Problem.« Den Worten haftete ein verletzter Unterton an. »Heute Abend, als wir ihre Koffer hochgeschleppt haben, ist mir der Gedanke gekommen, dass sie es vielleicht noch nicht kapiert hat.«

Maria lauschte angestrengt, um alles zu verstehen. Ihr Ohr lag dicht an den Perlenschnüren.

Nach einer Pause die träge Stimme. »Ist das so wichtig?«

»Ich finde schon. Ich mache mir Sorgen, dass der Anzeigentext zu subtil war.«

Jael lachte leise. »Ist das deine Vorstellung von subtil, Schatz?«

Darauf folgte ein Satz, der zu leise war, als dass Maria ihn hätte verstehen können. Der Vorhang bewegte sich sachte im Luftzug. Ob ein Funke aus dem Kamin bis zu dem Perlenvorhang springen und sie beleuchten konnte? Sie rührte sich nicht vom Fleck.

Ruth wieder, angespannt. »Alles, was ich sagen will, ist, dass wir keinen weiteren dramatischen Abgang mehr wollen, oder? Ich dachte, wir wären uns einig gewesen, dass wir dieses Mal ehrlich sind.«

»Es gibt ehrlich und es gibt offensichtlich und langweilig. Ich finde, du solltest dem Mädel eine Chance geben«, fuhr Jael fort. Klang die Stimme lauter, bewegte sie sich auf den Vorhang zu?

Maria drehte sich blitzschnell um. Ihre Füße trugen sie lautlos über den Flur und in ihr Zimmer. Sie drückte die Klinke behutsam ins Schloss, ehe sie unter die Decke kroch. Verwirrt starrte sie auf die Zimmerdecke und überlegte, was um alles in der Welt sie nicht kapiert hatte. Das Einzige, was ihr dabei einfiel, war ein Drogenring. Sie warf sich auf den Bauch und vergrub das Gesicht im Kopfkissen.

KAPITEL 2

Grüße an Dad und die Jungen. Ich komme bald für ein Wochenende nach Hause. Alles Liebe. Maria.

Mit einer Grimasse leckte sie über die Gummierung des Briefumschlags und klebte ihn zu. Sie blieb vor dem anderen Schlafzimmer stehen, trommelte ein Arpeggio gegen die Tür. »Möchte jemand was aus dem Laden?« Keine Antwort. Komisch, sie hätte es doch bestimmt gehört, wenn die beiden fortgegangen wären. Als sie über den Flur ging, schnippte sie gegen die unterste Farnranke, die daraufhin in dem Hängekorb auf- und abwippte.

Schmutzigblaue Wolken jagten über die Schieferdächer. Die gute kalte Luft und der leichte Torfgeruch, der ihr um die Ecke entgegenwehte, ließen sie an zu Hause denken. Auf dem Land dauerte die Abenddämmerung viel länger; wahrscheinlich gab es nichts, das sich ihr dort in den Weg stellte. In Dublin wurde es bloß eine halbe Stunde lang grau, dann blitzten die Straßenlaternen auf, und die Leute eilten mit ihren Einkäufen in der Dunkelheit nach Hause.

Die Poststelle befand sich im Parterre eines schmalen Stadthauses. Das Oberlicht war offensichtlieh von einem Stein zertrümmert worden. Nachdem sie es in der Schlange vor dem Briefmarkenschalter still vor sich hin geübt hatte, schaffte Maria es, »drei Dreißig-Pence-Briefmarken bitte« zu sagen, ohne dabei zu spucken. Sie trödelte an der Theke mit den Süßigkeiten herum, bis der Junge dahinter anfing »Why are we waiting?« zu pfeifen. »Einen von diesen hier«, sagte sie mit einem winzigkleinen Fingerzeig.

Sie ahnte, dass er sie nicht so leicht davonkommen lassen würde. »Mum!«, rief er lauthals. »Wie viel kostet ein Brauselutscher mit Cola-Geschmack?«

Maria nahm ihn aus der Riesenhand entgegen und schlüpfte durch die Menge davon. Vor einem Jahr noch hätte sie behauptet, er wäre für ihre kleine Schwester. Wahre Reife hätte sie erst, befand sie, als sie die dünne Plastikhülle mit den Zähnen aufriss, wenn sie laut und vernehmlich nach Gummibärchen verlangen könnte.

Der Lutscher schmeckte noch genauso wundervoll, wie sie es in Erinnerung hatte. Es musste schon mehr als zehn Jahre her sein. Schwester Miriam hatte sie sparsam verteilt, als Belohnung für gutes Betragen. Ein leichter Windstoß schnappte sich die zerknitterte Plastikhülle aus ihren Händen, als sie wieder auf die Straße trat. Es wurde frisch. Maria öffnete den Reißverschluss ihres Anoraks und ließ sich vom Wind durchpusten. Ihr langer schwarzer Rock flatterte, und ein paar Strähnen ihrer hellen Haare flogen ihr ins Gesicht. Zu Hause war ihr der Wind immer horizontal vorgekommen, hatte ihre Ohren betäubt, wenn sie die anderthalb Meilen von der Schule nach Hause gestapft war und nach dem Lieferwagen des Metzgers Ausschau gehalten hatte, damit er sie mitnehmen konnte. Aber hier kam der Wind ungestüm in Böen und wirbelte den Rock hoch. Wenn sie jetzt einen großen Schirm dabeihätte, könnte sie aufsteigen wie Mary Poppins und mit den putzigkleinen Füßchen über die Schornsteine fliegen.

Als sie in den Beldam Square einbog und ihre Finger an den abblätternden Gitterstäben entlanggleiten ließ, kam jemand den Fußweg entlanggestürzt. Sie machte einen Schritt zur Seite, dann erkannte sie, dass der auf- und abwippende kupferrote Haarschopf zu Jael gehörte. Maria riss den Lutscher aus dem Mund und ließ ihn in ein Löwenzahnbüschel fallen.

»Brrrr!«, rief sie, als das rote Gesicht nähergehechelt kam. »Warum so eilig?«

Jael packte sie am Ärmel des Anoraks und riss sie mit sich. »Schnapsladen«, keuchte sie. »Kurz vor sechs.« Ihre Stimme klang harsch wie die einer Möwe.

Maria stolperte über ihren Rock, sie hatte keine Luft zum Antwortgeben. Sie schafften es bis an die Tür des Ladens, als der Betreiber gerade zusperren wollte, und obwohl ihn Jaels Geschichte von der Tante, die einen Autounfall gehabt hatte, nicht zu überzeugen schien, öffnete er noch einmal und verkaufte ihnen eine Flasche Whiskey.

Sie schlenderten zurück, tauschten kichernd Einzelheiten aus über Tante Birdie und ihren frischverstorbenen, vielbeweinten Citroën Diane. Jael schlug den Kragen ihrer abgenutzten Lederjacke hoch und befreite ein paar Strähnen im Nacken. Sie wirkte blass unter den Sommersprossen.

»Ich habe an eure Tür geklopft. Ich hätte die Flasche doch mitbringen können.«

»Ach, tatsächlich?«, erwiderte Jael. »Dann müssen wir

die Kopfhörer aufgehabt haben. Aber ich hatte sowieso Rückenschmerzen und brauchte Bewegung.«

Maria stolperte hinter ihr die Stufen hoch.

Auf einer eselsohrigen Busfahrkarte, die auf dem Küchentisch lag, stand: *Bin mit Frauengruppe unterwegs, um anstößige Plakatwand runterzureißen. Bis später. Ruth. P.S. Noch genug Chili da.*

Jael überflog die Nachricht und stöhnte auf. »Sie wird bestimmt wieder festgenommen.«

»Was?«

»Der einzige Grund, weshalb die Bierbrauer beim letzten Mal keine Anklage erhoben haben, war, dass die Polizei die Mädels schon eingesammelt hatte, noch ehe sie die erste Silbe von ›Diskriminierung‹ zu Ende gemalt hatten.«

»Was für eine Art Gruppe ist denn das?«, fragte Maria und las die Nachricht noch einmal. »Ruth hatte mich eingeladen mitzukommen, aber ich habe es vergessen.«

»Lautstarke Neurotikerinnen aus der Mittelschicht, die darüber jammern, wie unterdrückt sie sind.«

Maria bedachte sie mit einem nachdenklichen Blick und machte sich daran, das Chili aufzuwärmen.

Heißer Tee, heißer Whiskey und ein Kaminfeuer, das auf der Stirn brannte. Maria kuschelte sich im Schaukelstuhl ein und zog die Füße in den Mokassins unter den Rock. Sie wollte erst noch das Kreuzworträtsel lösen, ehe sie den Arbeitsbogen für den Statistikkurs in Angriff nahm. Kreuzworträtsel galten immerhin auch als Denkübung. Sie knobelte an einem Anagramm herum. Mit halbem Ohr nahm sie das schwache Geklimper wahr, mit dem Jael auf dem

Kaminvorleger ihre Gitarre stimmte. Die Nacht hüllte sie ein, ein gelegentlicher Windstoß erschütterte die marineblau getönten Fensterscheiben. Einmal sah Maria auf den hinabgebeugten Kopf und stellte fest, dass sie sich zum ersten Mal gemeinsam in einem Zimmer befanden, ohne zu reden. Zwölf waagerecht: ein tibetanisches Schneeungeheuer.

»O Gott!« Jael warf die Haare aus der Stirn. »Mir fällt gerade auf, dass ich gar nicht weiß, wie du mit Nachnamen heißt.«

»Allmächtiger.« Maria lutschte am Ende ihres Füllers.

»Wie bitte?«

Sie seufzte und malte ein Schiff auf den risseligen Zeitungsrand. »Der Nachname Gottes.«

Nach einem kurzen Moment schlug Jael einen hellen Akkord auf der Gitarre an. »Ah, ich hab's kapiert. Eine seltene, aber gepfefferte kleine Weisheit der Jungfrau Maria.«

Sie streckte ihr ohne aufzublicken die Zunge raus. »Ich hätte euch nie erzählen sollen, dass ich noch Jungfrau bin. Das nächste Mal, wenn wir *Sag die Wahrheit* spielen, lüge ich.«

»Du lernst schnell.«

Fünf Töne, die sprunghaft hochflatterten wie Wäschestücke auf einer Leine im Sturm. Maria griff nach dem Tee, der neben ihr stand.

»Wonach hatte ich dich gefragt?«

Maria füllte ein Kästchen aus.

»Tollen Füller hast du da.«

»Von meinen Eltern für mein Abschlusszeugnis.« Sie

betrachtete die Worte, die auf der silbernen Seite eingraviert waren. Wie viele Teebeutel, wie viele Möhren, wie oft um sechs Uhr aufstehen hatten dafür herhalten müssen? War es das wohl wert gewesen?

»Sie haben dich offensichtlich gern.«

»Nehme ich doch an.« Etwas in Jaels Stimme ließ sie zu ihr hinuntersehen. »Tun Eltern das nicht gewöhnlich?«

»Meine nicht.«

Maria wartete, streckte ein Bein aus und zog es wieder zurück. »Warum nicht?«

»Oh, viele Gründe. Eigentlich kein Grund.« Ein Mollakkord, einer in Dur, ein tiefer in Moll. »Aber wo war ich stehengeblieben?«

»Nachnamen«, murmelte Maria, in dreizehn senkrecht vertieft.

»Richtig. Wie kommt es, dass ich deinen nicht weiß?«

»Murphy.«

»Ich will den Namen nicht wissen, ich will wissen, wieso ich ihn nicht gewusst habe. Murphy – ausgerechnet – wie enttäuschend.«

»Hm-hm.«

Jael legte die Gitarre in den Schoß und beugte sich drohend vor. »Maria Bloody-Murphy, entweder du schenkst mir jetzt deine Aufmerksamkeit oder das Plektron landet da, wo es wehtut.«

Sie starrte über den Rand der Zeitung. »Es ist einfach nie Thema gewesen. Er ist nichts Besonderes, was Nachnamen angeht – du hättest ihn ebenso gut erraten können.«

»Der Punkt ist, dass du mir nie etwas erzählst.«

Maria versuchte, vernünftig zu bleiben. Sie fühlte sich immer noch wie eine Besucherin in dieser Wohnung. »Was willst du wissen?«

Jael lehnte sich mit dem Rücken gegen das Sofa und sagte mit leisem Groll in der Stimme: »Was erzählst du denn Ruth? Ich wette, sie weiß deinen Nachnamen längst.«

»Nichts. Dies und jenes«, sagte Maria. Mit dem Finger zupfte sie an einem losen Stück Korbgeflecht auf der Armlehne.

»Als ich neulich abends aus der Kneipe wiederkam, habt ihr über die Nonnen gelästert, die euch Makramee beigebracht haben.«

»Das war nur kurz Thema. Die meiste Zeit haben wir über gar nichts geredet. Es ist schön, einfach nur so dazusitzen – manchmal«, beendete sie den Satz spitz.

Das Plektron, mit dem Jael auf den Griff des Kamingitters zielte, fiel in den Kohlenkasten. »Ich verspreche auch, still dazusitzen wie ein braves Mädchen, wenn du zuerst ein bisschen erzählst.«

Marias Augen waren zu siebenundzwanzig waagerecht gewandert, der Füllfederhalter zuckte in ihrer Hand.

»Hat separat ein a oder e in der Mitte?«

»Wenn ich es dir sage, erzählst du mir dann etwas Intimes über dich?«

»Ach, sei doch nicht albern.« Sie fixierten einander stur. »Was denn zum Beispiel?«

Jael lächelte begierig und verschränkte die Arme. »Zum Beispiel … deinen schlimmsten Alptraum.«

»Ich habe eigentlich nie Alpträume«, wehrte Maria ab

und schlug die Zeitung auf. Dann ließ sie sie auf den Schoß sinken. »Ab und zu träume ich allerdings, dass ich meiner Mutter die Hände mit einer Axt abgehackt habe.«

»Heiliger Strohsack!« Jael räusperte sich.

»Aber ich habe mich so daran gewöhnt, dass ich es nicht als Alptraum bezeichnen würde«, fügte Maria hinzu und hob erneut den Füllfederhalter. »Ich glaube, es rührt daher, dass ich einmal, als sie gerade Tomaten aufschnitt, hinter der Kühlschranktür hervorgesprungen bin und ›buh‹ gerufen habe – dabei hat sie sich die Spitze des Fingers abgehackt.«

»Erzähl Ruth nichts davon.«

»Warum – ist sie so zimperlich?«

Jael fing an, die Noten zu »Jingle Bells« zu zupfen. »Nein, ich möchte nur gerne etwas wissen, das sie nicht weiß.«

»Du bist bedauernswert.«

»Durch und durch.« Die Melodie wurde schneller, stolperte bei den hohen Tönen.

»Wie auch immer, ist es ein e oder ein a in separat?«

»Keine Ahnung.«

Irgendwie war es Mitte Oktober geworden. Zwei Wochen zu spät, um sich plötzlich mit den anderen Studentinnen und Studenten in der Mensa bekanntzumachen. Yvonne redete manchmal mit ihr und Galway auch, aber das war's. In ihrem Tutorium »Die Skulptur« gab es eine lebhafte Dreiergruppe, mit der sie gerne geredet hätte, aber jedes Mal, wenn Maria sie traf, steckte sie die Nase in den Schreibblock, denn sie hatte die Namen vergessen, die sie ihr beim letzten und vorletzten Mal genannt hatten. Abgesehen davon, was hätte sie ihnen auch zu bieten – oder sie ihr? Es war dasselbe wie bei jedem Pfadfindertreffen, bei jeder Freizeit oder Klassenparty: Maria stand irgendwann mit verschränkten Armen und einem leicht amüsierten Gesichtsausdruck in der Ecke und fragte sich, ob sie tatsächlich freiwillig gekommen war. Trotz aller Entschlüsse, sich diesmal ein bisschen mehr anzustrengen, das Lächeln nicht vom Gesicht rutschen zu lassen, war sie letztlich isolierter als je zuvor.

Den Kopf auf die Arme auf dem Bibliothekstisch gebettet, überlegte Maria, ob sie vielleicht einfach kein freundlicher Mensch war. Gleichgültig, wie warm sie sich innerlich fühlte, außen blieb ihre Haut kalt.

Jetzt nicht schon vor Mittag weinerlich werden! Sie starrte über den Rand der beigefarbenen Trennwand hinweg. War das nicht Ruth da drüben bei den Geschichtsregalen, krummgebeugt mit einem schiefen Bücherturm vor sich?

»Du hast doch hoffentlich nicht vor, die bis zum Mittag alle noch zu lesen«, protestierte Maria und erleichterte sie um die obere Hälfte des Stapels.

Ruth kratzte sich durch die schwarze Samtkappe hindurch am Kopf. »Ich gehe nur die Inhaltsverzeichnisse durch und schreibe ein paar widersprüchliche Hypothesen zur Entstehung der Großen Hungersnot auf. Wie es scheint, lese ich keine Bücher mehr, sondern konsultiere sie nur noch.«

»Und du trägst sie durch die Gegend«, ergänzte Maria,

setzte ihre Bürde geräuschvoll ab und lehnte sich gegen die scharfe Tischkante. »Besser als Gewichtheben.«

Ruth hob einen ihrer kleinen Wüstenstiefel auf den Stuhl, warf sich in Positur und präsentierte einen unsichtbaren Bizeps. »So ein Körper«, sagte sie mit rauchiger Bassstimme, »braucht kein Geschichtsdiplom.«

»Ich muss doch sehr bitten –« Ein Paar stahlgerahmte Augengläser lugten über die Trennwand. »Manche Leute versuchen hier zu arbeiten.«

Ruths Gesicht wurde ausdruckslos. »Tut mir leid«, sagte sie, und die Brillengläser tauchten ab.

»Was ich dich schon lange fragen wollte«, flüsterte Maria, »wieso bist du erst jetzt an die Uni gegangen?«

»Sag es nicht weiter«, antwortete Ruth verschämt. »Ich habe vorher bei einer Behörde gearbeitet.«

»Warst du etwa eine von diesen Arbeitsbienen, die die Nachnamen auf den Briefumschlägen immer falsch schreiben?«

»Genau.« Sie kritzelte auf dem Papier herum, damit ihr Kuli anfing zu schreiben. »Drei Jahre lang. Treu und redlich im Dienste des Staates Irland.«

Maria hockte auf dem Rand des Tisches und platzierte die Schuhspitzen auf Ruths Plastikstuhl. »Hattest du auch eine Pension und so was?«

Ruth lehnte sich zurück und lachte leise. »Guter Gott, da, wo du herkommst, wissen sie, worauf es ankommt. Die Pension war der Dreh- und Angelpunkt. Meine Mutter hatte beinahe einen Herzkasper, als ich ihr gesagt habe, dass ich den Job hinschmeiße. Ich habe ihr ein um andere Mal erklärt, dass der Job eine Sackgasse für mich ist, aber alles, was ihr dazu einfiel, war ›und deine Pension?‹.«

»Und dann bist du hierher gekommen.«

»Um wachzuwerden. Es war eine Art … Suche, weißt du?« Der Kuli schrieb immer noch nicht. Sie legte ihn hin.

»Ich war noch nie auf der Suche. Warst du erfolgreich?«

Ruth legte die Stirn in Falten. »Halbwegs. Nicht so, wie ich es mir vorgestellt hatte, sondern anders. Ich habe einiges über Menschen herausgefunden. Aber nichts Richtiges.«

»Nun, solange du nur wachgeworden bist, ist doch eigentlich egal, wie man geweckt wird.«

Die dunklen Augen blickten hoch, und in den Winkeln erschienen kleine Fältchen. »Wahrscheinlich.« Die Augen senkten sich wieder auf die Bücher hinab. »Ich wünschte nur, ich hätte dabei auch gelernt, wie ich im Juni eine Eins schaffen kann.«

»War das ein Wink? Soll ich dich in Ruhe lassen?«

Ruth legte kurz den Kopf in die aufgestützten Hände; als sie wieder aufschaute, waren die Fältchen geglättet. »Bitte nicht. Eigentlich … solange die Sonne noch scheint … warum lassen wir die Bände der Weisheit nicht allein – ziemlich unwahrscheinlich, dass sie jemand stiehlt – und tanken ein bisschen Vitamin D draußen am See?«

Ihre Stimmen wurden lauter, als sie sich von den Tischen entfernten. »Ich hätte nicht gedacht, dass man dich so leicht vom Arbeiten abbringen kann«, sagte Maria vorwurfsvoll und hielt die Schwingtür auf. »Du müsstest eigentlich akademisches Vorbild, Mutterfigur und Mentorin in einem für mich sein.«

Ruth produzierte ein lautes Würgegeräusch, mit dem sie eine der Bibliothekarinnen erschreckte, die direkt unter ihnen auf der Rolltreppe stand. »Warum ich? Jael ist älter – sie kann die Mutterfigur sein.«

»Nee, sie kann nicht kochen.«

Ein tiefer Seufzer, während sie den schmutzigen Glastunnel zur Abteilung Kunst durchquerten. »Jeder Mensch kann kochen, wenn er will. Manche tun allerdings so, als sei es eine besondere Begabung, und dann müssen immer die anderen dummen Lieschen dran glauben.«

»Ich kann es nicht, ehrlich nicht. Essen mag mich einfach nicht.«

Ruths Augen leuchteten auf. »Wäre es nicht toll, wenn du deine Familie Weihnachten mit einem Ananascurry und einer Creme Caramel überraschen würdest?«

Maria war stehengeblieben, um einen Blick auf eine mit der Schreibmaschine verfasste Notiz an der Wand zu werfen. »He, glaubst du, ich habe das Zeug zu einer Halbtagsangestellten in der Bibliothek? Entschuldige, ich habe dir nicht zugehört.«

»Ich habe gesagt, ich wette, dass ich dir das Kochen beibringen kann.«

»Ich schwöre dir, meine Mutter hat es jahrelang versucht, aber ich bin ein kulinarischer Kretin. Das Einzige, was ich immer gerne gemacht habe, sind Backmischungen. Da kann man wenigstens nichts dafür, wenn's schiefgeht.«

»Was soll denn da schiefgehen?«

Ruth hielt Maria die schwere Tür auf, und sie traten in die Sonne hinaus. Einen Moment lang waren sie geblendet und blieben kurz stehen. Dann wurden sie von den nachkommenden Studenten weitergeschoben. Sie beschatteten die Augen und wanderten über den Hof.

»Also, einmal habe ich eine Biskuitrolle gemacht«, erzählte Maria, »aber ich habe das Ei vergessen, und deshalb ist sie viel zu blass geworden. Mir war es zu peinlich, den Fehler zuzugeben, und daher hat mein Vater gedacht, es müsse am Hersteller liegen. Er hat dafür gesorgt, dass Mam ihnen einen bösen Brief geschrieben hat.«

»Habt ihr euer Geld zurückbekommen?«

»Schlimmer«, sagte Maria. »Sie haben uns postwendend zwölf verflixte neue Packungen geschickt.«

Der See glitzerte hell im Nachmittagslicht. Sie steuerten auf die bewaldete Ostseite zu, fort von den Paaren, die sich auf dem Südufer breitgemacht hatten.

Fünf, zehn Minuten lang im weißen Sonnenlicht baden, ohne ein Wort zu reden. Maria wartete darauf, dass die Stille unangenehm würde, aber es passierte nicht. Sie saß mit gekreuzten Beinen auf der betonierten Ufereinfassung und beobachtete, wie eine Ameise ein Chipsfitzelchen in eine Ritze zerrte. Rote Blätter lagen auf dem Fußweg verstreut; wenn sie trockneten, rollten sich die Ränder zusammen, und die Blätter wurden pfeilscharf.

»He, mir ist noch ein Grund eingefallen, warum Jael nicht meine Mentorin sein kann«, sagte Maria schließlich. »Sie schüchtert mich ein.« Sie warf eine Handvoll Blätter nach einer Ente, die in der Nähe schwamm. Sie fielen kurz vor ihr nieder und sonnten sich auf der Wasseroberfläche.

Ruth saß gegen einen Baumstumpf gelehnt. Sie nickte,

ohne die Augen zu öffnen. »Sie hat mich auch lange eingeschüchtert – bis ich gelernt habe, wie man ihr unter die Haut geht.«

»Wie macht man das? Kannst du mir das nicht statt Kochen beibringen?«

»Bist du sicher, dass du das willst?«, fragte Ruth leichthin. »Besonders gemütlich ist es unter Jaels Haut nicht.«

»Ich habe immer gedacht, dass das Alter die Menschen ruhiger macht, aber sie ist dermaßen extrem«, sagte Maria und zerbröselte ein trockenes rostfarbenes Blatt zwischen den Fingern. »Weißt du, neulich – ich dachte, wir reden über den Preis von Teebeuteln, und plötzlich war ich mit einem Mal in etwas total Doppelsinniges verwickelt.«

Ruths einer Mundwinkel hob sich ein winziges bisschen. Sie hielt die Augen gegen die Sonne geschlossen.

»Du erzählst ihr aber nicht, dass ich das gesagt habe, okay?«, fragte Maria und rieb sich die Hände sauber. »Sie denkt wahrscheinlich ohnehin, dass ich blöd bin.«

Weiße Linien bildeten zarte Spuren um Ruths Augen herum. »Mach dir nichts aus ihren Attacken«, murmelte sie. »Sie verspottet nur die, von denen sie etwas hält.«

»Wirklich?«

»Genau wie ich nur den Leuten das Kochen beibringe, von denen ich etwas halte.«

Maria setzte sich auf und schlang die Arme um die Knie. Wenn es etwas gab, das sie nicht ertragen konnte, dann war das der Verdacht, jemand könnte glauben, sie sei auf ein Kompliment aus gewesen. Es gibt kaum etwas Kindischeres, fand sie. Und kaum etwas ist jämmerlicher, als sich bei einer Mitbewohnerin anzubiedern, weil man keine Freundinnen im gleichen Alter findet.

»Macht Jael es dir schwer?« Ruth sah sie an, und ihre Stimme klang besorgt.

»Nein, nein. Ich glaube, es braucht nur Zeit, bis man sich an sie gewöhnt hat.«

»Hör zu, wenn sie je wirklich … Ich meine, wenn du dich ihretwegen unbehaglich fühlen solltest, dann sag es mir.«

»Und was würdest du dann tun?«, fragte Maria herausfordernd.

»Oh, wahrscheinlich erschlage ich sie dann mit dem Duschkopf.«

Marias Hände, die auf einmal warm waren, rafften ein Häufchen Blätter auf dem Betonboden zusammen. »Ich bin sicher, dass ich eines Tages keine Angst mehr vor ihr haben werde. Ihr kennt euch sicher schon ewig, oder?«

»Wir haben uns erst im vorletzten Frühjahr kennengelernt, und die Wohnung haben wir erst etwas mehr als ein Jahr.«

»Ich hatte den Eindruck, ihr wärt schon zusammen zur Schule gegangen.«

»Absolut nicht«, erwiderte Ruth belustigt. »Madame Jael war auf einem piekfeinen Internat. Und ich habe überhaupt keine Freundinnen von der Klosterschule mehr. Die braven Mädchen fand ich langweilig, und die bösen Mädchen sind schwanger geworden und mussten die Schule verlassen.«

Maria nickte eifrig. »Aber die bösen waren lustiger, nicht wahr? In der Grundschule gehörte ich zu den Braven. Wir haben unsere ›Chalet School‹-Bücher ausgetauscht, und in den Pausen ging's um Handschuhmuster.«

»Erinnere mich bloß nicht daran.«

»Aber dann gab es die Zwillinge – die Namen fallen mir gerade nicht ein«, fuhr Maria fort und legte die Stirn konzentriert in Falten. »Ist ja auch egal, wie sie hießen, sie waren jedenfalls cool, und das allein zählte. Im sechsten Schuljahr sind sie sitzengeblieben und wollten mich in ihre Bande aufnehmen. Sie schoben ihre Socken bis zu den Knöcheln runter und konnten die Zunge aufrollen wie Lakritzschnecken.«

Ruth setzte sich auf und verschluckte sich fast. »Du hast eine wilde Phantasie, Maria.«

»Aber es stimmt.«

»Dann eben ein wildes Erinnerungsvermögen. Aber warum wollten sie dich denn? Was für einen abstrusen anatomischen Kraftakt hast du denn damals vollbringen können?«

»Ich habe so getan, als wüsste ich alles über die sogenannten ›Tatsachen des Lebens‹.«

»Mm-mm, ich erinnere mich. Hätte man besser als die ›wirren Spekulationen des Lebens‹ bezeichnet.«

»Oder ›Herumstochern im Dunkeln‹«, setzte Maria hinzu und verzog unwillkürlich das Gesicht. »Das heißt, eigentlich haben wir es uns genau so vorgestellt. Jedenfalls behaupteten diese Zwillinge, ich würde mich nicht trauen, den Satz ›Vater Malone hat einen Riesenschniepel‹ mit Kreide auf die Rückseite des Fahrradschuppens zu schreiben, aber ich habe es getan.«

»Und – hat es gestimmt?«

»Es war nur eine grobe Schätzung auf der Basis seines Egos.«

»Trotzdem, gut gemacht – du schlimme kleine Vandalin.«

Ruth zog ihre schwarze Wollstrumpfhose glatt und pflückte ein winziges Zweigstückchen von ihrem Knie. »Und dann bist du auch ein böses Mädchen geworden.«

»Nur für kurze Zeit. Schwester Miriam – die Mutter Oberin – hat versucht, uns auseinanderzubringen. Irgendwann hat sie mich in der Mittagspause zu sich gerufen und gesagt, dass meine Mami es sicher nicht gerne sehen würde, wenn ich mit den Zwillingen befreundet wäre, denn sie würden nicht zu mir passen. Außerdem hat sie mir aufgetragen, auch mit dem Jesuskind darüber zu sprechen.«

Ruth hieb mit der Hand auf die Betonstufen. »Das ist genau das, was unsere Nonnen auch immer gesagt haben. Wahrscheinlich lernen sie den Satz schon im Noviziat.«

»Die Mühe hätte sie sich jedoch sparen können. Die Bande ließ mich nach Weihnachten fallen, als sich nämlich herausstellte, dass ich nicht wusste, was ›Erektion‹ bedeutet.«

»Und dann hast du dich wieder mit den Strickerinnen zusammengetan.«

»Ja, außer dass ich von da an runtergerutschte Socken trug.«

»Wo wir gerade bei Knöcheln sind«, murmelte Ruth und beugte sich nach vorn. »Sehe ich da etwa ein rasiertes Bein vor mir?«

Maria zog die Socken bis zum Saum des Hosenbeins hoch. »Das sieht nur in dem Licht hier so aus.«

»Zwing mich nicht, dich wegen Gräueltaten an unschuldigen Haaren der Anti-Enthaarungs-Frauengruppe melden zu müssen.«

»Ich bin Post-Feministin«, sagte Maria trotzig. »Ich kann jeden Körperteil rasieren, den ich will.«

»Es ist nicht dein Wille – du erfüllst lediglich eine männliche Erwartungshaltung.«

»Ruth, der nächste Mann sitzt ungefähr fünfzig Meter von uns entfernt auf der anderen Seite eines Gewässers und kann meine Knöchel gar nicht sehen. Jetzt halt den Mund und lass mich die Sonne genießen.«

Sie hielt sich an der mittleren Haltestange fest, während der Bus die Straße entlangtuckerte. Von Zeit zu Zeit klopften überhängende Kastanienäste mit schwer behängten Fingern gegen das Dach. Ein Labrador hechelte neben dem Bus her und bellte hysterisch.

Yvonne fuhr sich mit der Zunge über die Lippen mit dem rosafarbenen Gloss. »Hast du was?«

»Nee.« Maria wandte den Kopf langsam zur Seite. »Außer dass ich heute Morgen von einem Personalmanager namens Eugene niedergemacht wurde.«

»Oh, dein Vorstellungsgespräch. Das hatte ich ganz vergessen. Wie ist es denn gelaufen?«

»Es war allein mein Fehler. Ich hatte unten auf meinem Lebenslauf noch Schreibmaschinenkenntnisse hinzugefügt. Eigentlich wollte ich damit nur eine leere Zeile ausfüllen, und dann hat dieser Blödmann mich einen Test an seinem Computer machen lassen.«

Yvonne stöhnte.

»Dabei werden Bibliothekshilfen nur für die Ablage gebraucht und um Bücher wiedereinzuordnen. Ich habe keine Ahnung, was der Test sollte.«

»Aber du hast mir doch gesagt, dass du Schreibmaschine schreiben kannst.«

»Ja, aber ich habe es auf einer manuellen Maschine in der Schule gelernt, und dann habe ich ein paarmal auf der elektrischen im Büro meines Onkels getippt.« Maria ließ den Kopf gegen die Stange sinken. »Aber dieses Monster in der Bibliothek hatte alle möglichen seltsamen Tasten und die flippen aus, wenn man bloß die Finger drauflegt. Ich habe ›System‹ mit fünf ›s‹ geschrieben.«

Yvonne schürzte die Lippen. »Hat der Typ dich zur Schnecke gemacht?«

»Nein, er hat einen auf Kumpel gemacht. Als er gesehen hat, wie ich mit der Löschtaste herumgefuhrwerkt habe, hat er gemurmelt: ›Danke, Maria, wir melden uns dann.‹« Der Bus ruckte an, sie schlug mit dem Kopf gegen die Stange und richtete sich wieder auf. »Ich hasse Autoritätsfiguren, die einen ständig mit dem Vornamen anreden und ihn dann noch nicht mal richtig aussprechen können.«

»Ach, vergiss ihn«, sagte Yvonne. »Ich verstehe nicht, weshalb du dich wegen so einem blöden Vorstellungsgespräch überhaupt so aufregst.«

»Das liegt wohl daran, dass du keinen Job brauchst.«

Einen Moment lang schwiegen sie voller Unbehagen.

Nach einer Minute beugte Yvonne sich vor, um aus dem Fenster zu sehen, und schlug geschwind das Kreuz über ihrem Schal. »Wenigstens ist der Verkehr nicht so stark. Wir sind schon an der Kirche vorbei.«

»Welcher Kirche?«

»Einer großen. Sag mal, Maria, gehst du noch zur Messe?«

Maria beugte sich zum Fenster hinunter, dann griff sie nach oben zu dem Klingelknopf. »Wir hätten schon vor zwei Stationen rausgemusst. Tut mir leid – heute ist nicht mein Tag.« Sie drängten sich zur Hintertür durch, bis sie merkten, dass der Fahrer nur die Vordertür öffnete und sie sich wieder durch das Gedränge bis ganz nach vorn kämpfen mussten. »Diese bescheuerten irischen Busfahrer«, murmelte Maria. »Immer machen sie die bescheuerte Hintertür nicht auf.«

Als sie sich dem Beldam Square näherten, wurden Marias Schritte langsamer und kürzer. »Der Anfall ist vorbei«, verkündete sie und drehte sich nach Yvonne um. »Ich verstehe nicht, wieso du immer noch mit mir kommen willst.«

»Christenpflicht«, antwortete Yvonne mit einem theatralischen Seufzer. »Aber apropos – gehst du nun noch zur Messe?«

»Natürlich. Ich meine ja«, fuhr sie vorsichtiger fort. Sie bückte sich, um eine zerdrückte Dose aufzuheben.

»Ich frage nur, weil anscheinend so viele damit aufhören, sobald sie aufs College gehen.«

Maria erblickte einen überfüllten Mülleimer und stopfte die Dose hinein, während sie überlegte. »Gehst du?«

»Gott, ja, aber ich wohne doch auch zu Hause«, sagte Yvonne defensiv. »Meine Mutter träfe der Schlag, wenn ich mich weigern würde.«

»Mir gefällt es eigentlich, vor allem wenn der Chor gut ist. Ich empfinde es als friedlich.«

»Ja, aber machst du dir auch was aus dem religiösen Teil? Glaubst du richtig an – wie heißt das Wort, das mit einem T anfängt – also, dass das Brot sich in den Leib verwandelt?«

»Transsubstantiation?«

»Genau. Ich weiß noch nicht mal, wie man das schreibt.«

»Ich weiß es, glaube ich.« Marias Stimme wirkte plötzlich unsicher. »Das hat mich niemand mehr gefragt, seit ich sieben Jahre alt war und den Kommunionsschleier getragen habe.«

Yvonne nickte. »An dem Tag habe ich 63 Pfund von meinen Verwandten eingesackt, und ich durfte den farblosen Nagellack meiner Mutter benutzen.«

»Ich habe die Möhren über mein Kleid gekotzt.«

»O Maria, du erfindest diese ekligen kleinen Geschichten bloß, um zu schockieren.«

»Es ist die reine Wahrheit. Komm mal am Wochenende mit zu mir nach Hause, dann kann ich dir den Fleck zeigen.«

Yvonne schubste sie gegen eine Hecke mit stachligen Blättern.

Während Maria die kleinen Blättchen von ihrem Pulli bürstete, wurde sie wieder ernst. »Ich bin mir nicht ganz sicher in Bezug auf die Glaubenssache. Ich finde, wenn man einen Teil glaubt, kann man auch gleich das Ganze schlucken.«

»Wie bei Madonna«, sagte Yvonne und nickte.

»Wirklich?«

»Ja, sieh mal, *alle* ihre Songs gefallen mir auch nicht – ich mag eigentlich nur die schnellen Stücke. Aber es ist besser, man hat gleich alle Alben, denn dann kann man die Texte mitsingen und ist als Madonna-Fan bekannt. Daran erinnern die Typen sich, verstehst du? Ich werde deshalb ständig angequatscht.«

Maria blickte sie erstaunt an. »Das klingt tatsächlich sehr nach katholischer Kirche. Trotzdem, in zwei Generationen ist das alles vorbei«, schloss sie.

»Was denn – die Transsubstantiation?«

»Alles – der ganze Kram. Die meisten unserer Generation geben sich damit doch schon gar nicht mehr ab.«

Yvonne zählte die feuchten Risse im Bürgersteig.

»Ach, vergiss es. Kann ja sein, dass ich mich irre. Komm, ich kaufe dir ein Eis.«

»Aber es ist doch Winter«, beschwerte sich Yvonne und folgte ihr zu dem Laden an der Ecke. »Und es fängt gleich an zu regnen.«

»Deshalb wird dir das Eis vergleichsweise warm vorkommen«, erwiderte Maria und bestellte zwei große Portionen Softeis.

Sie schlenderten über den Beldam Square. Ihre Zungen schafften es gerade, die überlaufenden Hörnchen unter Kontrolle zu halten. Auf dem Grün hieb ein kleines Kind immer wieder mit einem gelben Spaten auf irgendetwas ein. Die fröstelnde Mutter saß auf der Kante der nächststehenden Parkbank und hatte den Kragen ihres Regenmantels hochgeschlagen.

»Allmählich fängt Dublin an, mir zu gefallen«, sagte Maria. »Nur Grautöne und Dunkelgrün und alles viel wirklichkeitsnäher als in den Vororten.«

Der stürmische Wind peitschte Yvonne eine der blondierten Locken ins Auge. Sie schaute argwöhnisch zum Himmel hinauf und sagte: »Ich habe einen Tropfen gespürt – in den Vororten gibt es wenigstens Schirme.«

»Es war bestimmt nur Vogelscheiße.«

»Maria, ich frage nur so aus Interesse, aber wo ist der nächste Parkausgang?«

»Da drüben, neben der Büste von Oliver Plunkett.«

»Ich habe nämlich das Gefühl, dass es gleich –«

Über ihnen barst der Himmel. Sie rannten auf das schmiedeeiserne Tor zu und fanden es verschlossen. Maria brach in schallendes Gelächter aus, schmiss das Eishörnchen in einen Abfallkorb und führte Yvonne den Fußweg entlang. Die Frau rannte in der entgegengesetzten Richtung fort, das schreiende Kind über die Schulter gelegt. Schließlich fanden sie das Eingangstor, die Spitzen glänzten silbrig im Regen. Sie spurteten außen um den Park herum und suchten zwischendurch Schutz unter überhängenden Heckenzweigen.

»Mach langsamer«, keuchte Yvonne. »Ich will lieber ertrinken als ersticken.« Sie spähte zwischen den Tropfen auf ihren Wimpern hindurch auf die Eingangstür und entzifferte die Hausnummer zwischen den Regenschlieren auf dem Oberlicht.

»Nicht da rein – da geht's zum Bordell.« Maria bedeutete ihr, ihr um die Ecke zu folgen.

Yvonne umklammerte das Geländer und atmete erleichtert auf. »Ich habe mich doch gerade verhört, oder?«

»Nun, es könnte ein Bordell sein.«

»Ich glaube nicht, dass ich das wissen will. Komm schon, ich brauche Tee und einen Spiegel, sonst drehe ich durch.«

Als sie auch auf der letzten Treppenstufe ihre Dreckspuren hinterlassen hatten, fragte Yvonne mit heiserer Stimme: »Werde ich denn auch deine wunderbaren Mitbewohnerinnen kennenlernen?«

»Sie sind vielleicht gar nicht da.« Maria mühte sich mit dem Schlüssel ab. »Huhuuu!« Sie nahm einen Brief von der Heizung und steuerte auf den Wasserkessel zu. Yvonne ließ sich in den Schaukelstuhl fallen.

»Ich fühle mich plötzlich alt.«

»*Magnifique!*«

»Wie bitte?«

»Das ist ein Scheck – mein Stipendium ist da.« Maria küsste das Papier. »Gott sei Dank. Jetzt kann ich die Studiengebühren bezahlen und mir endlich vernünftiges Zeichenmaterial kaufen.«

»Du bekommst ein Stipendium? Wie schön. Wie viel ist es denn, wenn ich fragen darf?«

Maria warf ihr den Brief zu und nahm zwei rote Becher von den Küchenhaken.

»Ist das pro Trimester?«

»Nein, nur zweimal pro Jahr.«

Yvonne schob den Briefbogen in den aufgerissenen Umschlag zurück. »Eigentlich nicht besonders viel, oder?«

»Da hast du verdammt recht. Wenn die Miete nicht aus dem Lebensmittelgeschäft meiner Eltern käme, könnte ich gar nicht hier sein.«

»Der Staat müsste etwas tun«, sagte Yvonne. Sie betastete ihre getuschten Wimpern, um zu prüfen, ob irgendwelche Schäden entstanden waren. »Lebensmittel, hast du gesagt? Das ist sicher toll. Frisches Obst und so.«

»Es ist nicht mit den Supermärkten in der Southside zu vergleichen, falls du das meinst. Keine glänzenden Nektarinenberge.«

Yvonne streckte ihr die Zunge heraus und fragte, wo die Toilette sei. Als sie zurückkam, das Make-up wiederhergestellt, hatte Maria den Tee fertig.

»Das ist ein merkwürdiges Bild.«

»Welches? Das über dem Kamin? Es sind doch nur zwei Frauen.« Maria hielt Kanne und Zuckerdose in einer Hand, die beiden Becher in der anderen. Sie schnappte nach Luft, als die Becher ihr zu heiß wurden.

»Sind das die Schwestern irgendeiner Berühmtheit oder so?«

»Keine Ahnung«, antwortete Maria, stellte die Becher auf dem Kamintisch ab und pustete auf ihre Finger. »Ruth hat es auf einem Trödelmarkt in Marseille entdeckt.«

Yvonne setzte sich in den Schaukelstuhl und wiegte sich sachte. »Scheußlicher Teppich, wenn ich das mal so sagen darf.«

»Jael sagt, es sei das Fell eines unterernährten Mammuts. Fühlt sich barfuß aber gut an.«

Nach ein paar Schlucken Tee sprang Yvonne auf. »Wenn der Film erst um zehn nach fünf beginnt, bleibt noch Zeit für die Große Führung.«

»Gut – also hier sind wir im allgemeinen Eingangsbereich.«

»Wessen Zimmer ist das hier?«, fragte Yvonne, die Hand auf der Klinke.

»Das der beiden.«

»Kann ich mal kurz reinschauen?«

»Lieber nicht«, sagte Maria verlegen. »Ich meine – sie sind nicht da. Und sie legen … wir legen Wert auf unsere Privatsphäre.«

»Okay, klar.« Yvonne verschränkte die Arme vor der Brust. »Ich hatte nur den Eindruck, dass ihr eine einzige glückliche Familie wärt.«

»Sind wir auch, was die gemeinsamen Räumlichkeiten angeht. Schlafzimmer sind aber was anderes.«

»Erzähl das mal meiner Mutter«, sagte Yvonne in leichterem Ton. »Wenn sie noch einmal bei mir reinkommt, wenn ich gerade mit Pete rummache …«

»Nein!«

»Doch! Das macht sie absichtlich. Meiner Theorie zufolge handelt es sich dabei um eine Art Ersatzstimulierung während der Wechseljahre.«

Maria öffnete ihre Tür. »Und das ist mein Zimmer. Schütz deine Augen besser vor den Streifen. Ich habe versucht, die Wirkung mit ein paar Postern abzuschwächen.«

Yvonne drehte sich um die eigene Achse und studierte die Gesichter. »Bogie sieht reichlich verkatert aus. Ist das etwa Greta Garbo? Sie sieht ganz anders aus, wenn sie lächelt.«

»Tun wir das nicht alle?«

Yvonne grinste sich im Spiegel zu und griff nach einem grünen Lidschatten. »Damit habe ich dich noch nie gesehen.«

»Bin noch nicht dazu gekommen.« Maria setzte sich auf den Rand des Bettes und entspannte den Rücken.

»Also, nun erzähl mal, wie der kleine Ami ist.«

»Du lässt nie locker, was?«

»Na, immerhin hast du gesagt, dass ihr Gedichte austauscht«, murmelte Yvonne und tupfte sich das Olivgrün unter die Augenbrauen.

»Er hat sich die Yeats-Gesamtausgabe bloß für seine Seminararbeit ausgeliehen.«

»Klingt nach einem Vorwand.«

»Galway kann es sich nicht leisten, Bücher zu kaufen.«

»Ohhh, der arme kleine Schnutziputz«, sagte Yvonne leise, während sie sich das andere Auge schminkte.

Rasselnd schob Maria die Kleiderbügel in ihrem Schrank zusammen. »Hör zu, er versucht keineswegs, sich an mich ranzumachen. Er ist ein netter Kerl und außerdem der asexuellste Mensch, den ich kenne.«

»Na klar.« Yvonne steckte die Hülse wieder auf den Lidstift. »Nun zick doch nicht gleich rum. Er könnte eigentlich ganz süß aussehen, wenn er ein bisschen zunehmen und sich ein bisschen aufhübschen würde.«

»Mir ist es egal, ob er süß ist oder nicht. Er ist einfach bloß ein Freund.«

»Ich glaube nicht, dass Männer und Frauen Freunde sein können«, erwiderte Yvonne tonlos und starrte aus dem Fenster über die Schieferdächer hinweg.

»Warum denn nicht?«

»Ich kann nur aus eigener Erfahrung sprechen, und da hat es noch nie geklappt. Entweder finde ich sie toll oder sie mich, oder wir kommen von vornherein nicht über das erste Geplänkel hinaus. Es gibt so viele Dinge, die ich einem Typen nie erzählen würde.«

Maria trat zu ihr an die Fensterbank und malte eine Schlangenlinie in die dünne Staubschicht.

»Wie sollen sie uns denn je verstehen, wenn wir ihnen nichts erzählen?«

»Weiß nicht.« Mit einem Blick auf ihre Armbanduhr meinte Yvonne dann: »Hör mal, wir sollten jetzt los. Vielleicht müssen wir anstehen. Robert Redford spielt in dem Film mit. Schmilzt du nicht auch dahin, wenn er auf der Leinwand auftaucht?«

»Tut sich bei mir nichts.« Maria trug die Becher zur Spüle.

»Das ist Blasphemie! Übrigens hübsch – das da auf dem Küchenfenster. Ist das ein Adler?«

»Nein, eine Axt. Immerhin ein antikes Stück aus Kreta. Ruth hat sie gemalt.«

»Das würde meiner Mutter gefallen. Sie macht auf Kultur«, sagte Yvonne, schüttelte die letzten Regentropfen von ihrem Mantel und schlüpfte hinein. »Ich persönlich habe in altem Kram noch nie was Faszinierendes entdecken können.«

»Wieso studierst du denn dann Kunstgeschichte?«

»Keine Ahnung«, sagte Yvonne und folgte Maria durch die Wohnungstür. »Ich hätte Physik wählen sollen – da ist das Verhältnis von Männern zu Frauen gigantisch.«

Weil sie am Dienstagabend nichts vorhatte, ließ Maria sich von Ruth zur Frauengruppe mitschleppen.

Sie empfand sich beinahe als konservativ in den ordentlichen grauen Jeans und dem Aran-Pullover, als schon die ersten beiden Frauen, die sie an der Tür trafen, Gebatiktes über schwarzen Leggings und selbstgemachten Schmuck trugen. Das ist sicher die feministische Uniform, dachte Maria, bis sie verwirrt feststellte, dass eine junge Universitätsdozentin einen grauen Anzug trug. Nachdem das Teewasser gekocht hatte und eine mitgebrachte Tüte Fallobst verteilt worden war, fuhr eine Frau in ausgebleichten Jeans und braunen Zöpfen im Rollstuhl herein. Maria war ihr ein paarmal auf dem Flur bei den Mathematikern begegnet. Sie lächelte kurz, dann senkte sie den Blick für den Fall, dass die Frau sie anschauen würde, ohne sie wiederzuerkennen.

»Hi, Pat«, sagte Ruth leise. Sie öffnete eine Plastiktüte und reichte runde Scheibchen Bananenbrot herum, die noch warm waren.

Maria füllte ihren Mund mit Süßem, damit niemand von ihr erwarten konnte, dass sie etwas sagte. Der schuppige Apfel ruhte in ihrem Schoß wie eine Kugel. Sie hatte sich in eine der hinteren Reihen setzen wollen, war aber mit in den inneren Kreis wackliger Tische und Stühle gezogen worden.

Sie begannen damit, dass sich jede vorstellte und die Gründe für ihr Kommen angab. Die ersten drei Aussagen waren phantasievoll, dann folgte ein Chor mit »ich wollte mal sehen, wie's ist« und »ich bin der gleichen Meinung wie, entschuldige, ich weiß deinen Namen nicht mehr, die Frau mit den Zöpfen.« Als alle durch waren, biss Maria unauffällig in ihr Bananenbrot.

Eine gebräunte Frau aus den Vereinigten Staaten – Maria hatte den Namen schon wieder vergessen – brachte den Stein ins Rollen, als sie verkündete, dass ihr Soziologieprofessor sie zwar nicht direkt belästige, jedoch immer komische Bemerkungen mache, wenn sie eine Frage stelle.

»Was meinst du mit komisch?«

»Irgendwie anzüglich. Ich kann es nicht beschreiben, aber ich wette, dass er die Männer unter den Studenten nicht so ansieht.«

»Wenn er schwul ist, doch«, murmelte Pat mit dem Mund voll Käsebrötchen.

»Das ist wohl kaum das gleiche Machtgefälle.«

Allgemeines Nicken. Sie tauschten ein paar Tipps aus, welche Dozenten man besser meiden sollte und bei welchem Fachbereichsleiter man sich beschweren konnte. War es fair, nicht fundierte Gerüchte auf Klowände zu schreiben? Das Gespräch driftete zu der ethischen Überlegung, ob man die Plakate für den Wohltätigkeitsball von *Brot für die Welt* abreißen solle, weil die junge Frau aus Kenia darauf nur ein Baströckchen trug. »Na und – selbst wenn es die Stammestracht ist«, mischte Ruth sich ein. »Letztlich verkaufen sie trotzdem dem weißen Mann wieder schwarze Brüste – wie eh und je.« In ihrer Aufregung fegte sie ein Stück Brot vom Tisch. Maria sah weg; sie war auf seltsame Weise peinlich berührt und biss in ihren Apfel. Er war alt und sauer und bröselig. Eine Frau aus Australien fragte, ob es stimme, dass die Universität keine Selbsthilfegruppe für Inzestopfer habe und ob sie jemand bei der Gründung einer solchen Gruppe unterstützen würde.

Maria lehnte sich zurück und legte den Apfel hinter ein Stuhlbein. Sie hatte nichts beizutragen, und selbst wenn, würden ihr die richtigen Worte fehlen. Wenn sie ihrem Gesicht einen interessierten Ausdruck verlieh, wie im Geschichtsunterricht der alten Schwester Michael, würde sie vielleicht nicht weiter auffallen. Die Debatte erhitzte sich an der Frage, ob Abtreibungsinformationen in den Studienleitfaden gehörten, wobei Pat, deren Zöpfe sich allmählich auflösten, eine Bemerkung über Scheißliberale fallenließ und eine Rothaarige aus Belfast sagte, dass Feminismus für sie nicht mit dem Mord an ungeborenen Kindern vereinbar sei.

Zehn Minuten später wurden sie sich widerstrebend einig, unterschiedlicher Meinung zu sein, und die anderen redeten weiter über Beziehungen und darüber, wie überheblich Männer seien (im Allgemeinen jedenfalls, natürlich nicht alle). Maria sah, dass Ruth die Knie bis unter das Kinn gezogen hatte und schweigend zuhörte, wie eine Engländerin lang und breit etwas über schlechte Kommunikation und guten Sex erzählte. Sie betrachtete den kleinen, dunkelgelockten Kopf, der in den Falten des cremefarbenen Pullovers versunken war. Vielleicht ging Ruth zu sehr in ihrem Studium auf, um sich für das Thema zu interessieren.

Einer der Hausmeister steckte seinen grauhaarigen Kopf durch die Tür und sagte, dass sie in fünf Minuten draußen sein müssten – der Raum sei anschließend für einen Umtrunk der Archäologen reserviert.

»Ich muss los«, sagte Pat und wendete den Rollstuhl geschickt durch die Zickzacklinien der Tische.

Die feuerhaarige Frau aus dem Norden wandte sich an die, die noch im Kreis saßen, und betrachtete jede voller Ungeduld. »Maria, was meinst du zu alldem?«

»Nun«, fing sie an und brach ab. Ein Ring wohlmeinender Gesichter richtete den Blick auf sie. »Ich will nicht verallgemeinern.«

»Aber kannst du nicht aus eigener Erfahrung sprechen?«, fragte eine blasse Frau und strich sich ein paar Haarsträhnen hinter die Ohren.

»Ich habe noch nicht so viel Erfahrung. Keine, die relevant wäre.«

Sie wurde von der Nordirin gerettet, die sich mit warmer Stimme einschaltete. »Ist nicht jede Erfahrung relevant, Maria? Ich glaube, die Gruppe würde auch die speziellen Erkenntnisse von einer, die enthaltsam lebt, zu schätzen wissen. Ich schlage vor, wir nehmen das als Diskussionsthema für die nächste Woche.«

Als sie fröstelnd an der Bushaltestelle standen, wiederholten Maria und Ruth den Ausspruch »die speziellen Erkenntnisse von einer, die enthaltsam lebt«, im Belfaster Dialekt und brachen in Lachen aus.

»Ich habe mich komplett blamiert.«

»Hast du nicht – enthaltsam zu leben ist voll im Trend«, sagte Ruth.

»Ich mag es einfach nicht, wenn ich was sagen soll und mich alle dabei ansehen.«

Ruth beugte sich vor in den Wind und hielt in der Dunkelheit nach dem Bus Ausschau. »Mach dir darüber keine Gedanken – das ist immer so bei den ersten Treffen. Nach ein paar ordentlichen Auseinandersetzungen wirst du entspannter sein.«

Maria nagte an ihrer Unterlippe. »Ich bin mir gar nicht sicher, ob ich mich als Feministin oder so bezeichnen will.«

»Großartig.« Ruth gähnte und lehnte den Kopf gegen die Wand des Bushäuschens. »Für diese Gruppe musst du nur Frau sein. Wir tasten dich nicht an der Tür nach deiner Gesinnung ab.«

»Aber was ist denn an Frauen so wundervoll?« Es klang mürrischer, als Maria beabsichtigt hatte und war allein ihrer Unsicherheit geschuldet. Aber nachdem es einmal gesagt war, gab es kein Zurück. »Ich meine, wir sind doch nicht wirklich ›Schwestern‹ – wir kennen uns noch nicht einmal richtig«, stotterte sie. »Was wäre so anders, wenn auch ein paar Typen zugelassen würden, um für sich zu sprechen?«

»Hör zu, ich habe in gemischten Gruppen gearbeitet. Wenn ich dir sage, dass es nichts als Zeitverschwendung ist, dann kannst du mir das glauben.«

Die Herablassung, die dabei mitschwang, ärgerte Maria. Ob der verdammte Bus jemals auftauchen würde? »Ich begreife nicht, was an Männern so schlecht sein soll, dass wir uns zusammensetzen müssen, um gemeinsam zu jammern.«

»Hört sich das Ganze so für dich an?« Ruths Blick wirkte verwundert.

Sie hatte sich zu weit vorgewagt, um wieder zurückzurudern. »Wahrscheinlich habe ich mit Männern im Allgemeinen einfach bloß kein Problem.«

»Hey, super für dich.«

Ihr Hals tat weh. »Alles, was ich sagen wollte, war –«

Die Augen, die sich auf sie richteten, wirkten schwarz im Schatten des Bushäuschens. »Natürlich stört dich nichts an den kleinen Schnuckis, zumindest so lange nicht, bis man dich vergewaltigt hat, dir ein Job vorenthalten wurde oder du von einem von ihnen zusammengeschlagen worden bist.«

»Das ist dir doch auch noch nicht passiert.« Oder doch? Was für eine blöde, blöde Bemerkung.

Die Antwort kam zögernd. »Ich kenne viele, denen es passiert ist.«

Wie sollte sie da wieder rauskommen? Sie suchte krampfhaft nach einer Antwort. Bis auf das weiße Licht aus dem Wartehäuschen war alles dunkel, und der Bus würde nie auftauchen. »Sieh mal«, sagte Maria, den Blick auf den Boden geheftet. »Ich weiß, dass ich naiv bin, und manche Männer sind mit Sicherheit Schweine, aber im Allgemeinen sind sie doch in Ordnung, oder?«

Ruth schnitt eine kleine Grimasse. »Vielleicht, aber im Allgemeinen sind auch Frauen in Ordnung, und das ist eigentlich alles, um was es bei der Frauengruppe geht. Lieber Himmel, bei der Feindseligkeit, die wir auf dem Campus hervorrufen, könnte man meinen, wir wären Terroristinnen.«

Maria beobachtete, wie sich die Kieselsteine unter ihrem Fuß bewegten.

»Ich merke, dass ich dich langweile. Es ist nicht deine Szene, also vergiss es.«

Maria überlegte noch, ob und dann wie sie sagen sollte, dass es ihr leid täte, als der Bus um die Ecke gerumpelt kam. Sie zuckelten nach Hause, kalt und ohne Worte. Wie immer bildeten sich die Sätze in ihrem Kopf wie von selbst. *Ich wollte dir nicht wehtun* und *Bring mir doch was bei* und *Das Zimmer wird wärmer, wenn du darin bist.* Heimlich beobachtete sie in der Fensterscheibe, wie Ruths dunkle Locken auf- und abwippten.

Einmal trafen sich ihre Blicke im Fenster, und um ein Haar hätten sie beide gelächelt.

War er das, der da aus der Fotokabine geschlurft kam? Nein, kein Zopf im Nacken. Überhaupt ein völlig anderer Typ.

»Ich persönlich«, setzte Yvonne an, »langweile mich bis zum Gehtnichtmehr.«

Maria wandte sich ihr wieder zu und blickte dann auf ihren Styroporbecher. Sie saßen eingezwängt in einer Ecke in der Studentengemeinde, die Füße auf einem Tisch, der mit leeren Popcorntüten übersät war. »Ja, aber du hast auch die größte Attraktion des Vormittags verpasst«, sagte Maria und gähnte. »Die Dekanin der Fakultät Bildende Kunst hat uns in der Sporthalle zusammenkommen lassen und einen Vortrag über die Bedeutung des Miteinanders gehalten. Den üblichen Mist über ›die schönsten Jahre des Lebens‹ mit einer Sondereinlage zum Thema Liebe beziehungsweise Sex, weil wir ja jetzt Erwachsene sind.«

Yvonne schnippte die Asche auf den Fußboden. »Was hat sie empfohlen?«

»Sie sagte: ›bitte verliebt euch nicht‹, und zwar mit diesem völlig bescheuerten Lächeln. Sie tat so, als ob das ein Streich wäre, den Studenten aushecken, genau wie Skulpturen beschmieren oder mit Rollschuhen über die Behindertenrampe fahren.«

Maria hustete leicht, und Yvonne nahm die Zigarette in die andere Hand und wedelte den Rauch fort. »Hat sie auch gesagt, warum?«

»Wenn man sich im ersten Semester verliebt, verpasst man die Chance, tausend neue Leute kennenzulernen und neue Freundschaften zu schließen.«

»Meinst du, sie hat aus Erfahrung gesprochen?«

»Zweifellos.« Maria beschloss, den letzten Schluck mit dem Kaffeesatz lieber nicht zu trinken. Sie platzierte den Becher vorsichtig zwischen dem Müll auf dem Tisch. »Wahrscheinlich hat sie 1959 das Studium wegen Schwangerschaft abbrechen müssen, hat das Kind irgendwo auf dem Land gekriegt und anschließend zur Adoption freigegeben und ist dann wieder zurückgekommen, um das Jahr mit einwandfreiem Leumund zu wiederholen.«

»Sie hat recht, weißt du?«, sagte Yvonne düster. »Was das Wort, das mit einem L anfängt, angeht.«

»Was denn – Liebe? Natürlich hat sie recht. Aber es ist genauso, als würde dir jemand sagen, iss jetzt keine Pralinen, denn sonst hast du nachher keinen Hunger mehr beim Essen. Ich würde trotzdem lieber die Pralinen essen.«

»Ich auch«, sagte Yvonne lasziv und zupfte ihre Leinenmanschetten zurecht.

Das da musste jetzt aber Damien sein, das orangefarbene Sweatshirt war gerade noch hinter einer Säule zu erkennen. Maria fand es faszinierend, wie seine große Hand sich über eine dünne französische Zigarette wölbte, an der er von

Zeit zu Zeit zog, obwohl überall »Rauchen verboten«-Schilder hingen.

»Was ist denn so interessant?«

»Nichts. Nur ein Plakat.« Sie wandte sich wieder um. »Ich weiß nicht, Yvonne, vielleicht sind wir nicht die Richtigen für die heiligen Hallen der Akademie.«

»Welche Hallen?«

»Die hier.«

»Oh.« Yvonne nahm einen letzten Zug und drückte die Zigarette auf einer Coladose aus. »Wahrscheinlich hast du recht. Ich bin nur hier, weil alle anderen hier sind. Ich habe keinerlei Ehrgeiz, erfolgreich Karriere zu machen.«

»Es gibt mehr als eine Art von Erfolg. Du hast es immerhin geschafft, in weniger als drei Wochen – wie oft? – dreimal den Typen zu wechseln.«

»Eigentlich viermal«, grinste Yvonne. »Habe ich dir nichts von dem Typ letzten Freitag erzählt?«

»Du Glückliche.«

Der gezierte Ton wurde jetzt ernsthaft. »Das hat nichts mit Glück zu tun, Maria, das ist harte Arbeit. Das kann jede schaffen. Na ja, fast jede.« Sie nahm die Füße vom Tisch und setzte sich auf. »Wenn du deine Haare hinten stufig schneiden lassen würdest, so wie ich es dir empfohlen habe, und Lippenstift auflegen würdest, einen eher blassen …«

»Ich hasse den Geschmack von Lippenstift. Nein, ich glaube, ich lasse dir deine Verehrerschar.«

Yvonnes Miene verdüsterte sich. »Ich mache mir eigentlich aus keinem was – nur aus Pete, und dem scheint es nicht besonders ernst zu sein.«

»Lass ihm Zeit.« Das orangefarbene Sweatshirt war weg. »Komm los, es ist schon nach zehn.«

Die Vorlesung war bereits in vollem Gange. Der Dozent projizierte monströse Bilder auf die Leinwand. »Schau dir das mal an!«, zischelte Yvonne, als sie in die letzte Reihe schlüpften. »Wusste gar nicht, dass es im siebzehnten Jahrhundert schon Lesbenorgien gab.«

»Das ist der Raub der Sabinerinnen, Dummkopf. Sie klammern sich der moralischen Unterstützung wegen aneinander.«

»Sieht mir aber eher unmoralisch aus.« Yvonne knallte vier verschiedenfarbige Marker auf ihren Notizblock und kehrte wieder zum Tagesgeschäft zurück. »Also, gefällt dir schon jemand besonders?«

Maria verdrehte die Augen, dann schrieb sie säuberlich die Überschrift für ihre Notizen: Kriegsszenen des Barock – Dr. Quentin – 22. Oktober.

Yvonne senkte anzüglich die Stimme und fuhr fort: »Romantisches Interesse an irgendeinem humanoiden männlichen Wesen zum gegenwärtigen Zeitpunkt?«

»Lass mich in Frieden.«

Sie seufzte. »Du bist so selbstsicher. Ich finde das beeindruckend.« Sie fing an, die Nagelhaut mit der Kulikappe zurückzuschieben.

Maria wagte nicht hinzusehen. Sie wusste, dass er elf Reihen unter ihr saß, aber wenn sie nur einen einzigen Blick in seine Richtung werfen würde, gingen bei Yvonne die Alarmanlagen an. In Anbetracht von Marias Geschmack würde sie zweifellos schaudern, denn entweder verliebte man sich in schlaksige Medizinstudenten, deren Väter einen BMW fuhren, oder aber man war besessen von der energischen Kinnpartie eines aalglatten Jurastudenten. Jedenfalls hatte man höher zu zielen als auf einen bärtigen Alleswisser aus dem eigenen Seminar.

Vor drei Tagen war Damien ihr zum ersten Mal aufgefallen. Er hatte sich mit dem Dozenten in eine Auseinandersetzung über Ästhetiktheorie verstrickt, und sie hatte sich zurückgelehnt und hingestarrt. Als das Seminar vorbei war, schob er die Bücher in eine abgewetzte Aktentasche und entfernte sich durch den gedrängt vollen Korridor, den Blick auf die Füße geheftet. Seitdem hielt sie während der Vorlesungen nach seinem schmalen Nackenzopf Ausschau. Nie ließ er sich dazu herab mitzuschreiben. Neben ihm notierte eine Schar von Studentinnen noch die banalste Äußerung des Dozenten – er saß da wie eine Statue.

Nach einem Blick auf Yvonne, die immer noch mit ihren Nägeln beschäftigt war, schwenkte Maria die Augen zu ihm nach unten. Nur die Rückseite seines Kopfes war zu sehen und ein Arm. Sieh an, heute machte er sich offenbar Notizen – er kritzelte etwas auf einen Block. »Geh ruhig schon ohne mich«, sagte sie zu Yvonne, als die Vorlesung sich dem Ende zuneigte. »Ich schreibe das Strukturdiagramm lieber noch zu Ende ab.«

Über ihren Block gebeugt, beobachtete sie Damien durch den Vorhang ihrer Haare hindurch. Er knüllte die Seite zusammen und schnipste sie über den Tisch. Sie blieb noch einige Minuten nach seinem Abgang zurück, bis sich der Hörsaal geleert hatte, dann rannte sie die Stufen hinunter und stürzte sich auf das zerknüllte Blatt Papier. Es enthielt die grob ausgeführte Zeichnung einer säugenden Sau.

Sie behielt es, versah es säuberlich mit dem Datum und der Nummer des Hörsaals. Maria sammelte gerne Schuttstücke aus der Vergangenheit und etikettierte sie anschließend. Sie hatte Angst, dass sie in zehn Jahren als Mutter von vier Kindern in einer Doppelhaushälfte in einem Vorort leben würde, ohne sich an etwas erinnern zu können.

»Es kocht über, ich schwör's dir. Schau dir die ganzen Bläschen an.«

Ruth streckte geschwind die Hand unter Marias Arm hindurch, um an den Schalter zu kommen. »Du hättest es doch nur niedriger zu stellen brauchen.«

»Aber du hast gesagt, ich soll nicht aufhören zu rühren, bis die Klumpen verschwinden«, beharrte Maria. Sie ließ den Holzlöffel eine Sekunde lang sinken, um sich an der Stirn zu kratzen, wobei ihr ein Tropfen der kochendheißen Milch aufs Handgelenk fiel.

Auf ihren Aufschrei hin übernahm Ruth die Sache. »Gib her, ich mache die weiße Soße fertig. Du kannst die Auflaufform einfetten.«

Maria gähnte und rollte die Ärmel ihrer Strickjacke herunter. »Tut mir leid, dass ich so nutzlos bin. Ich verstehe nicht, wie du den Stress mit den ganzen Töpfen aushältst.«

»Übung.«

Sie konnte Ruths Gesichtsausdruck nicht erkennen; der Dampf verdeckte ihre Züge. »Bist du sauer auf mich?«

»Überhaupt nicht.« Die warmen Augen richteten sich auf

sie. »Spiel aber jetzt bitte nicht das arme verlorene Hündchen – ich habe keine Zeit, dir einen Hundekuchen zu suchen.«

Maria beschäftigte sich mit der Keramikform und fettete Rand und Boden mit Butter ein. Als sie damit fertig war, ging sie zu dem beschlagenen Fenster hinüber und spähte auf die Straße hinunter. »Schmuddelwetter. Weiß nicht, ob es regnen soll oder nicht. Ich glaube, ich sehe unser kleines Jaello Submarine, wie es um die Ecke geschlichen kommt.«

Ruth trat neben sie und wischte sich die Hände an den Jeans ab. »Das wird sie sein. Sie sieht so harmlos aus von hier oben, findest du nicht – wie ein Möhrenstückchen, das in der Gosse treibt.«

»Du kannst also auch biestig sein, wenn du willst«, sagte Maria anerkennend.

»Ich will aber meistens nicht. Es ist nur fair, ihr etwas zu lassen, das sie besser kann«, erklärte Ruth und leckte die weiße Soße von ihrem Finger ab. »Legst du schon mal die Pastablätter zurecht?«

Ein fernes Klingeln von unten. »Sie muss schon wieder ihren Schlüssel vergessen haben«, sagte Maria. »Weißt du was, mach du die Lasagne fertig, ich laufe runter.«

Sie kamen die Stufen hochgestampft, lauthals streitend. »Stell dir vor«, schimpfte Maria und stürmte durch die Perlenvorhänge. »Diese fette Schnecke hier hatte ihren Schlüssel sehr wohl dabei.«

Jael blies der Köchin einen boshaften kleinen Kuss zu und begann an dem tropfenden Reißverschluss ihrer Lederjacke zu nesteln. »Ich dachte bloß, dass der Schlüssel wahrscheinlich ganz unten in meiner Tasche ist und dass ich viel zu nass bin, um danach zu kramen. Vor allem wenn ich weiß, dass es ein Paar siebzehn Jahre alte Beinchen gibt, die nur nach sportlicher Betätigung lechzen.« Sie wich dem Tritt von einem der Beinchen geschickt aus und verschanzte sich hinter dem Sofa. »Außerdem – seht mal, was ich hier habe.« Wie ein Matador schwang sie ein durchweichtes Exemplar des *College Echo*.

Ruth sah von der Käseraspel hoch. »Haben sie es gedruckt?«, fragte sie.

»Da kannst du deinen Hintern drauf verwetten. Hör zu, Kleine, das hier ist Qualitätsjournalismus. *Profs tasten sich an Erstsemester ran.*«

»Lieber Gott, steh mir bei, das darf doch nicht wahr sein!« Ruth stürzte vor und griff mit klebrigen Fingern nach der Zeitung. Nachdem sie hastig die dritte Seite überflogen hatte, schlug sie nach Jael. »Ich wusste, dass du lügst, du Aas.«

»Lass mich mal sehen.« Maria drängte sich zwischen die beiden.

»Sie haben die Überschrift genommen, die ich vorgeschlagen hatte: *Professorenskandal wegen sexueller Belästigung.*«

Jael ließ sich auf das Sofa sinken und legte die Stiefel auf das Kamingitter. »Wenn du mich fragst, ist es auch mit der richtigen Überschrift eine Verleumdung. Du erhebst Anschuldigungen wegen unzüchtigen Verhaltens gegen ›einen Professor in der Abteilung Paläogeografie‹«, sagte sie und friemelte die obersten Knöpfe ihrer violetten Seidenbluse auf. »Und davon gibt es nur zwei.«

»Das Ganze basiert auf einer objektiven Untersuchung«, sagte Ruth und las Absatz für Absatz genau durch.

Jael schnupperte in der Luft herum. »Brennt hier irgendwo vielleicht eine Soße an?« Ruth eilte zum Herd zurück. »Ich liebe es, ihr die Luft rauszulassen, wenn sie auf einem Egotrip ist«, flüsterte Jael Maria zu und machte ihr auf dem Sofa ein bisschen Platz.

»Du meinst, wenn sie brillant ist und recht hat.«

»Ein und dasselbe«, sagte Jael träge. »Ah, wahrscheinlich ist es besser für sie, wenn sie was zu tun hat – das lenkt sie von ihrem liebesleeren Dasein ab. Irgendwo müssen wir Jungfern doch hin mit unserer Energie.«

Maria leckte einen leicht buttrigen Geschmack von ihrem kleinen Finger ab. Das Feuer versank in grauer Asche, aber sie war zu tief im Sofa geborgen, um aufstehen zu wollen. »Da wir gerade von unserem liebesleeren Dasein sprechen«, sagte sie. »Findet ihr nicht, dass wir geradezu schockierend viel essen?«

Jaels Ausdruck war träumerisch, als sie ihren runden Bauch in den Jeans tätschelte. »Ich persönlich esse eben für zwei.«

»Tust du nicht!« Marias Stimme klang jedoch keineswegs fest.

»Ich meine damit mich und mein Ego.«

Maria spielte mit den Fransen der Schottendecke auf dem Sofa und wartete, bis sich die Zittrigkeit in ihrer Stimme gelegt hatte. »Nein, mal ganz im Ernst, wegen des Essens.

Ich weiß zwar, dass ich in unsere gemeinsame Kasse einzahle, aber ihr zwei kauft dauernd irgendwelche Extrasachen. Ich kann nicht mehr löhnen, weil ich es mir nicht leisten kann, aber ich komme mir schäbig vor, wenn ich mich mit durch eure Sesambrötchen und Pfirsiche mampfe.«

Jael brach in Gelächter aus. Sie stützte sich mit dem Ellbogen schwer auf Marias Schulter und flüsterte mit rauchiger Hollywood-Stimme: »Du kannst dich jederzeit durch meine Pfirsiche mampfen, Sweetheart.«

»Mach dir deswegen keine Gedanken, Maria«, sagte Ruth. Ihre Stimme klang gedämpft, weil sie sich zum Backofen hinunterbeugte. »Ich lebe von meinen Ersparnissen aus meiner Zeit als Staatsdiebin, und Madame Miststück hier kriegt jeden Monat einen Scheck von der liebenden Familie.«

»Liebend – ha!«, schnaubte Jael verächtlich. »Alles, was die lieben, ist ihr Gestüt und ihr Kombi. Sie bezahlen mich nur, damit ich fortbleibe.«

»Wie beschämend«, sagte Maria.

»Nicht wahr? Mit siebzehn schon in die raue Wirklichkeit gestoßen, und das von meinen Liebsten und Nächsten!«

Maria konnte sich das Grinsen nicht verkneifen. »Nein, ich meine, es ist beschämend für eine erwachsene Frau von neunundzwanzig, immer noch Geld von zu Hause anzunehmen.«

Es entstand eine kurze Pause – hatte sie es etwa geschafft, einen Nerv zu treffen? Sie fing an, die Schottenfransen zu flechten, je drei auf einmal.

Jael fing sich schnell wieder. »Immer wenn das Schuldgefühl anfängt, an mir zu nagen, fällt mir ein, dass es für mich als Kommunistin Pflicht ist, meine kapitalistischen Eltern auszunehmen wie eine Weihnachtsgans.«

»Eine Kommunistin bist du nur in deinem Loch«, rief Ruth und klapperte mit dem Besteck in der Spüle.

»Vor allem da«, sagte Jael mit einem verruchten Augenzwinkern zu Maria.

Maria kämmte die Fransen wieder aus und stand auf, um die Töpfe abzutrocknen. »Ja, aber was ist denn nun mit mir?«, fragte sie Ruth und nahm ihr eine tropfnasse Schüssel aus der Hand. »Es ist immer noch nicht mein Essen.«

»Du, meine Liebe, hilfst uns lediglich, unsere unrechtmäßig erworbenen Einkünfte unter die Leute zu bringen«, rief Jael mit dem Kinn auf der Sofalehne. »Wir würden ohnehin ab und an einen Schokoladenkuchen kaufen, ob du nun da bist oder nicht. Zerbrich dir deshalb nicht dein hübsches kleines Köpfchen.«

Maria trocknete die Ritzen zwischen den Gabelzinken. »Aber warum habt ihr eine Anzeige für eine Mitbewohnerin aufgegeben, wenn ihr euch die Wohnung auch allein leisten könnt?«

»War nicht meine Idee.« Jael schlug abrupt das *College Echo* auf.

Ruth scheuerte einen Tellerrand mit Stahlwolle. »Ich weiß auch nicht mehr genau. Muss wohl schon Jahre her sein.«

»Du warst einsam«, half Jael hinter der Zeitung nach.

»Ich wusste gar nicht, dass dir das aufgefallen ist.« Ruth wandte sich wieder zu Maria um, und ihre Stimme wurde munterer. »Aber es ist gut, dass du da bist, sonst würden wir uns ständig an die Köpfe kriegen. Letzten Sommer haben wir uns einmal fast darum geprügelt, wer die Sonntagszeitung zuerst lesen durfte.«

»Tja«, sagte Jael. »Und ich weiß auch noch, wer gewonnen hat.«

Maria sah von einer zur anderen und legte das feuchte Geschirrtuch zusammen. »Ich kann mich demnach also als eine Art Puffer betrachten?«

»Eher wie eine ausgehaltene Frau«, schlug Jael vor.

»Jetzt versuch es mal mit O'Connell Street.«

»Schrawd Ee Cunl.«

»Es ist ein ›ch‹.« Sie deutete auf das hochangebrachte Straßenschild. »Probier es nochmal: *Sráid Uí Chonaill.*«

Galway schnitt vor Anstrengung eine Grimasse.

»Schroyige Ee Hunil. Menno, ich geb's auf. Warum können sie es nicht so schreiben, wie es klingt?«

»Es ist wie ein Code im Krieg«, sagte Maria und suchte eine Lücke zwischen den Autos. »Die Invasoren sollen die Straßennamen nicht lesen können«, rief sie ihm über die Schulter zu und flitzte über die Straße.

Galway folgte ihr etwas vorsichtiger. »Ich glaube nicht, dass ich bis Weihnachten fließend Gälisch spreche. Meine Großmutter wird ausrasten.«

»Wenn ich du wäre, würde ich meine Energie nicht auf eine untergehende Sprache verschwenden«, sagte sie. Sie überquerten die Brücke, wichen einer Bettlerin und ihrem Baby in einer gestreiften Wolldecke aus. »Ich kann es auch nur, weil man es mir dreizehn Jahre lang eingebläut hat. Über kurz oder lang werde ich mein System davon befreien.«

Er blieb stehen und spähte über das verzierte Brückengeländer auf die verschmutzte Liffey, die gut zehn Meter unter ihnen dahinfloss. »Du solltest dein kulturelles Erbe nicht abwerten«, sagte er, als sie neben ihn trat. »Riech mal.«

Sie beugte sich gehorsam vor und sog den Geruch ein.

»Dieser Geruch ist voller Knochen und Streitäxte. Reine Geschichte.«

»Eher tote Fische und Guinness, das aus den Exportfrachtern sickert.« Maria richtete sich auf. »Für einen Vormittag reicht das jetzt an Geschichte. Ich war schon müde, als ich wachgeworden bin, aber die Stufen der Kathedrale haben mir den Rest gegeben. Wenn ich gewusst hätte, dass du dich als Enthusiast entpuppen würdest, hätte ich dich nicht mitgenommen.«

Er holte sie auf der Verkehrsinsel ein. »Mir ist gerade aufgefallen, dass die ganzen Läden zu sind. Hat es Bombenalarm gegeben oder so was?«

»Es ist Sonntag, falls dir das was sagt. Der Herr wird euch richten, so ihr auch nur erwerbet ein paar Kekse.« Sie führte ihn um das College Green herum. »Dabei fällt mir ein – ich habe die Messe versäumt. Andererseits hat meine Mutter immer gesagt, dass man das ruhig darf, wenn man stattdessen eine Kathedrale besichtigt. Dafür sind sie wahrscheinlich auch da.«

»Ich fand die Wikingersiedlung echt beeindruckend, du nicht? Und dann dieser Müllberg mit den Eierschalen aus prähistorischen Mahlzeiten.«

»Bitte, ich habe noch nicht gefrühstückt.« Als sie um die geschwärzte Fassade herumgingen, sagte sie: »Eigentlich müssten wir uns auch das *Book of Kells* noch ansehen, aber mir wären eine Tasse Kaffee und ein Kirschteilchen lieber.«

»Ich bin leider völlig pleite.«

»Galway, darf ich dich von meinem Stipendiengeld zu einem Getränk einladen? Los, komm schon – ich möchte mich einmal reich fühlen. Der Neue Mann steht auf Rollentausch.«

Er sah sehr jung aus im Morgenlicht. »Unseren Touristenführer vorhin hätte man wohl kaum als Neuen Mann bezeichnen können. Hast du den kleinen Scherz über die Hygienegewohnheiten der Wikingerfrauen mitgekriegt?«

»Was mich genervt hat, war, wie er pausenlos gesagt hat: ›Bitte hier entlang – und Sie, meine Damen, achten Sie bitte auf die Stufe‹.«

Maria entdeckte ein winziges Café – die einzige Tür in der Straße, die offenstand. »He, ich habe es dir noch gar nicht erzählt«, sagte sie, als sie die Speisekarte studierten. »Ich habe endlich einen Job gefunden. Ich kann abends Büros putzen.«

»Nur zu«, sagte Galway. »Ich war im vorletzten Sommer Zimmermädchen in Boston. Das lässt einem eine Menge Zeit zum Träumen.«

»Schön, dass du es so siehst. Alle anderen fragen mich immer, warum ich nicht lieber kellnere.«

»Lieber verkaufe ich meinen Schweiß als mein Lächeln«, gab er zurück.

»Ich auch.« Mit einem Epigramm war Maria immer zu überzeugen. »Der Schweiß macht mir auch nichts aus – mich stört eher der Geruch des Glasreinigers.«

»Daran gewöhnst du dich schnell. Mit wem arbeitest du zusammen?«

»Mit einer Frau namens Maggie. Sie trägt einen lavendelfarbenen Overall, hat schlaffe graue Locken und sagt kein Wort.«

»Umso mehr Ruhe und Frieden für dich.«

»Oh, hör auf. Du kriegst noch einen Ehrendoktor für positives Denken verliehen.«

Auf den grauen Stufen des Verwaltungsgebäudes saßen ein paar Dutzend Gestalten mit drei Spruchbändern. »Gummis für die Revolution« las sie, und auf einem langen durchhängenden Band erkannte sie die Buchstaben HIV und noch etwas, das wie »Kohl« aussah, aber das konnte es wohl nicht sein. Maria trödelte am Rande des Kieswegs herum, bis sie Galways Arm entdeckte, der ihr fröhlich zuwinkte. Sie winkte zurück, ging jedoch weiter. Der Tag war zu schön, um auf den Betonstufen im Schatten zu sitzen. Natürlich sollten im College Kondomautomaten aufgestellt werden, aber irgendwie hatte sie keine Energie, für ein Produkt zu demonstrieren, dass sie bislang nie außerhalb der Packung gesehen hatte. Als sie auf das Haupttor zuschlenderte, hörte sie, wie die Gruppe langsam anfing zu klatschen und ein paar Sprechchöre anstimmte und dann eine respektlose Version von »Johnny, I Hardly Knew Ye«.

Maria stieg eine Station früher aus dem Bus, um gelbes Sonnenlicht zu tanken. Zufrieden betrachtete sie ihre neuen Stiefel: mattbraune Doc Martens mit einem kleinen Fehler für 15,99 Pfund von einem Schuhstand, den ein verschlagen aussehender Typ in den Arkaden betrieb, die sie am Samstag zuvor entdeckt hatte. Jetzt sah sie wie eine richtige Studentin aus. Mit den breiten Spitzen bahnte sie sich schlurfend einen Weg durch die Rinnsteine voll scharfer Blätter.

Die Tür oben an der Treppe stand offen. Sie spazierte hinein und blickte durch den Perlenvorhang.

Es war nicht ihre Schuld – sie hatte keineswegs spionieren wollen. Sie hatte keine andere Wahl, als die Gestalt, die sie bildeten, zu sehen. Ihre Augen versuchten, sie in einzelne Elemente zu zerlegen. Ruth, mit gekreuzten Beinen auf dem Tisch, der Rücken rund wie ein Komma, Jael an sie geschmiegt, Jael, die Ruth küsste. Es war keine wilde Leidenschaft. Das hätte sie womöglich weniger erschüttert. Nur das langsame Liebkosen der Lippen an dem wackligen Tisch, auf dem Ruth Abend für Abend Knoblauch hackte.

Maria kniff die Augen zusammen, als ob sie die Szene nicht schon längst aufgesogen hätte wie Löschpapier Tinte. Als sie die Lider öffnete, hatten die Frauen sich nicht bewegt. Der Kuss, die gemeinsame Körpergestalt, der Tisch – alles schien Bestandteil einer Parallelwelt zu sein. Sie hatte den Eindruck, dass kein Geräusch von jenseits der sich bewegenden Perlenhaut zu ihnen dringen würde.

Sie kehrte hastig zur Tür zurück und setzte die schweren Stiefel so zart auf wie Pantoffeln. Sie lehnte sich gegen den Türrahmen und zählte bis zehn. Wie lange konnte ein Kuss dauern? Noch fünf Sekunden. Aus welchem Grund sollten sie überhaupt aufhören? Neunzehn Flusspferde, zwanzig Flusspferde … Vielleicht machten sie den ganzen Nachmittag so weiter. Die Fenster um sie herum würden dunkler werden, ihre Gesichter würden zum Scherenschnitt, das Abendessen würde auf dem Hackbrett liegenbleiben, und während der ganzen Zeit würde Maria vor der Eingangstür stehen.

»Leute, ich bin da!«, rief sie laut und aufgekratzt wie Doris Day. Sie benahmen sich ebenfalls einwandfrei, kamen hochbeladen mit Bibliotheksbüchern aus der Küche herausspaziert, als hätten sie diese Szene ihr Leben lang einstudiert. Was sie, wie ihr dann einfiel, wahrscheinlich auch getan hatten.

Fünf Stunden später war der Moment erreicht, an dem sie zu Bett gehen konnte, ohne gefragt zu werden, ob sie krank sei. Sie hatte die ganze Zeit über herzhaft gegähnt und immer wieder darauf hingewiesen, dass ihr neuer Job sie ganz schön fertigmache, vor allem der schwere Industriestaubsauger und so.

Endlich war sie im Bett, die Fäuste in die weiche Decke gekrallt. Sie konzentrierte sich darauf, das Tableau, das immer noch auf ihrem inneren Bildschirm flackerte, auszublenden. Es gab kein distanzierendes Element, und das störte sie. Das Thema war ihr natürlich schon früher begegnet. Die Mädchen in der Klosterschule hatten permanent Witze darüber gemacht, und über die Sportlehrerin hatte es sogar Gerüchte gegeben. Auf Partys hatten sie dazu Freudsche Theorien ausgetauscht, und Nuala hatte einmal behauptet, sie hätte einen französischen Film gesehen, in dem zwei Frauen miteinander im Bett waren. Aber das war nie real gewesen. Nun hatte sie plötzlich zwei Freundinnen, die sich auf dem Tisch, an dem sie jeden Abend aß, küssten. Verzückte Gesichter, Bibliotheksbücher und Knoblauch. Es war sehr befremdlich.

Beinahe ein Monat, dachte Maria. Vier ganze Wochen, und sie hatte es nicht kapiert, nicht einmal nachdem sie die erste Unterhaltung mitangehört hatte. Beinahe dreißig Tage angefüllt mit Gesprächen, Kusshändchen, Abendessen, Anspielungen. Die Bettdecke lastete auf ihren Augenlidern und schottete das Licht ab. Was für eine geradezu absurde Naivität, selbst für eine Siebzehnjährige. Wieso hatte sie es nicht gewusst? Dann verwandelte sich ihr peinliches Empfinden in Ärger, und die Frage kehrte sich um: Wie, zum Teufel, hätte sie es denn wissen sollen?

KAPITEL 3

Als sie aufwachte, war Maria niedergedrückt – es war, als kauerte etwas auf ihren Rippen. Einige Sekunden lang blieb sie regungslos liegen, bis es in ihren Kopf zurückströmte: der Tisch, der Kuss, alles. Sie reckte sich, um die Gardine ein wenig aufzuziehen. Wie ein Arm glitt der Lichtstreifen über die Bettdecke. Bei Tageslicht ließen sich die Dinge besser an.

Bestimmte Formulierungen wirkten beruhigend auf sie, stellte sie fest, während sie dalag und versuchte, eine Strategie zu entwerfen. *Sie sind erwachsen und wissen, was sie tun* – ja, das wirkte stabilisierend, genau wie *das geht nur sie etwas an. – Anders gepolt,* dachte sie, aber das verwarf sie sofort wieder als zu krass. Was war noch gleich der Ausdruck gewesen, den die Frau aus Nordirland in der Frauengruppe verwendet hatte? *In gegenseitigem Einverständnis,* das war es gewesen. Die beiden würden auch ihr Einverständnis haben, wenn sie wiederum auch mit ihr einverstanden wären – sie würden es nicht vor ihren Augen tun und sie nicht ständig mit der Nase draufstoßen.

Marie unterbrach die Wortflut in ihrem Kopf. Das hatte sie eigentlich nicht gemeint. Sie wollte nur in der eigenen Wohnung keine Angst haben müssen und nicht in Verlegenheit gebracht werden. Sie ständig mit der Nase draufstoßen, das klang nach Gewalt. Aber sie wusste nicht, wie sie es sonst ausdrücken sollte. Ein Falke mit ausgebreiteten Schwingen, ein Kirschenpaar, ein Doppelspiegel? Sie hatte nur den Kuss auf dem Tisch als Ausgangspunkt. Irgendwo zwischen privat und öffentlich, schrecklich und schön. Maria setzte sich auf, zog die Gardine ganz beiseite, lehnte sich zurück und ließ die kalte Tapete ihre Haut wachprickeln.

Als sie schließlich auftauchte, hatten die anderen ihr Frühstück schon fast beendet. Unter ihrem Teller steckte ein Schreiben von der Universität mit einem süßlichen Text über den Semesterball. Sie schob ihn automatisch zu Ruth hinüber und goss sich die letzten Tropfen Milch über das Müsli. Unmöglich, dass sie als Erste etwas sagte – ihre Stimme hätte zittrig klingen können.

Jael las den Brief über Ruths Schultern hinweg mit. »Wenn ich du wäre«, kommentierte sie, »würde ich mir einen Mann suchen, und zwar pronto. Du nimmst dir einen pickligen Homo sapiens, steckst ihn in einen Stehkragen, schreitest mit ihm zum Semesterball, und dann lässt du dich von ihm vögeln.«

Maria prokelte mit der Zunge ein Stückchen Haselnuss aus einem Backenzahn. Sie war eher geneigt, ökonomische Zwänge in eine feministische Tugend umzudeuten und nicht hinzugehen. Stufe zwei der Operation, das Gevögeltwerden, erschien ihr noch weniger verlockend, auch wenn es wahrscheinlich billiger war. »Ich weiß nicht, ob ich einen Abend lang mit hundert Studentinnen in rosafarbenen Taftkleidern den Ententanz machen will«, sagte sie. »Ich kenne eine, die den ganzen Sommer in einer Bingohalle gearbeitet hat, um sich das Kleid zu leisten zu können. Nicht mit mir. Bist du denn bei deinem Semesterball hingegangen?«, fragte sie Jael.

Die Augen verengten sich im nostalgischen Rückblick. »Ich blicke durch die Nebel der Vergangenheit – wann war das, späte Siebziger? Ich erinnere mich nur, dass ich mir den Erstbesten geschnappt habe, der gewillt war, seine Hälfte des Eintritts zu bezahlen. Der Fiesling hat dann, als ihn der Wodka übermannte, versucht, mich in der Empfangshalle des Shelbourne Hotels zu vergewaltigen.« Sie ließ ein weiteres Stück Zucker in ihren Kaffee fallen und fuhr fort: »Ich gebe zu, ich war nicht ganz abgeneigt. Es war sowieso der Teufel los. Eigentlich war es eher sein Aufzug, der mich abgeschreckt hat; zu meinen Gunsten kann ich also anführen, dass ich noch nie einen Typ mit Fliege gevögelt habe.«

Maria war durcheinander. Sie senkte den Kopf und konzentrierte sich auf ihr Glas Apfelsaft. »Wie war's bei dir?«, fragte sie Ruth nach einer Weile – nicht dass sie womöglich durch ihr Schweigen auffiel.

»Bin nicht gegangen. Wusste nicht wozu.« Ruth stand an der Spüle und machte den Abwasch.

Jael strahlte. »Siehst du, das ist der große Unterschied zwischen uns beiden. Ruth Johnson ist zu hundert Prozent ideologisch gefestigt.«

Ruth drehte sich um und warf eine Haselnuss nach ihr. Nach ihrer – was war das richtige Wort – Freundin, Gefährtin, Geliebten? Sie traf daneben.

Ich heiße Felicity. Ich mach das! hing neben *Sean L. als Studentenvertreter – der bringt's*. Und darunter, leicht durchhängend, *Marylou Tennant, die Studentenvertreterin, die euch verschafft, was ihr wollt.* Maria überflog die meterlangen Streifen Computerpapier, die an der Stirnwand des Hörsaals angebracht waren. Sie beschloss, für niemanden zu stimmen. Es war erst elf Uhr, und der Tag wirkte jetzt schon alt. Die Gedanken auf kleine Dinge konzentrieren, das war der Trick. Sich nicht aufregen, keine überhasteten Entscheidungen treffen, nicht zu viel nachdenken. Sie lenkte sich ab, indem sie Reihe um Reihe in dem dicht besetzten Hörsaal nach Damiens Silhouette absuchte. Schließlich entdeckte sie ihn in einer fernen Ecke, unter dem schmutzigsten Teil der Wand. Er hatte den Kopf zurückgelehnt wie ein toter Stier, vielleicht war er eingeschlafen. Das war das Beste, was man tun konnte. Maria ließ sich nach vorn auf den Tisch sinken und barg den Kopf auf den Armen.

Die einschläfernde Stimme des Professors schwebte über dem Gesumm, das von der Menge kam. »Ich hoffe, dass ich in meiner letzten Vorlesung ausreichend darauf hingewiesen habe, dass der eigentliche Punkt, den Sie begreifen müssen, in der Bedeutung der wiederentdeckten Ölfarbe liegt und in dem daraus resultierenden Potential hinsichtlich der Intensität der Farben …«

Ein Stoß rüttelte sie wach. »Was?« Sie fuhr hoch.

»Auch dir einen schönen Good Morning, Sunshine.«

»Entschuldigung.« Maria stützte sich auf den Ellbogen auf. Entweder hatte Yvonne geweint oder aber sie trug einen erschreckend rosafarbenen Lidschatten.

»Was ist los?«, fragte Yvonne.

Nichts – Maria versicherte ihr, dass sie weder einen Kater

habe noch ihre Tage und dass sie auch nicht verliebt sei. Ihre Finger folgten alten Graffiti, die in den Tisch geritzt waren. Namen von Rockstars, Blumen mit spitzen Blütenblättern, ein falsch herum gemaltes Hakenkreuz. Und dann schlüpften die Worte an ihrer Zunge vorbei. »Ich habe doch eine kleine Überraschung.«

»Eine gute oder eine schlechte?«, fragte Yvonne in einem Ton, der offensichtlich taktvoll gemeint war.

»Herrgott noch mal, du klingst wie aus einem Roman von Enid Blyton. Einfach eine Überraschung, okay?«

»Und was ist es?« Takt hin oder her, ihre Augen glänzten vor Neugier.

Verdammt noch mal, warum hatte sie bloß den Mund aufgemacht? Direkt unter ihrem Notizblock befand sich ein tief eingekerbtes Herz, das auf der einen Seite größer und spitzer war. Sie fuhr mit dem Bleistift daran entlang. Dann holte sie einmal tief Luft und beschloss, es hinter sich zu bringen. »Es geht um meine Mitbewohnerinnen. Sie sind zusammen.«

Eine kurze Pause.

Dann ein vorsichtiges: »Wie – zusammen?«

Sie reagierte nicht.

»Heiliger Strohsack.« Yvonnes Stimme stieg spiralförmig an, und ein paar gelangweilte Gesichter drehten sich um und starrten sie an. »Willst du etwa behaupten, sie sind lesbisch? Alle beide?«

»Kannst du verdammt noch mal die Klappe halten!«, schnauzte Maria sie leise an. »Soll es der ganze Grundkurs erfahren?«

Der Professor blickte kurz in ihre Richtung, dann nahm er seinen Monolog wieder auf. Yvonne beugte sich zu Marias Ohr hinüber. »Du Ärmste!«, flüsterte sie. »Das muss doch furchtbar peinlich gewesen sein, als sie es dir gesagt haben. Wie sind sie es denn angegangen – wer von beiden hat es dir gesagt?«

Die Augen auf die Tischschnitzereien konzentriert, hangelte Maria sich an den einzelnen Silben entlang. »Sie mussten es mir nicht sagen, es hat sich irgendwie herausgestellt.«

Yvonne nickte. »Natürlich, deine Wahrnehmungsfähigkeit ist ziemlich gut – du hast die Anzeichen rasch erkannt. Körpersprache. Hattest du vorher schon etwas … ich meine, etwas irgendwie Einschlägiges bemerkt?«

»Abgesehen davon sind beide völlig normal.« Maria sah argwöhnisch auf. »Du verbreitest das doch jetzt nicht über den ganzen Campus, oder?«

»Niemals!« Yvonnes Stimme hörte sich beleidigt an. »Ich kann mir vorstellen, wie ich mich fühlen würde, wenn man hinter meinem Rücken behaupten würde, dass ich – ich würde ständig glauben, dass mich alle anstarren. Noch nicht einmal Pete werde ich etwas davon erzählen, ich versprech's dir.«

»Danke.«

Yvonne lehnte sich zurück, wie benommen. Maria hörte jetzt, was der Professor sagte. Wahrscheinlich sollte sie mitschreiben. Ein rascher Blick quer über den Hörsaal zeigte, dass Damien weg war; offensichtlich war er während Yvonnes kurzem Anfall abgehauen.

»Ich hoffe bloß, dass niemand voreilige Schlüsse zieht, was dich angeht, Maria.«

»Wie bitte?«

Yvonne hatte sich wieder gefasst. »Na, weil du mit ihnen zusammenwohnst. Nicht dass es sehr wahrscheinlich wäre – immerhin sind deine Haare schulterlang, und du trägst auch häufig Röcke. Na ja, relativ häufig.«

Maria stützte den Kopf auf die Hände. »Hör mal, sie sind beide sehr nett. Und sie tragen auch manchmal Röcke.«

»Ja, klar«, sagte Yvonne wissend. »Das müssen sie ja auch – sozusagen als Tarnung.«

Als sie an diesem Abend mit den letzten beflissenen Examenskandidatinnen aus der Bibliothek trat, stellte Maria fest, dass sie keine Lust hatte, nach Hause zu gehen. Sie wanderte im Gebäude der Kunstwissenschaft herum, las eselsohrige Aufrufe zu Abenden mit heißem Whiskey und Mittelalter-Possen, die sie längst versäumt hatte. Die Skulpturen im Innenhof wirkten bei Nacht ganz anders, sie waren jetzt ohne ihre bizarren Windungen und sahen dunkel aus wie hochragende Steine. Maria presste Nase und Finger gegen das eisige Glas.

Vielleicht hatte Yvonne recht. Es war eigentlich nicht normal, die Wohnung mit – wie hätten die Nonnen es bezeichnet, wenn sie sich dazu gezwungen gesehen hätten – zwei bekennenden Homosexuellen zu teilen. Von denen war die eine möglicherweise bisexuell, weil sie beim Frühstück zu verstehen gegeben hatte, dass sie gerne mit Typen ohne Fliege vögelte, oder aber sie konnte sehr überzeugend lügen.

Die andere gehörte zu der Sorte Frauen, die Maria gerne mit nach Hause genommen und ihrer Mutter vorgestellt hätte. Dem einen Kodex zufolge waren die beiden sterbliche Sünderinnen, einem anderen zufolge waren sie bedauernswerte Opfer einer Krankheit. Sie wandte sich vom Fenster ab und rieb die kalten Fingerkuppen an ihren Jeans.

Hätte das Ganze auch eine Halluzination sein können? Oder ein Streich? Hatten die beiden sie womöglich die Treppe hochkommen hören und angefangen, sich zu küssen, einfach nur um sie zu schockieren? Nein, überlegte sie und rief sich das Bild in Erinnerung zurück. Und in gar keinem Fall hatte es sich um das erste Mal gehandelt – diese Lippen waren aneinander gewöhnt. Sie konnte ruhig aufhören, sich etwas vorzumachen. Es wäre besser, den Raum in ihrem Kopf zu erweitern und das neue Wissen zuzulassen.

Maria las eine Ankündigung auf dem Schwarzen Brett des Hockeyclubs, aber die Worte glitten an ihr vorbei und ergaben keinen Sinn. Sie hatte nichts gegen ihre Mitbewohnerinnen, sie machten die Räume heller, erfüllten sie mit Lachen. Es blieb aber die Tatsache, dass sie nicht wusste, wie sie mit ihnen umgehen oder wie sie sich verhalten sollte. Tief in ihrem Inneren brodelte Zorn hoch. Es war eigentlich allerhand, dass sie ihr nichts gesagt hatten, ehe sie eingezogen war. Es sei denn … natürlich, diese verflixte Anzeige. Wahrscheinlich war es eine Art Code gewesen. Tja, aber wie konnten sie erwarten, dass sie Bescheid wusste? Es war doch keineswegs naiv, wenn man davon ausging, dass ein Symbol für Frauen schlicht ›Frauen‹ meinte und dass »Bigotterie unerwünscht« auf Toleranz und liberales Denken verwies.

Bei diesem Ausdruck fühlte sich ihr Mund plötzlich taub an, und sie lehnte sich gegen das Schwarze Brett. Es war auf sie gemünzt. Na gut, wenn sie bigott war, dann konnte sie auch nichts daran ändern. Sie verstand es nicht, sie wusste nicht, was sie denken sollte oder warum sie was denken sollte – sie kannte noch nicht einmal die richtige Terminologie. O verdammt und zugenäht, warum konnten sie einem so was nicht in der Schule beibringen?

Einige Paare lungerten aneinandergeschmiegt in den Ecken herum, sie registrierten nichts außer dem eigenen Geflüster. Als die Halb-elf-Sirene losheulte, stolperten sie zu zwei und zwei auf den Ausgang zu. Die Nacht war so lau, dass Maria beschloss, einen Spaziergang um den See herum zu wagen. Falls sie auf einen Vergewaltiger träfe, würde sie ihm das Auge ausstechen, sagte sie sich und fächerte die Schlüssel in der Hand auf, so wie Ruth es ihr beigebracht hatte. Obwohl, wenn sie es jetzt recht überlegte, war Ruth ein bisschen paranoid, was Männer anging. Es war beinahe Vollmond, es fehlte nur noch ein klein wenig. Maria mied die dunklen Büsche, sie suchte sich den Weg zwischen den Bäumen hindurch und erreichte den See.

Sie fand eine Stelle auf der befestigten Einfassung, die frei von weißem Möwendung war, und ließ sich nieder. Die Nonnen hießen es nicht gut, wenn man auf einer kalten Oberfläche saß. Sie sagten, dass man es später im Leben bereuen würde. Nach Jahren erst war ihr klar geworden, dass sie eigentlich nur vor Hämorrhoiden gewarnt hatten.

Wohin waren bloß all die Enten verschwunden? Wahrscheinlich nisteten sie auf der künstlichen kleinen Insel. Das Wasser wirkte seidig, auch wenn sie wusste, dass es voller Ölkanister und fettiger Chipstüten war. Sie widerstand dem Impuls, Turnschuhe und Socken auszuziehen und die Füße einzutauchen. Es hatte keinen Sinn, sich wegen einem bisschen Mondlicht eine Lungenentzündung zu holen. Sie starrte über den Wasserstreifen und sah, wie die Lichter in der Bibliothek eines nach dem anderen verloschen.

Der Heizungsmonteur bedachte sie beide mit einem merkwürdigen Blick, als er auf einem der unterirdischen Flure an ihnen vorbeiging.

»Und dann hat sie zu mir gesagt, dass ich den Karten zufolge ein Beziehungsproblem mit einem dunkelhaarigen Mann habe, der noch nicht bereit sei, sich zu binden. Ist das nicht seltsam? Dabei hatte ich Pete noch gar nicht richtig erwähnt, und erst recht nicht seine Haarfarbe. Außerdem hat sie Auseinandersetzungen gesehen, dann eine riskante Liebessituation und die endgültige Versöhnung zu Weihnachten. Maria, hörst du mir zu?«

»Beweg dein Kinn nicht so heftig. Ich versuche, den Winkel einzufangen. Was hat Madame Zelda denn sonst noch vorhergesagt?«

»Sie heißt Doris. Irgendetwas von einem Haus. Ich glaube, sie hatte mich älter geschätzt. Aber die emotionalen Sachen haben doch gestimmt, findest du nicht? Sie hat angeboten, mir für einen weiteren Fünfer noch aus der Hand zu lesen, aber ich war schon fast pleite, und außerdem kennt Pete diesen Typen aus Luxemburg. Wir haben uns am Samstag mit ihm in einer Bar getroffen, und der liest mir die Hand umsonst.«

»Klingt gut.« Sie streckte den Bleistift auf Armeslänge aus und machte die Augen halb zu.

»Du glaubst, das ist alles Hokuspokus, nicht wahr?«

»Leg mir keine Worte in den Mund.«

Yvonne wölbte den Rücken gegen den rostigen blauen Spind, dann streckte sie einen Fuß aus und stöhnte leise. »Du brauchst mich gar nicht zu zeichnen. Wenn du mich noch länger hier auf dem kalten Beton sitzen lässt, verwandele ich mich ohnehin in eine Statue.«

»Ist dir kalt?« Maria sah besorgt auf. »Tut mir leid, aber dies ist der einzige Ort, den ich kenne, wo wir ein bisschen Ruhe haben. Du kannst dich auf meine Jacke setzen.«

»Keine Sorge, ich überlebe es schon.« Sie beugte sich vor, um einen Blick auf das Blatt zu werfen, aber Maria zog es rasch weg. »Und was gibt's heute Neues bei dir?«

»Gar nichts.«

»Also, du machst jetzt schon zwanzig Minuten lang an dieser Zeichnung rum, ohne ein Wort zu sagen, und so vereinnahmend ist meine Schönheit ja nun auch wieder nicht – demnach geht dir was durch den Kopf.« Sie schnipste eine Zigarettenkippe fort, die neben ihrem Fuß gelegen hatte. »Ist es wegen ihnen?«

»Wegen wem?«

»Du weißt genau, wen ich meine. Weißt du schon, ob du ausziehst oder nicht?«

Maria schraffierte einen Schatten und schwieg. Nach

einigen Sekunden sagte sie: »Ich konzentriere mich lediglich, wenn ich zeichne. Du hast gesagt, dass du ein Bild für deine Wand haben willst.«

»Du bist immer noch durcheinander wegen denen.«

»Ich wünschte, du würdest nicht immer ›denen‹ sagen, so als ob sie vom Mars kämen oder so.« Sie senkte die Stimme, als eine lärmende Gruppe von Fußballern an ihnen vorbeizog, die dröhnend gegen die Spinde schlugen.

»Ich weiß, wie sie heißen – darum geht es nicht.« Yvonne reckte die Arme in die Höhe, anschließend zupfte sie die Schulterpolster ihrer Bluse zurecht. »Es geht darum, dass sie dir unter Vorspiegelung falscher Tatsachen eine Monatsmiete aus den Rippen geleiert haben.«

»Du lieber Himmel, hier geht's doch nicht um irgendeine Art von Finanzbetrug.« Maria radierte eine bucklige Linie aus. »Sie haben wahrscheinlich gedacht, ich wüsste Bescheid.«

»Das ist ungeheuerlich. Ich meine, das ist doch nicht der erste Gedanke, der einem kommt, wenn man auf Wohnungssuche geht, oder? Ich meine, du sagst dir doch nicht, o richtig, ich muss unbedingt achtgeben, dass meine Mitbewohnerinnen nicht lesbisch sind, nur für den Fall.«

Maria legte den Bleistift auf den Betonboden und schaute sie direkt an. »Ich finde es gut, dass du dir Gedanken um mich machst, wirklich. Aber würdest du jetzt netterweise damit aufhören? Ich war mit meinem Job beschäftigt – vier Abende diese Woche. Ich habe keine Zeit gehabt, darüber nachzudenken, ob ich nun ausziehe oder nicht.«

»Was hält dich denn dort?«

»Zum einen mag ich sie.«

»Das weiß ich, Maria, du bist ein sehr freundlicher Mensch.« Yvonne schlang verärgert die Arme um die Knie. »Aber es ist doch wohl kaum der richtige Umgang. Ich meine, sind sie nicht ein bisschen … du weißt schon!«

»Ein bisschen was?«

Sie wand sich ein wenig. »Na, die eine ein kesser Vater und die andere dogmatisch?«

»Ich fasse es nicht, dass ich mir derartige Klischees anhören muss! Du kennst sie doch gar nicht.«

»Ich kannte aber mal eine, die so eine in der Schule hatte, die regelrecht aggressiv war. Wie Martina Navratilova.«

Maria betrachtete ihre sorgfältig angefertigte Zeichnung. Sie hatte gute Lust, sie in Stücke zu reißen, aber das wäre zu kindisch gewesen. Sie versuchte es noch einmal. »Jael benutzt manchmal Wimperntusche, und Ruth ist ein Schatz. Ich wünschte, du würdest sie kennen. Okay, es sind Feministinnen, das heißt, Ruth jedenfalls, aber keine von beiden ist dogmatisch. Neulich abends beispielsweise hatten sie nichts dagegen, dass ich mir den Miss-World-Wettbewerb angesehen habe.«

»Ja, natürlich nicht.«

»Was soll das heißen?«

Yvonne neigte sich vor und gurrte: »Die ganzen halbnackten Weiber.«

»Du bist ekelhaft.«

Sie zuckte die Achseln. »Ich kann einfach nicht glauben, wie naiv du in dieser Sache bist, Maria. Du verteidigst sie, als ob ihr schon seit Jahren Busenfreundinnen wärt.«

»Zumindest kenne ich sie, im Gegensatz zu dir. Übrigens tragen sie auch keine Latzhosen oder« – sie kramte verzweifelt in ihrem Gedächtnis herum – »Nasenstecker oder rasieren sich den Kopf oder was immer du an Klischees noch hervorholen willst.« Sie hielt abrupt inne. »Und keine von beiden hat auch nur den Ansatz eines Schnurrbarts, also bitte.«

»Malst du mein Bild nicht zu Ende?«

»Dann setz dich wieder so hin wie vorher. Hände in den Schoß.« Maria zeichnete wortlos weiter. Nach wenigen Minuten schon hatte sie sich in dem leichten Kratzgeräusch des Bleistifts verloren.

Als Yvonne sich das Handgelenk kratzte und ihr zuflüsterte: »Von Schnurrbärten habe ich nie etwas gesagt«, tat sie, als hätte sie nichts gehört.

»Hatte ich dir nicht gesagt, du sollst sie schälen?«

»Da ist nichts zu schälen, Ruth. Möhren haben keine Schale.«

»Sie haben aber eine Oberfläche, und die ist ledrig. Hier, nimm das Kartoffelschälmesser.«

Eine Möwe schrie über dem offenen Fenster, Maria blickte von ihrem Messer auf und sah etwas Weißes vor dem rauchfarbenen Himmel aufblitzen. In zehn Minuten würde es dunkel sein. Unten von der Straße hörte man hastende Schritte und Rufe von Büroangestellten, die zehn Minuten früher aufbrachen, um dem Verkehr zu entkommen.

Es war schwer, an solchen Oktobernachmittagen gegen die Melancholie anzugehen, wenn die Wolken sich nach fünf Uhr so schnell zusammenballten und das milde Licht aussperrten. Sie hatte den Moment früher nie leiden können, wenn ihre Mutter ihr aufgetragen hatte, das Deckenlicht in der Küche einzuschalten und den Tag auszulöschen. Besonders an lethargisch verbrachten Nachmittagen, an denen sie nichts weiter getan hatte, als die Malpinsel der Größe nach zu ordnen und den vernachlässigten Hamster ihres Bruders zu füttern, machte es ihr die Kehle eng, wenn sie den Lichtschalter herunterdrückte und somit zugeben musste, dass der Tag zu Ende war und nichts mehr übrig blieb außer der irischen Grammatik am Kamin und dem Abendbrot mit heißer Milch und Müsli. Damals hatte Maria das Gefühl, dass sie so lange nicht erwachsen würde, wie sie an solch kleinen Dingen des Behagens festhielt. Teenagerin zu sein hieß, dem Dämmerlicht zu trotzen und lange nach dem Nachmittagstee noch draußen zu sein, an der Friedhofsmauer entlang spazieren zu gehen, bei der Fish-and-Chips-Bude herumzuhängen und mit den Typen vom Traveller-Lager freche Bemerkungen auszutauschen. Sie hatte auch Angst gehabt, dass sie immer nur einen Meter dreißig groß bleiben würde, solange sie unter dem Einfluss der Küchenlampe blieb und die spiralförmigen Schalen aß, die ihre Mutter beiseite warf, wenn sie einen Apfelkuchen backte.

»Oh, schneide sie der Länge nach durch.«

»Wie bitte?«

»Anstelle von Scheibchen könntest du die Möhren in kleine Stifte schneiden. So in Achtel ungefähr«, schlug Ruth vor.

»Klar. Tut mir leid, ich habe geträumt.« Maria verlagerte ihr Gewicht auf das andere Bein und wandte sich wieder dem mausförmigen Schneidebrett zu. Nachdem sie an drei Abenden hintereinander Toiletten geschrubbt hatte, waren ihre Oberschenkel steif wie Bretter. Der heutige Abend würde ihr gehören: ein zweistündiges Bad mit der Zeitung vom vergangenen Sonntag und dann irgendetwas fernsehen mit einer Tafel belgischer Trüffelschokolade. Das Messer fuhr durch die Möhre. »Verdammt noch mal, ich habe Angst um meine Finger. Das ist das letzte Mal, dass ich Crudités für dich schneide.«

Ruth drehte sich um, ihre Züge wurden weicher. »Ach, Schätzchen, ich bin dir wirklich dankbar. Ich hätte es sonst nicht geschafft, die drei Dips zu machen. Glaubst du, ihnen schmeckt der Dip mit Fenchel und Schnittlauch?«

»Es sind Studenten. Wahrscheinlich mampfen sie sich durch das Ganze durch, ohne überhaupt einen Unterschied zu schmecken.«

»Bestimmt.« Ruth kam mit einem Sieb voll nasser Kräuter vom Abwaschbecken zurück, blieb am Fenster stehen und spähte hinunter. »Ich frage mich, wann Jael zurückkommt. Ich wette, dass sie mit der ganzen Spanischtruppe eine Sauftour macht.«

»Sie ist doch schon ein großes Mädchen. Mach dir wegen ihr keine Sorgen.«

Ruth zerrte mit beiden Händen an dem Holzrahmen, bis das Fenster sich lockerte und mit Getöse zufiel. Sie knipste das Licht an, und der Tisch wirkte plötzlich hell, voller Orange- und Grüntöne.

»Jetzt erklär mir doch mal, wieso ausgerechnet du diejenige bist, die für den Geschichtsverein des Essen mitbringen muss«, sagte Maria und legte die Möhrenstifte in die Plastikdose.

»Wahrscheinlich, weil ich die Schriftführerin bin und weil sie wissen, dass ich gerne koche.«

»Klingt nach einem undankbaren Job.«

»Ich bin die Alibifrau. Als ich die Wahl zur Kassenwartin gegen Graham verloren hatte, dachte ich, dann besetze ich eben die zweitwichtigste Stelle.« Ruth kostete gedankenverloren eine Fingerspitze voll Dip. »Ich war eher so wie du, als ich jünger war.«

Maria kostete ein Stück Gurke. »Inwiefern wie ich?«

»Ach, du weißt schon.« Ruth drückte den Deckel einer Dose mit den Handballen zu. »Gut darin, nein zu sagen.«

»Bin ich das?« Sie war sich nicht sicher, ob sie das als Kompliment auffassen sollte. »Es ist meistens Feigheit.«

»Nein, ich habe dich beobachtet.« Ruth richtete sich auf und schenkte ihr einen nachdenklichen Blick. »Du sagst bei den meisten Dingen nein, um Platz für die Dinge zu schaffen, die du wirklich willst.«

Maria spürte, wie sie rot wurde.

»Ich konnte das früher auch. Als ich noch bei der Behörde war zum Beispiel – wenn mich da jemand gefragt hätte, ob ich Crudités für eine Party machen würde, hätte ich gesagt, sie könnten sie sich sonst wohin stecken.«

Maria hielt eine Gurkenscheibe gegen das Licht, sie leuchtete weiß wie eine Zelle unter einem Mikroskop. Sie gab sie Ruth in den Mund. »Und was ist dann passiert?«

»Kam zur Uni, war glücklich. Habe gedacht, ich bekäme, was ich wollte, und dass es deshalb gemein wäre, wenn ich den anderen nicht geben würde, was sie wollen. Ach, ich weiß nicht …« Sie bemühte sich, unbeschwerter zu klingen. »Wahrscheinlich bin ich nur zu engagiert und überarbeitet.« Sie beugte sich vor und ließ sich mit einer weiteren Gurkenscheibe füttern. »Manchmal«, sagte sie beim Kauen, »wäre ich gerne noch mal siebzehn.«

»Igitt.«

»Ich könnte von vorne anfangen. Keine Bindungen, keine Verpflichtungen, keine fixen Ideen.«

»Arme alte Frau, der Welt überdrüssig.«

»Genau. Meinst du, ich sollte die Zucchini vielleicht in diagonale Streifen schneiden?«

»Mich dürfen Sie da nicht fragen, gnädige Frau, ich bin hier nur die Küchenhilfe.«

Das Fenster war jetzt ein Lakritzquadrat. Der Lärm von der Straße her war verstummt. Der Tisch trieb in einem kleinen See gelben Lichts oben über der Stadt. Maria würde sich nie daran gewöhnen, so hoch oben bei den Möwen zu leben. An manchen Abenden, wenn sie sich die letzten Treppenstufen hochschleppte, fühlte sie sich wie eine alte Platzanweiserin, die durch die Innereien eines viktorianischen Theaters irrte. Wenn sie durch den lichtdurchfluteten Perlenvorhang ins Wohnzimmer trat, war ihr, als spazierte sie auf eine Bühne, mitten im letzten Akt. Auch wenn das Zimmer leer war, hallte in ihm noch das Echo von Rufen und gepfiffenen Melodien und von Kissen, die durch die Luft geflogen waren. Wenn sie allein war, empfand sie sich manchmal wie preisgegeben auf dieser hellen Plattform, die über dem Komplex verlassener Büros thronte, und hielt sich von den Fenstern fern. Sie musste sich dann jedes Mal klarmachen, dass niemand hoch genug wohnte, um hereinsehen zu können.

Ihr Messer war auf den Tisch gesunken. Sie griff nach ein paar Radieschen. »He, habe ich dir schon mal von meinem ersten und letzten Haute Cuisine Experiment erzählt?«

»Was hast du denn da gekocht?«

»Weiß ich nicht mehr. Hier sei nur so viel gesagt, dass es das Höchste aller hohen Kochkunst war. Es sollte jedenfalls ein intimes kleines Dinner zur Silberhochzeit meiner Eltern werden, vor zwei Jahren. Die Jungen hatte ich mit einer Packung Schokoladenplätzchen in ihre Kojen gesperrt. Dann habe ich das glückliche Paar in die in Kerzenlicht getauchte Küche geführt, eine halbe Flasche Champagner geöffnet, bin hinausgeschwebt und habe die Tür leise hinter mir geschlossen.«

»Versteht sich.«

»Und weißt du, was diese Schollenhüpfer gemacht haben? Um neun Uhr haben sie das Licht wieder angemacht, damit sie *Denver Clan* sehen konnten.« Maria hieb ein Radieschen in zwei Teile.

Ruth lachte und legte den tropfenden Schneebesen auf das nackte Holz. »Bei meiner Mutter war es genau umgekehrt – da war ich diejenige, die sie immer enttäuscht hat.« Sie griff an Maria vorbei nach der Knoblauchpresse. »Zum Beispiel als ich fünf war und ihre Wehen mit meinem Bruder anfingen, da sollte ich den Krankenwagen rufen. Ich erinnere mich noch, dass ich in die Küche gerannt kam, um ihr eine Kette aus Gänseblümchen zu zeigen oder so, und sie saß auf dem Fußboden und stöhnte vor sich hin.«

»Du Ungeheuer, was hast du gemacht?«

»Sie hat mir gesagt, ich solle ihr das Telefon bringen, aber die Schnur war nicht lang genug. Dann sagte sie: ›Wähl dreimal die Neun, mein Schatz, und sag ihnen, dass deine Mummy ein Baby bekommt.‹ Dass sie was bekommt? Wie? Es war das erste Mal, dass ich etwas davon gehört hatte. Ich habe fünf Anläufe genommen, um zu wählen – mit meinem linken Daumen, daran erinnere ich mich noch –, und dann habe ich ihnen unsere Adresse gegeben. Zwanzig Minuten später waren sie da.«

»Warte mal, da müsste deine Mutter doch eher stolz auf dich gewesen sein, statt enttäuscht.«

Ruth schnickte Knoblauch von ihren Fingerspitzen und fuhr sich mit dem Handrücken über die Stirn. »Alles, woran ich mich erinnere, ist der Ausdruck entnervter Verzweiflung auf ihrem Gesicht, während ich mich mit dem Telefon abgemüht habe.«

»Wenn du Wehen hättest, würdest du wahrscheinlich noch entnervter aussehen.«

»Wahrscheinlich.« Ruth starrte auf einen Punkt in der Ferne. »Jetzt kommt's mir wieder. Auf Partys hat sie immer erzählt, wie sie mich gefragt hat, ob sie mir eines Tages ein kleines Brüderchen mitbringen soll, und wie ich geantwortet habe, nein, lieber eine Tafel Schokolade. Wie ehrlich wir doch sind, ehe wir das Stadium der Vernunft erreichen.«

Sie wusste nie, welche Pflanzen an welchen Abenden Wasser brauchten. Diese Yucca-Palme schien das Zeitliche segnen zu wollen – wahrscheinlich war es zu spät für einen belebenden Schuss Pflanzennahrung. Während sie noch darüber nachdachte, stellte sie den Staubsauger an. Gerade als ihr in der letzten Ecke des Chefbüros der Rücken anfing weh zu tun, explodierte die Staubsaugertüte.

Maggie reagierte überraschend nett. Sie sagte, das passiere jeder einmal, aber nur wenigen zweimal. Nachdem sie alle Räume auf ihrer Flurseite fertig hatte, kam sie zurück, um Maria zu helfen, den Staub von der Computertastatur, den Familienfotos und dem Tischchen mit dem Kaffeegeschirr zu wischen. Als sie so nebeneinander arbeiteten, löste sich die Zurückhaltung auf beiden Seiten. Maggie beschrieb den merkwürdigen Ausschlag, den ihre Großnichte hatte, und Maria lieferte eine kurze Zusammenfassung über die Schwierigkeiten der höheren Mathematik. Und ja, die Rückenschmerzen waren wirklich ein Elend.

Am Ende des Abends, als sie die überladenen Putzwagen zur Aufzugstür des fünften Stocks rollten, war Maria beinahe an dem Punkt angelangt, an dem sie mit der Geschichte über ihre Mitbewohnerinnen herausgeplatzt wäre. Eine saublöde Idee. Wie hätte sie diese Offenbarung denn vorbringen sollen? »Ich glaube, dass ich vielleicht mit einem lesbischen Paar zusammenlebe, Mags. Was würdest du mir raten?« Es wäre wohl auch kaum fair, eine Fünfundfünfzigjährige mit so etwas in Verlegenheit zu bringen. Außerdem, dachte sie und sah zu, wie das Licht auf der Tafel von der Fünf zur Eins herunterkletterte, musste sie ihre eigenen Entscheidungen treffen. Wie sollte sie denn erwachsen werden, wenn sie bei jedem Problem mit bebenden Lippen zur nächsten Mutterfigur rannte?

»Nacht dann.«

»Gute Nacht.«

Auf der O'Connell Street blieb Maria stehen, um den verhassten rosafarbenen Overall auszuziehen. Sie setzte sich auf einen Absatz, neben das linke Knie von Anna Livia, einer zurückgelehnten Riesin aus Bronze. Ein dicker Pullover, noch einer oben drüber, aber sie fröstelte immer noch in der Nachtluft. Die Wolle machte sie behäbig. Vorn auf ihrem Overall waren zwei Flecken, aber bis zur Wäsche am Samstag würde es noch gehen. Sie faltete ihn zusammen und stopfte ihn in die Jeanstasche, obenauf dann die Tüte mit den blauen Trauben, denen sie am Nachmittag auf der Moore Street nicht hatte widerstehen können. Sie griff in die Tüte und pflückte vier davon ab – das müsste ihr die Energie liefern, es bis zur Bushaltestelle zu schaffen.

Hinter ihr verbargen sprudelnde Wasserfontänen die grüne Nacktheit der Statue. Eigentlich war es ein Monster, jenseits aller Proportionen, die kräftigen Schenkel gut zwei Meter lang. Doch das ruhige Gesicht hatte jedes Mal eine tröstende Wirkung, wenn Maria sich mit schmerzenden Füßen nach der Arbeit vorbeischleppte: Es tat ihr gut, eine Frau anzusehen, auch wenn es sich nur um eine mythische Gestalt handelte, die sich, ungeachtet der Trucks und Taxis um sie herum, stolz in einem riesigen Bad ausstreckte.

Jetzt auf zur Bushaltestelle, sagte sie sich, als sie sich die Tasche umhängte und auf die Füße hievte. Der Bus würde bestimmt in den nächsten zehn, fünfzehn Minuten auftauchen, dann noch eine Fahrt von zehn Minuten und ein Fußweg von höchstens vier Minuten, inklusive der Treppen. Sie versprach sich ein richtig schönes heißes Bad innerhalb der nächsten halben Stunde, das Lavendelöl glitschig zwischen den Knien und Dampf, der alle Schmerzen mit sich nach oben nahm. An solchen Abenden sehnte sie sich nach der Wohnung, als wäre es ihr Zuhause. Immer wieder vergaß sie, dass es da etwas gab, das ihr im Magen lag.

Ruth starrte auf ihre Uhr, die Gabel voll Apfelcrumble verharrte auf dem halben Weg zum Mund. »Sie ist um halb sechs stehengeblieben.«

»Jetzt ist es zehn vor sieben«, sagte Maria.

»Warum hat mir denn keiner was gesagt?«, jammerte sie.

Den Mund voller Apfelcrumble, deutete Jael auf ihr leeres Handgelenk.

»Ich hätte mit der Gruppe eine Strategie ausarbeiten sollen, und jetzt werden wir uns alle gegenseitig widersprechen.«

Jael stieß ein wieherndes Gelächter aus und schob die Weinflasche zu Maria hinüber. »Das wird überhaupt nicht auffallen. Nach einem Sherry-Empfang hören sich alle Argumente in Sachen europäische Einheit gleich an.«

Ruth kramte in den Taschen ihrer Wildlederjacke. »Rede, Halsbonbons, Taschentücher, Lippenbalsam.«

»Hör nicht auf sie, du wirst großartig sein«, sagte Maria. »Deine schwarze Kappe liegt auf dem Fernseher. Bist du sicher, dass wir nicht mitkommen sollen?«

Jael klopfte mit der Gabel auf den Tisch. »Ruhe im Saal. Jede spricht hier für sich. Nimm's mir nicht übel, aber ich würde sterben vor Langeweile.«

Ruth sah Maria an und verzog den Mund. »Ich bin besser, wenn ich allein bin. Bis später.« Die Tür knallte hinter ihr zu. Vom Treppenhaus her hörte man sie noch etwas rufen.

»Was hat sie gesagt?«

»›Hebt mir noch etwas Apfelcrumble auf‹, glaube ich«, sagte Jael und schenkte Maria nach. »Oder aber ›geht mit den Mäusen raus‹ – halte ich jedoch eher für unwahrscheinlich.«

Maria leckte den letzten Rest Crumble von ihrer Gabel. »Wie kommt's, dass du keine Uhr besitzt? Das Gestüt könnte dir doch bestimmt eine Uhr finanzieren.«

»Ich mag sie einfach nicht – sie sind wie Handschellen. Abgesehen davon, wenn ich die Zeit wissen will, ist gewöhnlich jemand da, den man fragen kann. Auf diese Art kann man im Zug prima Fremde anquatschen.«

»Du bist immer so vieldeutig, wenn es um all die Jahre geht, in denen du unterwegs warst«, bemerkte Maria vom Fenster her. Sie blickte auf den Bürgersteig, aber von Ruth war noch nichts zu sehen. »Bestimmt hast du auch als Tellerwäscherin gejobbt und in deutschen Kneipen Biergläser gespült.«

Jael ließ den Bodensatz in dem Weinglas kreisen. »Das möchtest du wohl gerne wissen.«

»Wenn ich ehrlich bin, eigentlich nicht«, erwiderte Maria. Sie starrte über die Dächer hinweg. »Aber wenn ich zehn

Jahre lang unterwegs gewesen wäre, würde ich ständig davon reden. Du kennst doch bestimmt eine Menge Geschichten oder Wortspiele in drei Sprachen oder so.«

Jael pickte den letzten Crumble mit dem Gabelrücken auf. »Geschichten gebe ich meistens auf Partys zum Besten, und manchmal denke ich sie mir auch aus. Die erfundenen sind immer die schönsten Geschichten. Wie zum Beispiel ›damals, als ich zum Bergsteigen in Tirol war und in einen Gletscher gerutscht bin ...‹«

Empört drehte Maria sich herum. »Das habe ich geglaubt!«

Jubelndes Gelächter. »Dann muss es gut gewesen sein. Im Allgemeinen finde ich die Gegenwart interessanter.«

»Im Ernst?«

»Im Ernst.« Dann, nach einem kurzen besorgten Blick, fragte Jael: »Warum – ist dein gegenwärtiges Leben so langweilig?«

»Nein, nein.« Sie tastete nach den richtigen Worten. »Für mich ist es anders, weil die Dinge jetzt so – na, eben anders sind. Ich meine Dublin und so. Du hingegen hast eine Vergangenheit, über die es sich zu reden lohnt.«

Jael nahm die Weinflasche und leerte sie bis auf den letzten Tropfen. »Wenn du lange genug lebst, Paria, dann wirst auch du eine Frau mit Vergangenheit sein.«

»Vielleicht.« Maria wandte den Blick wieder zum Fenster. Da war Ruth endlich, eine dunkle Gestalt, die hier und da kurz zwischen den Einkaufenden auftauchte. Maria winkte mit den Fingern.

»Wie auch immer – weshalb ist denn deine eigene Vergangenheit nicht wert, erzählt zu werden?«

Maria drehte sich um. »Ach, einfach so. Es gibt nur mein Zuhause, und das ist immer noch mein Zuhause – ich bin noch gar nicht richtig fort.«

»Ich glaube nicht, dass wir uns jemals wirklich davon lösen«, sagte Jael leise. »Erzähl mir was darüber.«

»Was denn?«

»Etwas Kurzes.«

Maria wandte sich von Fenster ab und runzelte voller Konzentration die Stirn. »Mir fällt nichts ein. Also gut, auf dem Bildschirm des Fernsehers ist so eine Art Acht. Das ist die Wischspur von Mam, von meiner Mutter. Sie wischt jeden Samstagmorgen mit einem nassen Lappen darüber. Und einmal hatten wir einen Wellensittich, aber bei einem Sturm ist er aus dem Fenster geflogen und nie mehr zurückgekommen. Wir haben eine kleine Muttergottesfigur mit abgebrochenen Händen, und hinterm Haus befindet sich ein Feld voller Kuhmist.«

»Hör mal, du musst es meinetwegen nicht zur Karikatur machen«, unterbrach Jael sie. »Ich bin keine Journalistin.«

»Wie meinst du das?«

»Einfach so. Wenn es dir dort gefallen hat, dann solltest du auch nicht die Nase darüber rümpfen, nur weil du kultiviert klingen willst.«

»Ich will nicht kultiviert klingen«, sagte Maria wütend.

Jael stützte den Ellenbogen auf und legte die Schläfe auf die Faust. »Das ist mir falsch rausgerutscht. Alles, was ich sagen will, ist, ich komme auch vom Land – ich erinnere mich auch daran, wie eng dort alles ist.«

»Ich dachte, du wärst die stinkreiche Protestantengöre

von einem Gestüt.« Marias Stimme klang feindseliger, als sie es beabsichtigt hatte.

»Pferdemist, Kuhmist, wo ist denn da der Unterschied? Du kannst nicht alles auf einmal von den Füßen abwischen.« Jael hielt ihrem Blick stand. »Hast du manchmal Heimweh?«

»Soll das ein Witz sein?«, fragte Maria vorsichtig nach. »Das ist doch keine typische Jael-Frage.«

»Wie du meinst.« Jael fing an, schmutzige Teller aufeinanderzustellen. Geschirrgeschepper, von Schweigen durchsetzt. Der Stapel war handbreithoch, als es aus ihr herausbrach. »Jedes Mal wenn ich die richtige Maria kennenlernen will, stellst du dich an, als würdest du vergewaltigt.«

Maria legte das Geschirrtuch zur Seite und berührte Jaels Ellbogen. »He, he. Beruhige dich.«

Jael verdrehte die Augen und ging aus dem Zimmer. Maria ließ sich auf das Sofa sinken. Kopfschmerzen webten sich hinter ihren Augen zu einem Netz zusammen. Mit der rechten Hand knetete sie ihre Schultern, um die verspannten Muskeln zu lockern; sie riss den obersten Blusenknopf auf und legte sich die Hand aufs Genick.

»Brauchst du eine Massage?« Jael zerteilte den Perlenvorhang mit vorgehaltener Zeitung.

Maria erhob sich, griff nach dem Geschirrtuch und faltete es zusammen. »Mir geht's gut.«

Jael schlug die Zeitung auf und lehnte sich ins Sofa zurück. »Du solltest dir von Ruth einmal eine richtige Massage geben lassen. Sie rettet mir buchstäblich das

Leben, wenn mein Rücken Zicken macht. Es ist eine sogenannte ›Heilende Wellen‹-Massage, die sie in einem einwöchigen Workshop zum Thema ›Die Spiritualität der Göttin‹ gelernt hat.«

Sie tauschten ein vorsichtiges Grinsen aus. »Jedem Tierchen sein Pläsierchen«, murmelte Maria vor sich hin und schaute nach, ob sie die Kühlschranktür richtig zugemacht hatte.

»Hier steht's!«, rief Jael und starrte auf den kleingedruckten Text auf der letzten Seite. »›Konsequent und faszinierend, erinnert an‹ ... bla bla ... ›träumerischer Fetischismus‹ ...«

»Wie bitte?«

»Oh, habe ich dich noch nicht gefragt?«, sagte Jael. »Heute Abend läuft dieser französische Thriller zum letzten Mal im Lighthouse, und ich dachte, na ja, dass du vielleicht nichts Besseres vorhast.«

Marias Schultern verkrampften sich. »Ich bin eigentlich müde.«

»Ja, aber du hast auch nicht wirklich was vor, oder? Beispielsweise eine Kneipentour mit deiner Flittchen-Freundin.«

»Falls du Yvonne meinst, die ist kein Flittchen.« Sie ließ sich auf dem Schaukelstuhl nieder und legte die Füße auf das Kamingitter.

»Du kannst es ruhig für dich behalten«, flüsterte Jael. »Ich weiß, in Wirklichkeit ist sie eine russische Spionin, die sich als Flittchen tarnt.«

Maria schnürte ihre Schuhe auf. »Wenn du sie kennen

würdest, wüsstest du, dass sie ein anständiger Mensch ist.«

»Vielleicht sogar ›nett‹?«

»Nein, anständig. In der aufgetakelten Aufmachung steckt eine gute Kumpanin. Sie lacht über alle meine Witze. Außerdem muss ich auch ein paar Freundinnen haben, die noch nicht im Pensionsalter sind.« Sie wich einem Hieb mit der zusammengerollten Zeitung aus.

»Egal. Was ist jetzt mit dem Film?«, fragte Jael hartnäckig nach.

Gähnend kuschelte Maria sich tiefer in den Schaukelstuhl. »Ich müsste eigentlich dieses Essay über Fresken schreiben. Und was ist mit dem Abwasch?«

»Nur von der Gesellschaft Ausgestoßene bleiben Freitagsabends zu Hause.«

»Warum bist du denn letzte Woche nicht mit Ruth hingegangen?«

Jael schüttelte ungeduldig den Kopf. »Sie mag keine französischen Filme. Sie findet sie alle voyeuristisch und beschwert sich lauthals bei jeder Nahaufnahme von Beinen – sogar wenn es Charlotte Ramplings sind.«

»Ich möchte wirklich nicht …«

Jael lag auf den Knien und grub die Finger in den wuscheligen Teppich. »Bitte! Ich bettele um Gesellschaft. Muss ich erst deine Füße küssen?«

Marias Zehen in den Socken krümmten sich. »Ist ja schon gut. Hör auf zu nerven!«

»Juchhu!«

»Ich bin aber ziemlich pleite«, klagte sie, als sie die Schuhe wieder anzog.

»Kein Problem – ich zahle«, sagte Jael, die Stimme vom Garderobenschrank gedämpft.

»Kommt nicht in Frage.«

Sie wurde durch die Tür gezerrt. »Los, schwing die Hufe. Wir müssen in zehn Minuten da sein – ich will das Vorprogramm nicht verpassen.«

»Schon gut, aber ich zahle selbst für mich!«, rief Maria und polterte die Stufen hinunter. »Und hör bitte auf, mich wie eine Tante zu behandeln.«

Sie konnte sehen, dass es sich um ein Filmkunstkino handelte, denn die Sitze waren schwarz statt rot und plüschig, und von den paar Dutzend Zuschauerinnen und Zuschauern hatte niemand eine Tüte Popcorn in der Hand. Nach einem langen Vorspann mit andächtigen Nahaufnahmen von Tomaten, die jemand in Scheiben schnitt, rutschte Maria in ihrem Sitz nach unten und entspannte sich. Aber dann gab es eine Szene, ungefähr zur Hälfte des Films, die sie erstarren ließ. Während die Heldin und der Held sich im Vordergrund eines rauchigen Cafés stritten, richtete die Kamera den Fokus auf einen Tisch, der hinter ihnen stand: zwei schlanke Männer mit Oberlippenbärtchen miteinander in einen Kuss versunken. Töne des Abscheus von Seiten des Kinopublikums. Maria saß steif in ihrem Sitz und wurde rot – ob wegen der Männer oder wegen des Publikums, hätte sie nicht sagen können. Jael, die sich eine Handvoll M&Ms nach der anderen in den Mund warf, schien keine Notiz davon zu nehmen.

Als sie blinzelnd aus dem Kino traten, war der Himmel marineblau. Am Kinoschalter spielte sich gerade ein wütender Disput ab. Maria erkannte die Frau aus der Frauengruppe – Pat, hieß sie nicht so? –, die bestritt, dass ihr Rollstuhl den Gang blockieren würde. Sie deutete ein Winken an, aber Pat schien sie nicht wiederzuerkennen. Jael war schon losgezogen, Maria musste durch die Seitenstraße rennen, um sie einzuholen.

»Sollen wir den langen Weg nach Hause nehmen?« Ohne auf Marias Antwort zu warten, bog Jael in eine Kopfsteingasse ein.

Maria hatte bereits die Orientierung verloren. Sie sah sich um. »Ist das auch nicht gefährlich?«

»Halte dich an mich, mein Kind, dann passiert dir nichts. Ich trage eine Hutnadel im Revers.«

Die Bettler hatten schon alles für die Nacht zusammengepackt. Zurückgeblieben waren nur ein paar Kartons und auf der Steinplatte am Ende der Gasse eine verschmierte Kreidezeichnung des Abendmahls. Jael verlangsamte das Tempo zu einem müßigen Schlendern. »Ich mag solche Filme. Netzstrümpfe, heftige, wütende Geigentöne, und weit und breit kein gesellschaftliches Anliegen in Sicht.« Sie beobachtete Maria, als sie an einem Bordstein innehielten. »Dir hat er nicht so besonders gefallen, wie?«

»Oh, ich fand, er war sehr gut gefilmt«, erwiderte Maria rasch. »Ich weiß nur nicht, ob ich heute Nacht einschlafen kann. Die Szene, als die Katze da aus dem Kessel gesprungen kam …«

Jael schlüpfte vor einem LKW über die Straße. Maria hielt die Luft an, bis der kupferfarbene Kopf auf dem gegenüberliegenden Gehweg wieder auftauchte. Als sie sie eingeholt hatte, betrachtete Jael gerade eine Speisekarte, die in einem Fenster hing, eingerahmt von schweren Gardinen. »Sind wir hungrig oder sind wir ausgehungert?«

»Ein bisschen hungrig«, sagte Maria. »Aber was –«

»Sie überschreiten gleich die Grenze zu einem kulinarischen Genuss«, rief Jael wie in einer Autowerbung. »Diese unschuldigen Geschmacksknospen stehen vor der Begegnung mit dem schärfsten Chicken Vindaloo – genauer gesagt, dem *einzigen* Chicken Vindaloo – in unserem wunderschönen Dublin.«

Marias Protest wurde zu einem Flüstern, als sie in die gedämpfte Atmosphäre des indischen Restaurants eintraten. »Chinesisch ist doch viel billiger, und überhaupt – meinst du nicht, wir sollten nach Hause gehen und hören, wie Ruths Diskussion gelaufen ist?«

»Chinesisch ist was für Schwächlinge«, zischte Jael zurück. Dann fuhr sie resigniert fort: »In Ordnung, wir nehmen es mit nach Hause. Aber erzähl mir nicht, dass du lieber chinesisch isst, wenn du noch Vindaloo-Jungfrau bist.«

Maria verschränkte die Arme vor der Brust und lehnte sich gegen die Theke.

»Vertrau mir ruhig, schöne Schmollende«, murmelte Jael in ihr Ohr.

Sie streckte ihr die Zunge raus und schaffte es gerade noch, sie wieder zurückschnellen zu lassen, als der Kellner zu ihnen trat.

Um halb zehn kamen sie um die Ecke des Beldam Square. »Komm, wir nehmen die Abkürzung mittendurch«, schlug

Jael vor und steuerte auf ein Tor zu, das halb hinter einer Hecke verborgen lag.

»Es ist bestimmt abgeschlossen.«

»Maria«, sagte Jael mit einem Seufzer, während sie einen Fuß zwischen die schmiedeeisernen Stäbe zwängte und sich hinüberschwarng. »Du darfst dich nicht immer von solch kleinen Hindernissen abbringen lassen. Los, schwing die Chicken-Tüte rüber.«

Über der obersten Stange schwebend, heftete Maria den Blick haltsuchend auf Jaels roten Schopf. »Hör auf zu lachen!«, befahl sie. »Wenn ich auf eine dieser Eisenspitzen falle, sind meine Heiratsaussichten dahin.«

»Eine Katastrophe«, murmelte Jael und verschwand zwischen den Bäumen.

Maria suchte sich über das Gras einen Weg hinter ihr her; es war zu dunkel, um irgendetwas außer Blätterhügeln und Baumstämmen erkennen zu können. »Warte auf mich!«, rief sie. »Ich wette, dass es hier von Ratten nur so wimmelt.« Als sie auf den Kiesweg herausgestolpert kam, sah sie, wie Jael auf der Lehne einer Parkbank balancierte und sich über die Baumkronen hinwegreckte.

»Man kann die Wohnung von hier aus sehen.«

»Bist du sicher?« Maria kletterte hinter ihr hoch. »Woher weißt du, welche unsere ist?«

Jael schirmte die Augen gegen das Straßenlicht ab. »Das muss Ruth sein, die am Küchenfenster vorbeigeht. Sie sagt mir ständig, dass ich eine Jalousie dafür kaufen soll, aber ich vergesse es immer wieder.«

»Sieh mal, sie nimmt die Kappe ab«, sagte Maria. Die

kleine Gestalt im vierten Stock zeichnete sich schwarz gegen das warme Licht ab. Dann sprang Maria mit einem Schauder von der Bank herunter. »Komm, lassen wir das. Ich fände es furchtbar, wenn man mich heimlich beobachtet.«

Jael grinste auf sie herab. »Wäre es dir lieber, du wüsstest, dass man dich die ganze Zeit über beobachtet?«

»Hör auf damit – du weißt, wie ich das meine, du Ekel«, antwortete Maria, schnappte sie bei einem der ledernen Ärmelbündchen und zog sie von der Bank auf den Kiesweg herunter. »Ich wollte doch nur sagen, dass ich es lieber wüsste, wenn man mich schon von einer schmuddeligen Parkbank aus bespitzeln würde.«

»Ruth kann das nichts anhaben«, sagte Jael. »Über sie wachen die Engel der Göttin.« Sie hob die durchweichte Papiertüte auf und machte sich auf den Weg zum Tor.

Es war der Morgen an Halloween. Maria teilte ihre Aufmerksamkeit zwischen einem Rührei und einer Seite mit Diagrammen.

»Wir Skorpione«, verkündete Jael plötzlich und sah von ihrem *Motorcycle Monthly* auf. »Wir sind gar nicht die grünäugigen Monster, zu denen uns die Gesellschaft abgestempelt hat, sondern liebe und bescheidene Wesen.«

Maria schaute sie verständnislos an und wandte sich wieder ihrer Geometrie zu.

Ruth schluckte ihren Bissen Toast herunter und erklärte: »Die gnädige Frau hat Geburtstag und möchte eine Dose Schoko-Paranüsse geschenkt bekommen.«

»Wie kapierst du bloß immer diesen ganzen verbalen Dünnpfiff?«, fragte Maria.

»Übung. Es dauert mindestens ein Jahr, bis man alle ihre kleinen Eigenheiten kennt.«

Jael zog eine Koboldfratze über ihrem Müsli. »Würdet ihr beide freundlicherweise aufhören herumzuzicken und vielleicht mal runterflitzen, um zu sehen, ob irgendwelche Karten für mich gekommen sind? Ich habe den Briefträger schon vor Ewigkeiten gehört.«

»Ich bin beschäftigt«, sagte Maria, ihre Augen folgten den Linien eines Parallelogramms.

»Flitzen?«, wiederholte Ruth. »Vier Treppen runterflitzen?« Aber sie ging.

Maria legte ihr Mathematikbuch zur Seite. Halbherzig begann sie das Geschirr abzuwaschen, aber sie wurde schnell von einer feuchten Zeitungsseite abgelenkt, die unter dem Teekessel lag.

»Hör dir das an, Skorpion«, sagte Maria. »Für die, die in dieser Woche Geburtstag haben. Sie sind eigensinnig. Ihre Berufsbilder sind: Schauspieler, Klärarbeiter, Detektiv oder Bestatter.«

»Murphy, du lügst wie gedruckt. Gib mir die Zeitung.«

»Sieh selbst, unten in der Ecke.«

Jael riss die Seite an sich. »Großer Gott, die schreiben tatsächlich Klärarbeiter! Die anderen Berufe sind mir ja egal – selbst Bestatter –, die haben zumindest eine gewisse Grandezza. Aber Klärarbeiter … « Sie seufzte und griff nach einer Banane. »Lass mich mal sehen, wie es den Wasserfrauen in dieser Woche ergeht.«

Maria wischte mit einem Lappen über die Seite. »Es ist etwas verschmiert, aber ich glaube, hier steht, dass ich mich vor Ehekonflikten und risikoreichen Investitionen hüten soll.«

Ruth tauchte wieder auf, keuchend. »Drei braune Rechnungsumschläge für mich, ein Päckchen und eine Postkarte für das Geburtstagskind und ... ha, ha, seht euch das an, eine Karte von Marias Tutor, der sich wundert, wieso sie gleich drei Statistikstunden hintereinander nicht erschienen ist.«

»Wir sind dreiundzwanzig Leute in einem winzigen Raum und lesen uns Zahlen vor«, beschwerte sich Maria. »Ich sehe den Sinn nicht ein.«

Ruths Antwort wurde abgeschnitten, als Jael ihr die Postkarte hinhielt. Sie schaute auf die blau-weiße Szenerie, die in der Sonne leuchtete. »Was ist das?«

»Lies es«, sagte Jael fröhlich. »Sie ist auf Mykonos.«

Ruth reichte ihr die Karte zurück. »Nein, danke, sie ist für dich.« Sie wandte sich um und machte den Abwasch zu Ende.

Jael schob sich an Maria vorbei in Richtung Badezimmer und murmelte: »Was wettest du, dass sie die Karte auf dem Weg die Treppe hoch gelesen hat?«

Die sicherste Antwort war, die Schultern zu zucken.

Beim Essen an diesem Abend stießen sie auf den Papst an und auf die Last des Älterwerdens, als Jael ein Problem hatte, ihre dreißig Kerzen auszublasen. Zu Flamencomusik aus Ruths schleppendem Kassettenrecorder fischten sie Äpfel aus einem Wok voller Wasser, wobei es Maria gelang, den Inhalt über den Teppich zu kippen. An diesem Abend würde sie die beiden nicht beobachten, sich keine Gedanken machen, nicht analysieren, sich nicht zurückhalten. An diesem Abend wollte sie sich mit ihnen amüsieren – Mädchen unter sich. Jael und Ruth nahmen eine Überdosis an Schokonüssen und Whiskey zu sich, während Maria sich an einem Glas Wein festhielt. Um zwei Uhr morgens ließ sie die beiden tangotanzend auf dem Sofa zurück, zwischen den Zähnen Rosen aus roten Papierservietten. Das Bett umfing sie in einer kühlen Umarmung, und sie schlief fast sofort ein.

Es begann mit dem üblichen Vogeltraum, in dem sie sich aus dem Bett erhob, durch das Fenster hindurchschmolz, über die Dächer glitt und sich entfernte. Diesmal wurde sie jedoch durch einen Canyon gewirbelt, die Flügel weit nach hinten gespreizt. Während des Fluges stellte sie fest, dass die Felsen am Ende des Canyons – oder waren es Wolkenkratzer? – zu dicht beieinander standen. Sie zog die gefiederten Schultern zusammen und versuchte, langsamer zu fliegen, doch als die Öffnung näher und näher kam, zwang der Wind sie, die Augen zu schließen. Sie wusste, dass die Öffnung sich zu einem Nichts zusammengezogen hatte.

Es gab keinen Aufprall, nur Stille, wie in einem Cartoon, in dem die Katze über den Abhang segelt und ein paar Sekunden lang reglos, mit verwundertem Blick in der Luft steht. Allmählich fügte sich eine Reihe blasser Linien zu einem gestreiften Vorhang, durch den das Straßenlicht Gitter zog. Maria wusste, wo sie sich befand, aber sie wartete immer noch auf den Fall. Sie wollte sich über die Schulter nach hinten recken, um nachzusehen, wo das feste Land aufhörte. Ihr Magen war zusammengeballt wie eine Faust.

Ein Glas eiskaltes Wasser, das würde sie in die Wirklichkeit zurückholen. Maria zog den Morgenmantel über ihren dünnen Schlafanzug und schlich durch den Flur. Noch ehe ihre Hand die Perlenschnüre berührt hatte, ließ ein schwacher Laut sie innehalten. Schatten wanden sich auf dem Teppich vor der verlöschenden Glut.

Sie hielt den Atem an, bis ihr der Puls in der Kehle pochte. Als ihre Augen sich an das Dunkel gewöhnt hatten, sah sie, wie der Schein aus dem Kamin miteinander verschlungene Glieder erfasste. Er flackerte über Jaels langen braunen Rücken, der sich über Ruth wölbte, ihre Arme wie dunkle, miteinander verflochtene Äste eines Heckenzaunes. Ruth lag schräg aufgerichtet, ihr schlanker Körper bewegte sich unter dem Gewicht ihrer Geliebten. Maria musste sich anstrengen, um das raue Atmen und die unverständlichen Worte zu vernehmen. Sie hatte keine Ahnung, wie lange sie dort gestanden hatte, die Sinne auf die Szene fixiert, als sich ein hektisches Flüstern von den Körpern löste und in die Höhe schraubte. Sie hätte nicht sagen können, welche von den beiden den Laut von sich gab. Er war mit nichts vergleichbar, was sie jemals gehört hatte. Als er sich weiter und weiter nach oben wand, riss sie sich von dem Anblick los und rannte in ihr Zimmer zurück.

Wie ein Fötus zusammengekauert, die Steppdecke über dem Kopf, wartete Maria, dass Ruhe in sie einkehrte.

Einen Moment lang befürchtete sie, sich übergeben zu müssen, aber der Weg zur Toilette war zu weit, und deshalb schluckte sie es herunter. Ich bin eine Voyeurin, sagte sie sich, formte die Worte unhörbar gegen das Kissen, damit sie wirklich wurden. Ich bin schlimmer als sie. Es ist eine Sache, es zu tun – das ist deren Angelegenheit. Aber dabei zuzusehen, Freundinnen zu bespitzeln, wenn sie vollkommen preisgegeben sind … Wie soll ich ihnen morgen früh in die Augen sehen?

Draußen hatte der Regen eingesetzt, er pochte und prasselte gegen ihr Fenster. Sie stellte fest, dass ihre Wangen tränennass waren – zum ersten Mal seit ihrer Ankunft in Dublin. So ist das also, dachte sie verwirrt.

KAPITEL 4

Als sie auf eine plattgedrückte Locke auf Ruths Hinterkopf schaute, überlegte Maria, ob sie vielleicht halluziniert hatte. Diese zerbrechliche, knuddelige Frau konnte nichts mit den Schemen in der vergangenen Nacht vor dem Kamin zu tun haben. Ruth stand gegen das Spülbecken gelehnt und schluckte zwei Aspirin mit Orangensaft. Sie sah so farblos aus wie Papier, und um die Augen zeichneten sich winzige Fältchen ab.

Jael lag diagonal auf dem Futon mit einer Socke voller Eiswürfel auf der Stirn und wies Marias Ratschläge gegen den Kater ebenso zurück wie das Frühstück. »Ich bin dreißig beschissene Jahre alt«, erklärte sie mit geschlossenen Augen. »Was soll mir da ein pochiertes Ei helfen?«

Als Maria in die Küche zurückkam, sammelte Ruth gerade klebrige Weingläser und zerfetzte Servietten ein. Sie wuschen wortlos ab, ihre Hände bewegten sich im Einklang. Eine halbe Stunde später hatten sie sich beide auf das Sofa gekuschelt und tauschten Familienfotos aus.

»Ist das da dein kleiner Bruder in dem Anzug?«

»Er war ihm viel zu groß, aber Mum hat darauf bestanden«, antwortete Ruth. »Er studiert jetzt Jura. Sie sähe es gern, dass er Diplomat wird.«

Maria betrachtete drei Fotos mit ein und derselbe Dreiergruppe: eine Frau saß auf einem Sessel mit einem Jungen auf der einen Seite und einer jungen, leicht verdrossen aussehenden Ruth auf der anderen. »Hätte sie sich das auch für dich gewünscht?«

»O nein, eine Behörde ist für ein Mädchen viel besser, und weshalb im Ausland leben? Es hat ihr das Herz gebrochen, als ich hingeschmissen habe. Vielleicht tröstet es sie, wenn ich weiterstudiere und meine Magistra mache.«

Die nächste Fotoserie zeigte Ruth und ihre Mutter, wie sie über einen Kiesstrand wanderten. »Auf was würdest du dich denn spezialisieren?«

»Auf die Nonnen des Mittelalters. Mein Professor meint zwar, das sei kein wissenschaftliches Thema, aber ich finde, sie haben ein unglaublich faszinierendes Leben geführt.« Ruth blickte auf und zog die Stirn wieder glatt. »Wie ist es bei dir, Maria – was hast du für Pläne?«

»Pläne? Mädel!« Sie kroch noch tiefer unter die Falten der Schottendecke. »Ich bin noch nicht mal alt genug, um zu wählen.«

»Das vergesse ich immer wieder.«

Maria klopfte die Fotos zu einem ordentlichen Stapel zusammen. »Du weißt doch, wenn man klein ist, fragen einen die Erwachsenen immer, was man mal werden möchte. Ich habe immer gesagt, ich wollte Busfahrer werden – bloß um sie zu schockieren. Aber ich mochte Busse auch.«

Ruth grinste, als sie sich zurückerinnerte. »Ich habe immer Stewardess gesagt, genau wie all die anderen kleinen Mädchen in meiner Klasse. Jael hat einmal Terroristin gesagt, und dafür hat sie eine Ohrfeige bekommen. Behauptet sie jedenfalls.«

»Sollen wir noch einmal nach der Simulantin sehen?«

»Warum nicht?«

Die Schlafzimmertür war offen, Maria bahnte sich zwischen Kaffeetassen und verstreut herumliegenden Pullis hindurch einen Weg zum Fenster und schob es ein kleines Stück hoch.

Mit geschlossenen Augen befahl Jael: »Mach das verdammte Fenster zu!«

»Wir machen einen Spaziergang zum Fluss«, sagte Maria und schob das Fenster noch etwas weiter auf.

»Von mir aus könnt ihr auf einen Fick in den Park gehen«, kam die prompte Antwort.

»Ach, komm schon, Maria«, rief Ruth vom Flur her. »Lass sie doch im eigenen Saft schmoren.«

Das Sonnenlicht färbte sich violett in den Pfützen, durch die sich Ölflecken zogen. Wie vertraut die Straßen Maria mittlerweile waren, so als hätte sie bereits Jahre in Dublin verbracht und nicht erst ein paar Wochen. Die verrußten Straßenecken, die windschiefen Bushaltestellen, die grünen Straßenschilder, die so hoch an den roten Backsteinwänden angebracht waren, dass die Touristinnen und Touristen die Köpfe in den Nacken legen mussten, als hielten sie nach Superman Ausschau. Die Stadt war immer ruhig nach einem Feiertag, erst recht jedoch nach den Ausschweifungen zu Halloween. Orangefarbene Papierschlangen lagen zusammengekringelt in den Rinnsteinen, und eine Witzboldin hatte ihren Hexenhut auf den Schädel eines bronzenen Vaterlandshelden gestülpt.

Als sie den Beldam Square hinter sich gelassen hatten, verlangsamte Ruth den Schritt und rieb ein abgepflücktes Blatt mit den Fingern blank. »Schöner Tag.«

»Mh-mh.« Maria suchte die Schornsteine nach Vögeln ab.

»Tut mir leid, dass Jael so unflätig war.«

»Kannst du ja nichts dafür.«

Ruth spießte das glänzende Blatt auf eine Zaunspitze auf und verschränkte die Arme vor der Brust. »Eigentlich bin ich ganz froh, dass wir allein sind, weil es –« Sie hielt inne und stieß ein belustigtes Prusten hervor.

Maria bedachte sie mit einem wachsamen Blick.

»Entschuldige, es ist nur – trotz des Klischees – mir fällt nichts anderes ein.« Und dann im Singsang, wie in einer Parodie: »Es gibt etwas, das ich dir sagen wollte.«

Nicht jetzt, dachte Maria. Nicht jetzt, wo ich weiß, wie der Schwung deiner Hüfte aussieht, und die Laute kenne, die du von dir gibst. Ich habe kein Recht, noch mehr zu erfahren.

»Du hast es vielleicht schon erraten – ich meine, wir hätten dir wirklich schon früher etwas sagen sollen, aber ... ich meine, du weißt doch, dass wir ein Liebespaar sind, nicht wahr? Ich und Jael.«

Es war eine Erleichterung, als es ausgesprochen war. Und doch war es beunruhigend, wie die Worte jetzt in dem frostigen Tageslicht Gestalt annahmen.

»Nun ... ja. Mehr oder weniger.« Drei lange Sekunden verstrichen. »Das ist schon in Ordnung«, fügte sie hinzu.

»Prima.« Ruths Stimme sprang eine Oktave höher.

Sie schlenderten ein oder zwei Minuten lang weiter, beide betrachteten die Bäume durch die schwarzen Eisenstäbe des Zaunes. Sag etwas Nettes!, befahl sich Maria, aber das Schweigen knabberte ihre Worte auf.

»Ich war mir nicht sicher, wie du es aufnehmen würdest«, bemerkte Ruth endlich. »Für die meisten ist es okay, aber wissen kann man es nie. Ein paar gute Freundinnen von mir aus der Schulzeit – sie haben mir zwar nicht ins Gesicht gespuckt, aber ich habe gesehen, wie ihre Augen hart wurden, und anschließend habe ich mich mit ihnen zusammen nie mehr richtig wohl gefühlt.«

Maria zog einen Ast an den Eisenstäben entlang. »Ich nehme an, dass die meisten Studis eher tolerant sind.«

»Meinst du?« Ruths Augenbrauen gingen sardonisch in die Höhe.

»Also gut, ich weiß es nicht. Vielleicht, wenn sie den ersten Schock hinter sich haben. Falls es ein Schock ist.« Halt die Klappe! Hör auf herumzulabern.

Faulige Blätter klebten an Ruths flachen Absätzen. Sie blieb stehen, um sie an einem Bordstein abzustreifen. »Ich finde, gerade das Gegenteil ist der Fall«, sagte sie. »Studentinnen und Studenten geben sich diesen toleranten Anschein – sie jubeln, wenn Martina Navratilova aufschlägt, und sie singen mit, wenn Jimmy Somerville singt, aber innerlich geraten sie in Panik und winden sich wie ein Aal.«

»Das kannst du doch gar nicht wissen«, sagte Maria verzweifelt und ließ den Ast fallen. »Selbst wenn der eine oder andere feindselig reagiert, dann doch bloß aus Unwissenheit. Du bist zum Beispiel die erste, der ich begegnet bin. Soviel ich weiß jedenfalls. Ich meine, ihr seid die beiden ersten.«

Ein flüchtiges Lächeln huschte wie eine Libelle über Ruths Gesicht. »Gut, aber ein paar der nettesten Reaktionen habe ich von Menschen erfahren, die nicht das Geringste darüber wussten und doch eine instinktive Toleranz besaßen. Wie diese alte Frau, von der ich dir erzählt habe, mit der ich in Deutschland Gurken eingelegt habe.«

Maria zählte die Risse im Gehweg. »Warum erzählst du es überhaupt, wenn die Leute anschließend gemein zu dir sind?«, fragte sie schließlich. »Wenn ich vor etwas Angst habe, dann lasse ich es einfach bleiben.«

»Das bezweifle ich«, sagte Ruth. »Du weißt doch, wie es ist, wenn du eine solche Angst vor etwas hast, dass es dir den Magen umdreht, und du es dann doch tust. Dein Adrenalin steigt hoch wie eine Fahne, die gehisst wird.«

»Vermutlich. Passiert aber nicht oft.«

»Nun, ich gebe mich den Leuten auch nicht jeden Tag als Lesbe zu erkennen. Das wäre zu anstrengend. Eine Zeitlang halte ich mich bedeckt, dann wieder breche ich zu einem Kreuzzug auf und konfrontiere sie so, dass ihnen der Kinnladen runterfällt.« Sie hatte Maria leicht am Ellbogen gefasst und steuerte sie, als das Ampellicht wechselte, über die Straße. »Meistens mache ich es einfach, um mich frei zu fühlen. Ich kann die alten Euphemismen von ›guten Freundinnen‹ und ›Mitbewohnerinnen‹ nicht ausstehen.«

»So hast du es mir aber gesagt.« Maria rückte ein wenig ab; sie konnte den verletzten Ton nicht aus ihrer Stimme heraushalten.

Ruth blieb stehen, blickte in eine kopfsteingepflasterte Gasse und murmelte: »Zum Fluss geht's da entlang.« Dann:

»Manchmal schiebe ich Dinge furchtbar lange vor mir her, Maria. Ich hatte ... wir beide hatten Angst, dass du ausziehen würdest.«

»Warum hätte ich ausziehen sollen?«, fragte Maria. Sie kniff die Lippen zusammen, um nicht zu sagen: ›Beinahe hätte ich es gemacht.‹

»Jael hat gemeint, anstatt wie sonst damit rauszuplatzen, sollte ich dir die Möglichkeit geben, selbst draufzukommen. Als dann ein paar Wochen vorbei waren, war es uns zu peinlich, eine offizielle Verlautbarung abzugeben.« Ihre Stimme klang jetzt befreiter, und sie fuhr fort: »Sie hatte vor, ein kleines Schild am Kühlschrank anzubringen, mit der Aufschrift: ›An alle: Jael und Ruth unterhalten eine widernatürliche Beziehung.‹«

Maria lachte kurz auf und meinte, dass ›widernatürliche Beziehung‹ sich anhörte wie ›hartherzige Tanten‹.

Braune und graue Bürogebäude starrten sich über die Straße hinweg an. Maria fand die harmonischen Proportionen noch immer faszinierend. An den Souterrains stachen die ausgeschalteten Neonleuchten der Nachtclubs hervor oder aber säuberliche Schilder, auf denen Akupunktur oder Laserdruck angeboten wurden. Tiefer im älteren Teil der Stadt sackten Gebäude ab und drohten einzustürzen. Eines stützte sich auf eine zehn Meter hohe Krücke aus Holz. Aus dem Mauerwerk sprießte der Löwenzahn in kleinen Büscheln.

Als sie am City Quay ankamen, waren sie bei ethischen Fragen des Fleischessens angelangt. »Ich erinnere mich noch daran, als ich zum ersten Mal Vegetarierin werden wollte«, sagte Ruth, als sie die Ha'penny Bridge über die Liffey überquerten. »Meine Mutter hatte mich vor der Messe reingerufen, um mir zu zeigen, wie man ein Hähnchen zerlegt. ›Hör auf das Knacken, sagte sie immer wieder.‹«

Maria nickte heftig und ließ die Finger an den Gitterstäben entlanggleiten. »Was mir dabei den Rest gegeben hat, war die Ausdrucksweise – das Brustfleisch wurde ›seine Brust‹ genannt, und dieses Dreieck da unten nannte Mam ›die Papstnase‹.«

»So was Blasphemisches hätte meine Mutter niemals gesagt. Sie hat es sicher ›Hinterteil‹ genannt.«

»Weiß sie über dich Bescheid?« Maria wünschte augenblicklich, sie hätte das nicht gefragt.

»Noch nicht.« Ruth steckte den Kopf zwischen den hellblauen Streben der Fußgängerbrücke hindurch und starrte hinab. »Die Strömung hat ein ganz schönes Tempo drauf, nicht wahr?« Sie grinste zu Maria hoch. Die Streben zogen Streifen über ihr Gesicht. »Das Schlimmste an dem Hähnchen war der kleine Plastikbeutel mit den Innereien, erinnerst du dich? Ich habe jahrelang geglaubt, dass meine Innereien auch in so einem schleimigen Säckchen liegen und beim Niesen vielleicht hochgeschossen kämen.«

»Du fängst an, mir Sorgen zu machen. Los, lass uns den langen Weg zurücknehmen – ich will dir mal diese merkwürdige Ente zeigen, die ich im Park gesehen habe. Und wenn wir Jael eine ganze Stunde geben, ist sie vielleicht schon von Reue erfüllt und hat eine Tiefkühlpizza in den Ofen geschoben.«

»Wenn, dann sicher eine mit Schinken«, sagte Ruth und ging den Weg über die Brücke zurück voraus. »Ohne sie wäre ich schon längst Vegetarierin, weißt du. Vielleicht sogar Veganerin.«

Maria hatte sich angewöhnt, Spiegeln aus dem Weg zu gehen. Jedes Mal, wenn sie sich sah, kam sie sich jünger vor, so als ob ihre wenigen Jahre allmählich von ihr abblätterten. Immer wenn sie ihr Spiegelbild in einem der glänzenden Schaufenster erblickte, war die Nase ein wenig flacher geworden, die Wangen etwas blasser und die Haare noch hoffnungsloser. Seit sie in Dublin war, hing ihre Kleidung irgendwie falsch an ihr. In dem Overall, den sie zweimal in der Woche abends trug, sah sie aus wie eine ledige Mutter, die im Konvent Flure schrubbt. Sie hätte Yvonne um Rat gefragt, wenn sie ihr nicht seit der letzten Auseinandersetzung über ihre Mitbewohnerinnen aus dem Weg gegangen wäre. Galway konnte man kaum als Experten in Modefragen betrachten, denn er trug nie etwas anderes als seine abgewetzten Jeans. Und Damien – auf den sie in den Vorlesungen manchmal einen Blick erhaschte oder den sie an irgendwelchen Straßenecken zu entdecken meinte – bemerkte sie sowieso nicht, egal was sie anhatte oder wie sie sich die schlaffen Haare zusammenband. Sie stellte fest, dass die Liste ihrer Freundinnen und Freunde sich damit auf zwei reduzierte. Das hieß, Freundinnen und Freunde in ihrem Alter – ohne Jael und Ruth. Es war nur allzu leicht, einen lustigen Abend in der Wohnung zu verbringen und dabei zu vergessen, dass sie das fünfte Rad am Wagen war.

Eines Abends, als Maria zum Essen nach Hause kam, war sie verwandelt.

Ruths Stirn legte sich in Falten. »Aber es war doch schön so, wie es vorher war.«

Jael warf einen Blick auf Marias kurzgeschorenes Haar und schrie: »Was ist das denn? Ein Punkschaf?«

Sie spürte, wie es ihr heiß in der Kehle hochstieg. »Mir war einfach nach einer neuen Frisur. Ich fand den ›Süße Siebzehn‹-Look allmählich langweilig.«

Jael zeigte ihr Vampirlächeln. »Das Problem ist nur, meine Liebe, dass du jetzt so süß aussiehst, dass du mich vom Essen abbringst.« Sie strich versuchsweise über Marias pelziges Haupt, als handele es sich um ein Eichhörnchen. Als Ruth mit dem Wok voll dampfendem Gemüse an den Tisch trat, ließ sie die Hand sinken.

»Ich glaube, ich werde mich daran gewöhnen«, sagte Ruth. »Es ist einfach nur der Schock, dass man plötzlich deine Augenbrauen sehen kann und – o was sind das für kleine Öhrchen! Sieh mal, Jael, hast du je so wehrlose kleine Ohrläppchen gesehen? Oh, und die werden jetzt immer so kalt.«

Maria wand sich aus ihrem Griff und setzte sich an den Tisch. Sie nahm den Stuhl mit den Armlehnen.

»Ach, übrigens«, bemerkte Jael und reichte die Sojasoße weiter, »ich habe gehört, dass du unser finsteres Geheimnis erraten hast und trotzdem nicht gleich die Sittenpolizei rufst.«

Maria blinzelte und nahm ihre Gabel. »Solange ihr mich nicht zwingt abzuwaschen.«

Ruth glitt auf ihren Stuhl. Sie hatte dunkle Ringe unter den Augen. »Weißt du, wir hatten angenommen, dass unsere letzte Mitbewohnerin auch Bescheid wüsste …«

»Eine Oberschnepfe namens Annabel, ihres Zeichens Jurastudentin.«

»Aber als sie dann zufällig dahinterkam, hat sie eine lächerliche Szene gemacht, mit dem Vermieter gedroht, und dann ist sie mit ihrem ganzen Krempel abgedampft, ohne die letzte Miete zu zahlen.«

»Nicht dass Heterosexualität der armen Annabel je viel eingebracht hätte«, murmelte Jael und schnappte sich einen Pilz von Ruths Teller.

Nach dem Essen ließ Maria die beiden sich kabbelnd beim Kaffee zurück und machte einen Spaziergang durch die kühlen, verlassenen Straßen. Sie hatte ihren Zeichenblock dabei, aber es war zu diesig, um mehr zu erkennen als die verschwommenen Konturen von Autos und Mauern. Die feuchtkalte Luft streichelte ihre Wangen. Eine schwarze Katze schlich über den Weg. Maria hockte sich hin und wisperte ihr zu. Die Katze sah sie neugierig an und schlüpfte in den winzigen Vorgarten einer Souterrainwohnung. Eines Tages wollte sie auch eine Katze haben, die in ihrer Wohnung zusammengerollt auf einem Sitzkissen lag. Vielleicht hatte ihre Mutter recht, und sie würde nie heiraten. Dann würde sie die Wohnung einfach himmelblau streichen, die Tür hinter sich abschließen und nackt auf dem flauschigen Teppich herumlaufen.

Als sie an der Tankstelle vorbeikam, fiel ihr Blick auf goldgelbe Freesien. Sie kaufte einen Strauß für ein Pfund.

Wenn die anderen die Wohnung mit Plakaten von Frauenmusikfestivals, mit Topfpflanzen und dem Fernseher verschönerten, dann konnte sie wenigstens ab und zu ein paar Blumen mitbringen. Ruth und Jael waren wirklich sehr nett zu ihr; Maria wusste kaum noch, weshalb sie hatte ausziehen wollen. Die beiden stritten sich nicht häufiger als andere Paare. Die meiste Zeit waren sie einfach wie Freundinnen.

Als sie jedoch die vorletzte Treppe hochstieg, wurde sie von einer Welle der Erschöpfung erfasst. Seit sie am vergangenen Abend den dreckigen Toilettenfußboden geschrubbt hatte, tat ihr der Rücken weh, und ihr kurzgeschorener Kopf war kalt. Oben aus der Wohnung vernahm sie die Musik von *Glenroe,* der Fernsehserie, und dann folgte ein kurzer Schrei. Einen langen Augenblick war ihr, als sei in dem dunklen Treppenhaus keine Luft mehr zum Atmen. Sie sank auf eine Stufe nieder und horchte. Als sie bis sechs gezählt hatte, hörte sie erleichtert einen gedämpften Aufschrei: »Jael, los, geh sofort von mir runter, ich meine es ernst!«

Maria senkte die Nase tief in das volle Gelb der Blumen. Sie holte einmal ausgiebig Luft und erklomm dann die letzte Treppe.

Sie stand in einem unauffälligen Winkel zur Tür und tat so, als ob sie in den *Dublin Event Guide* vertieft wäre. Ab und zu warf sie einen Blick in die Hölle hinein. In ihrem ganzen Leben war sie noch nie an einem derartigen Ort gewesen. Ihre Mutter hätte steif und fest behauptet, dass einem dort die Handtasche von der Schulter gerissen würde, sobald man durch die Tür trat. Der Raum war so gut wie leer. In der hintersten Ecke lehnten ein paar Punks an dem Space-Invader-Automat. Der Tisch, der gleich vornean stand, war von drei eher einschüchternd wirkenden Frauen mit Wildlederwesten in Beschlag genommen. Zwei Tische weiter befand sich Damien, der gegen sich selbst spielte.

Seit Wochen hatte sie nicht mehr von ihm gesehen als hier und da ein Stück von seinem Zopf. An diesem Tag jedoch, nach der Vorlesung über die wesentlichen Unterschiede zwischen romanischen und gotischen Kirchen, war sie ihm einfach vom Hörsaal aus gefolgt, an der Herrentoilette vorbei (wo sie herumgelungert und ein Plakat mit der Überschrift *Was Jesus EUCH zu sagen hat* betrachtet hatte) und dann hinunter in die unterirdisch gelegene Spielhalle der Universität. Auf dem Boden lagen Kippen von Selbstgedrehten verstreut wie Blätter in den ersten Tagen des Herbstes. An der Längswand kämpften Dämonen und Titanen. Es war ein Wandgemälde aus den Siebzigern, das in Purpurrot und Silberfarben gehalten war. Irgendein Graffitikünstler hatte einen Spitzenstrumpfhalter auf eine der muskulösen Riesenwaden gemalt.

Unterhalb des Gemäldes beugte Damien sich gerade über den Billardqueue und lochte die Kugel ein. Während sie ihm zuschaute, machte Maria sich bewusst, dass er nichts von ihrer Existenz wusste. Da stand sie nun halb verborgen hinter einer gelben Metalltür und beobachtete, wie er die Queuespitze mit Kreide einrieb – und er kannte noch nicht einmal ihren Namen. Sie würde nie den Mut aufbringen, ihn auf dem Flur anzusprechen, und abgesehen davon, was hätte sie schon vorzubringen als das übliche banale Zeug einer Erstsemesterin. Sie drehte sich zur Seite, um das Spiel etwas diskreter über den Rand ihrer Zeitung hinweg zu beobachten. Dabei entdeckte sie ihr verschwommenes Spiegelbild auf einer Stahlvertäfelung. Das Gesicht wirkte immer noch klein und spitz, trotz des modischen Haarschnitts. Das Gesicht einer jungen Frau, die vielleicht ein Papierschiffchen, nicht aber tausend Schiffe bewegt.

Letztlich führte diese ganze Fixierung auf einen Fremden natürlich auch zu nichts weiter, als etwas zu beobachten, etwas anzutippen und sich ein bisschen die Zeit zu vertreiben. Maria wartete, bis Damien noch zwei Kugeln eingelocht hatte, dann ging sie weg.

Während sie auf den Aufzug wartete, putzte sie sich die Nase. Ob sie je die Heizung anmachten in dieser verdammten staatlich subventionierten Universität? Sie schlenderte am Schwarzen Brett der Mathematiker vorbei, um nachzusehen, ob die Ergebnisse der katastrophalen Zwischenprüfung schon angeschlagen waren, und traf auf Galway, der sich gefährlich weit über das Geländer vorgebeugt hatte. Das war ein viel netterer Typ, eine so unkomplizierte Freundschaft – selbst wenn diese dumme Gans Yvonne ihn weiterhin als Marias »amerikanischen Freund‹ bezeichnete.

»Hey, Fremder, was tust du hier?«

Galway richtete sich auf. »Spioniere hinter einem Paar Turteltauben her«, erklärte er leise. Er wies durch die Geländerstäbe auf eine Bank gleich neben dem untersten

Treppenabsatz. »Es handelt sich um ein zyklisches Ritual. Ein Zungenkuss von ungefähr zwanzig Sekunden, dann drei Minuten lang stillsitzen und um sich schauen, ob es jemand gesehen hat.«

»Erbärmlich.« Maria linste über das Geländer.

»Aber faszinierend. Bislang war mir der Begriff der Angst in Yeats Liebesgedichten nie ganz klar. Ihr geht hier bei der Balz so zaghaft und giggelig miteinander um, habt ihr eigentlich nie einfach nur normalen Geschlechtsverkehr?«

»In Irland ist Sex eine gefährliche Angelegenheit«, erklärte sie ihm. »Wir werden schon schwanger, wenn Spermien auch nur auf unser Knie gelangen. Sie paddeln von alleine weiter aufwärts.«

»Willst du einen gutgläubigen Ami verarschen?«

Ihre Stimme schwankte zwischen Ärger und Belustigung. »Sieh mal, bei mir in der Schule hatten wir eine Stunde im Jahr, die nannte sich ›Vorbereitung auf das Leben‹. Als wir fünfzehn waren, ging es dabei um Formen des Hautausschlags. Im Jahr darauf sprach die Krankenschwester über das gemeinsame Beten von Mann und Frau, und erst im letzten Jahr erlaubten ihr die Nonnen, über natürliche Empfängnisverhütung zu reden. Zu dem Zeitpunkt nahmen die meisten Mädchen in meiner Klasse bereits die Pille, weil sie ihrem Arzt gesagt hatten, sie bräuchten etwas, um ihre Periode zu regulieren.«

»Ich will heim nach Brooklyn«, sagte er. »Hot Dogs, Raubüberfälle, geistige Gesundheit.«

»Komm, wir gehen in die Cafeteria und stärken uns.«

»Und – wie ist das Leben?«, fragte er, während sie beide

die Treppe hinunterstapften. »Wie ich sehe, hast du dich von deinen Haaren getrennt.«

»Abgesehen davon, dass ich kalte Ohren habe, ist das Leben in Ordnung.« Dann gab sie sich einen Ruck und setzte hinzu: »Gelegentliche Abweichungen ausgenommen. Es hat sich herausgestellt, dass meine Mitbewohnerinnen lesbisch sind.«

Er wandte sich ihr zu, seine Augen waren schmal geworden. »Und was ist daran problematisch?«

»Das ist nicht so einfach zu erklären«, sagte Maria und hoffte, dass ihre Toleranz durchklang. »Zuerst konnten sie sich nicht einig werden, ob sie es mir sagen sollten oder nicht.«

Galway nickte nachdenklich. »Ich finde es prima, dass sie es dir gesagt haben. Das bedeutet, dass sie dir vertrauen.«

»Von der Seite habe ich das noch gar nicht betrachtet.« Sie eilte über den Vorplatz neben ihm her.

»Zwei der Zimmermädchen, mit denen ich in Boston gearbeitet habe, waren Lesben. Die waren total witzig«, sagte er nostalgisch.

»O ja, wir haben auch irre viel Spaß.« Das stimmt, dachte Maria, aber warum klingt es wie eine Lüge, wenn ich es sage?

Am Sonntag darauf wachte sie wieder spät auf. Sie schlief unglaublich viel in diesen Tagen – als hätte sie bereits den Winterschlaf begonnen. Sie machte sich an der obersten Schublade mit dem losen Griff zu schaffen und zog ihre Armbanduhr heraus. Zehn nach elf – zu spät, um zu überlegen, ob sie zur Messe gehen sollte oder nicht. Maria kratzte sich den Flaum im Nacken.

Sie tappte zu dem anderen Zimmer hinüber. Als sie klopfte, hörte sie nur das Geräusch eines Föns. Vorsichtig schob sie den Kopf durch die Tür. Jael saß im Schneidersitz auf dem Futon. Sie musste schreien, um sich verständlich zu machen. Jael zuckte erschrocken zusammen, dann knipste sie den Fön aus und warf ihren roten Lockenvorhang mit einem Schwung aus dem Gesicht. Ein paar Strähnen blieben an ihrer Wange haften. Sie schob sie achtlos zur Seite.

»Du hast dich angeschlichen, stimmt's?«

»Ich wollte lediglich wissen, ob du die Zeitung durch hast. Wo ist deine Freundin?«

»Ruth ist zum Essen bei Mami, du musst mit mir vorliebnehmen. Hier hast du die Zeitung. Es steht nichts drin außer einer wundervoll gemeinen Besprechung der Lorca-Aufführung«, sagte Jael und reichte ihr die Zeitung. Sie fuhr sich mit heftigen Bürstenstrichen durch das Haar.

Maria kniete sich auf den Rand des Futons und überflog die Schlagzeilen. Irgendetwas beschäftigte sie. Sie sah auf. »Wieso redet Ruth eigentlich nie über ihren Vater? Auf den Fotos ist er auch nicht drauf.«

»Weißt du das nicht?« Jael zog die Augenbrauen hoch. »Sie ist eine geheimnistuerische kleine Hexe! Die Johnsons haben sich offiziell getrennt, als Ruth sechs Jahre alt war. Der Vater ward seitdem nicht mehr gesehen.«

Maria verzog mitfühlend das Gesicht. »Das hat sie bestimmt verstört.«

»Nun, sie hat immer noch lebhafte Erinnerungen an die

Auseinandersetzungen und den ganzen Streit ums Geld, insofern glaube ich, dass sie den Abwesenden verabscheut.«

Maria saß gedankenverloren auf dem Rand der zerwühlten Bettdecke. Sie überlegte, ob ihr Vater je die Stimme erhoben hatte, um zu schreien. »Glaubst du, das hat vielleicht mit dazu geführt? Nein«, setzte sie hastig hinzu. »Vergiss es.«

»Mit zu was geführt?« Jael behielt ihren boshaften Blick bei, bis Maria die Augen senkte. »Oh, ich verstehe – dafür, dass Ruth so leicht zur Liebe Sapphos verführt werden konnte.«

»Nein, ich meine …«

»Du meinst, sie hat ein Trauma, weil ihre Eltern sich getrennt haben, und deswegen hat sie sich von den Männern abgewandt, und dann hat sie – wie lange? – achtzehn Jahre lang gewartet, bis sie in meinen Armen Trost gefunden hat?«

Maria stützte das Kinn auf die Knie. Aus dem verschlungenen Muster des Wandbehangs grinste sie das Gesicht eines winzigen Äffchens an. »Es tut mir leid. Das war eine durch und durch bescheuerte Frage.«

»Diese abgedroschene alte Theorie ist nicht bescheuerter als all die anderen, Flaumköpfchen.« Jael ließ die Bürste fallen, streckte die Hand aus und strich sanft über Marias Haare, vom Hals nach oben, gegen den Strich. »Es kitzelt«, bemerkte sie. Maria rutschte außer Reichweite.

»Schau, die meisten Schwulen und Lesben, die ich kenne, spekulieren liebend gerne über die Ursachen und Hintergründe. Ich persönlich bevorzuge die Meine-Mami-hat-mich-nicht-geliebt-Theorie.«

»Was für ein Typ ist denn Ruths Mutter?«

Jael zog die Bürste durch ihren Pony und verdrehte die Augen. »Totale Märtyrerin. Die ließe sich nicht scheiden, selbst wenn es in Irland legal wäre. Aus ihrer Handtasche lugt permanent ein Rosenkranz aus Perlen hervor, und sie sagt so Sachen wie ›keine Erlösung ohne Leid‹. Ruth pflegt ihr gegenüber eine Art masochistische Hingabe.«

»Was ist daran masochistisch, wenn du deine Mutter liebst?« Es hörte sich arg bissig an. Maria betrachtete die Dielen des Fußbodens.

»He, das soll keine Beleidigung sein. Ich habe selbst eine kleine Schwäche für Handschellen.«

Maria ging über die Bemerkung hinweg. Sie zog die Bettdecke unter sich hervor. »Erzähl mir mehr über Ruth.«

»Nun, sie ist Mamis ein und alles. Es hat Monate gedauert, bis ich sie überredet hatte, auszuziehen und sich mit mir eine gemeinsame Wohnung zu nehmen.«

»Sie hat mir gesagt, dass ihre Mutter keine Ahnung hat, was euch beide angeht.«

»Tatsächlich?« Jaels Bürste verweilte am Ende eines Strichs. »Dieses heuchlerische alte Luder muss allmählich wissen, dass etwas im Busch ist. Sie macht ständig irgendwelche bissigen Bemerkungen über Ruths kurzes Haar und über ihren unpassenden Freundeskreis. Aber sie würde es sich selbst gegenüber natürlich nie zugeben. Eine unverheiratete Tochter kann sie gerade noch verkraften, aber nur solange niemand das L-Wort erwähnt.«

Maria hatte sich ein Kissen gegriffen, das sie jetzt umschlungen hielt. Sie starrte auf die Schattenflächen des Wandbehangs und unterschied Blätter von Gesichtern und Flügeln. Jael gähnte und räkelte sich. Abrupt wurde Maria sich ihrer wieder bewusst. »Was ist mit deiner Familie? Besuchst du sie nie?« Verlegen fügte sie hinzu: »Oder macht es dir was aus, wenn ich dich so ausfrage?«

»Ganz und gar nicht. Ich erzähle liebend gerne Geschichten, und erst recht meine eigenen. Meine Familie, na gut, gelegentlich lasse ich mich im Gestüt blicken.« Jael fuhr sich noch einmal kurz durchs Haar und warf dann die Bürste auf die Fensterbank. »Meine Mutter hat mich mal mit einem Mädchen im Bett erwischt, als ich siebzehn war. Ich durfte noch bleiben, bis ich mein Abschlusszeugnis hatte, dann habe ich mich nach Spanien aufgemacht.«

Maria merkte, dass ihr der Mund offenstand, und sie machte ihn zu. »Was ist aus dem Mädchen geworden?«, fragte sie etwas lahm.

»Es war nicht auf Dauer angelegt«, versicherte ihr Jael.

»Wahrscheinlich ist es bei Frauen anders.«

Jael lehnte sich leicht kichernd in die Kissen zurück. »Ja, in mehreren wesentlichen Punkten ... einmal ist da die Anatomie, dann das Tempo, die Häufigkeit ...«

Maria spürte, dass ihr Gesicht brannte, aber sie wusste, dass man es nicht sah, wenn sie rot wurde. »Alles, was ich damit sagen wollte, ist, dass, wenn es sich um ein Mädchen handelt, dann kann man wahrscheinlich ... irgendwie alles machen – ich meine, so viel wie man will, ohne dass es auf Dauer angelegt ist, wohingegen bei einem Typen, da muss man sich vielleicht Sorgen machen ... also, ich weiß eigentlich gar nicht, wovon ich rede ... vergiss es.«

In ihrer Verwirrung tat sie Jael leid. »Du meinst, bei einem Typen hofft man, dass es auf Dauer angelegt ist, falls der Gummi reißt.«

Maria wand sich leicht und nickte.

»Oder, wie Ruth sagen würde«, fuhr Jael spöttisch fort, »der Sexualverkehr zwischen Erwachsenen weiblichen Geschlechts wird seitens der westlichen bürgerlichen Moral aufgrund der fehlenden Fortpflanzungsmöglichkeit nicht als weibliche Promiskuität denunziert.«

»Das würde sie nicht sagen«, protestierte Maria. »Bei dir klingt sie wie eine linke Politikerin.«

»Dahin neigt sie durchaus. Um aber auf unser ursprüngliches Beispiel zurückzukommen, nämlich Sonya und mich – die beiden verdorbenen Siebzehnjährigen. Ich gebe zu, dass ich dasselbe mit einem Typen gemacht hätte. Habe ich sogar hin und wieder. Doch bei meiner Mutter hätte gar kein Typ die Nacht in meinem Zimmer verbringen dürfen. Als Lesbe kannst du mit so manchem durchkommen.«

Maria nickte und meinte, falls Jael eine Tasse Tee wolle – sie würde jetzt eine Kanne kochen.

Sie lehnte sich mit der Hüfte gegen die kalte Keramikfläche des Spülbeckens. Während das Leitungswasser glucksend in den Kessel lief, versuchte sie, das Durcheinander in ihrem Kopf zu sortieren. Sie hielt den Finger unter den kalten Wasserstrahl. Bald war er taub bis auf die Knochen. Auf halbem Weg zwischen Schule und Elternhaus war ein Bach gewesen, dessen Wasser durch den Torf leicht braun gefärbt war. Wenn sie einen schlechten Tag gehabt hatte, warf Maria dort ihr Fahrrad hin, kauerte sich auf die Steine nieder und tauchte die Hände bis zu den Handgelenken hinein. Wenn sie die Hände dann ans Gesicht presste, war sie wieder sie selbst.

KAPITEL 5

Maria lehnte am Fenster im Fachbereich Kunst und starrte wütend auf den Nieselregen, als sie Yvonne entdeckte, die unter einem riesigen Schirm vorbeitrottete. Sie klopfte laut gegen die Scheibe und winkte. Yvonne blieb stehen, streckte einen Finger aus und verdrehte die Augen. Offensichtlich wurde eine entsprechende Antwort erwartet: eine tragische Miene oder ein hochgereckter Daumen. Maria ging mit ihrem Gesicht so nah an das Glas, bis es beschlug, dann machte sie Yvonne ein Zeichen, sie an der Tür zu treffen.

»Was ist mit deinem Finger los?«

»Gar nichts, Dummkopf.«

Maria betrachtete den Finger genau. »Ich habe deinen Claddagh-Ring doch schon gesehen.« Der Ring zeigt zwei Hände, die ein Herz mit einer Krone halten, und symbolisiert Liebe, Freundschaft, Treue.

Yvonne schnalzte mit der Zunge und schüttelte den Regen vom Schirm. »Aber heute ist das Herz wieder nach innen gedreht. Das bedeutet, dass Pete und ich offiziell wieder zusammen sind.«

»Das ist wundervoll«, sagte Maria. »Das heißt, falls du dich darüber freust.«

Yvonne ließ sich auf die nächstbeste Bank fallen. »Du hast ihn noch nie leiden können.«

»Fang nicht wieder damit an. Ich habe nichts gegen ihn.«

»Du hast gesagt, er hätte große Ohren.«

»Und? Selbst wenn?« Maria setzte sich rittlings auf die Bank und beugte sich zu Yvonne vor. »Warte mal, warst du das nicht, die das mit den Ohren gesagt hat?«

»Ja, aber du hast mir beigepflichtet.« Yvonne stützte sich auf den tropfenden Schirm. »Jetzt hast du mich deprimiert.«

»Ich habe nichts –«

»Bin in Hochstimmung aus der Vorlesung über die Skulptur gekommen, und jetzt ist alles ganz grau.« Sie blickte auf ihre nassen Wildlederschuhe.

»Komm, hör auf, dich in eine miese Laune reinzusteigern.« Maria rückte näher und versuchte Yvonnes Blick auf sich zu lenken. »Ich habe doch nur so komisch reagiert, weil ich nicht mehr mitkomme. Das ist jetzt, warte mal – das dritte Mal, dass ihr wieder zusammen seid?«

»Das vierte Mal.«

Maria sagte eine Zeitlang nichts, dann fragte sie: »Was bedeutet das eigentlich, ›offiziell‹ wieder zusammen zu sein? Nein«, sagte sie rasch, als sie Yvonnes defensiven Blick einfing. »Ich will nichts miesmachen. Ich bin nur naiv und neugierig.«

»Was willst du denn wissen?« Die Unterlippe zitterte kaum merklich.

»Ich habe nur überlegt, was es heißt, zusammen zu sein, wenn ihr euch doch ein übers andere Wochenende streitet und Schluss macht.«

Yvonne knabberte an einem Nagel herum und dachte über die Frage nach. Dann hellte sich ihr Gesicht auf. »In den Zwischenzeiten sind wir eben nicht zusammen.« Sie schwieg und suchte nach der Logik. »›Offiziell zusammen‹ hört auf, wenn wir uns angeschrien haben und ich dann mit dem Bus nach Hause fahre und wenn ich das Herz auf dem Ring wieder nach außen trage. Die Zeiten zusammen sind in Ordnung.«

Maria sah zu, wie sie mit den Fingern eine feuchte Locke aufdrehte. »Was machst du denn, wenn ihr nicht zusammen seid?«

»Sehe ich mehr fern.«

»Redest mehr mit Parias mit asozialem Haarschnitt«, ergänzte Maria.

Dafür erntete sie ein Lächeln. »Ich habe nur gesagt, dass es ein bisschen kurz ist.«

»Ich habe gesehen, wie du dich zurückgehalten hast. Du hast Stielaugen gemacht.«

»Na, wenigstens bist du den schlappen Pony losgeworden«, sagte Yvonne philosophisch. »Mir hängt der Goldie-Hawn-Look selbst auch zum Hals raus. Aber Pete findet es schön, und dieses Mal wird es mit uns beiden halten«, schloss sie und schlug sich aufmunternd auf die Knie. »Ich spüre es in den Knochen.«

»Wahrscheinlich spürst du es auch noch woanders, ehe das Wochenende rum ist. Autsch, lass mich los!« Maria schubste sie zurück. »Man sieht schon zu uns her, gleich wird man Gerüchte über uns verbreiten. Sag mal, gehst du mit in die Mensa?« Sie stand von der Bank auf und reckte die Arme hoch über den Kopf.

»Oh, tut mir leid, ich habe eine Verabredung mit meinem Schatz in der Bar.« Yvonne winkte ihr von der Tür aus noch mal zu und mühte sich ab, den Schirm aufzuspannen.

Maria setzte sich wieder auf die Bank, diesmal mit überkreuzten Beinen. Sie konnte sich nicht überwinden, allein in die Mensa zu gehen und ihr armseliges Tablett an einer Schar unbeteiligter Zuschauerinnen und Zuschauer vorbeizutragen. Nachdem sie erst eine Stunde zuvor ihre Gier nach Schokolade gestillt hatte, war sie ohnehin nicht besonders hungrig. Außerdem sollte sie eigentlich in der Bibliothek sein und über Probleme der Gruppentheorie nachdenken. Oder sonst etwas tun – alles, außer dem Regen zuzusehen, denn das war die unoriginellste Form der Melancholie. Während der Pubertät hatte sie in den Ferien zu viele Nachmittage damit vertan, im Laden herumzuhängen und dem Regen zu lauschen, der auf der gestreiften Markise, die ihr Vater stets im Mai draußen anbrachte, eine Lache bildete. Ihr Vater dachte sich dann kleine Beschäftigungen für sie aus wie den Lagerraum zu kehren oder die unverkauften Orangen durchzuzählen. Beim ersten Anzeichen der noch blassen Sonne schickte er sie mit dem Besen nach draußen, wo sie mehrmals von unten gegen die Markise stieß, sodass sich das Regenwasser auf die Straße ergoss. Dabei fühlte sie sich jedes Mal so tüchtig wie ein Junge. Es war eigentlich gar nicht nötig gewesen, die Markise sofort zu leeren, sie hätten genauso gut damit warten können, bis Mam sie als Letztes vor dem Abendessen um sechs einrollte. Das wurde Maria jetzt zum ersten Mal klar, als sie eine Gruppe von Medizinstudenten dabei beobachtete, wie sie auf die

Mensa zu hasteten und die Labormäntel wie schützende Papierdrachen über sich hielten.

Das dort musste Ruth sein, das Gesicht halb verdeckt von einem Stapel farbiger Faltblätter. Maria rannte ihr nach und klopfte ihr sachte auf die Schulter. »He, gute Fee, nimmst du ein armes Mädchen mit zum Essen?«

Der geistesabwesende Blick hellte sich einen Moment lang auf. »Würde ich liebend gerne, aber die Pflicht ruft, beziehungsweise die Gaysoc-Gruppe.« Sie verschränkte die Arme und ließ das Kinn auf den Faltblättern ruhen.

»Ich habe euren Stand in der Einführungswoche gesehen. Mit lauter rosaroter Luftballons.«

»Eigentlich waren das Kondome.« Ruth hatte eine besondere Art, die Dinge behutsam richtigzustellen. Bei jedem anderen Menschen wäre Maria sich jetzt entsetzlich dumm vorgekommen. »Aber irgendwelche rechten Vandalen haben sie alle platzen lassen.«

»Da warst du aber nicht am Stand, oder?«

»Ich war ein paar Stunden dort, aber es hat keinen Spaß gemacht. Die meisten Leute machen immer einen Riesenbogen, wenn sie das Transparent sehen.«

»Eigentlich wollte ich die Petition unterschreiben, aber dann habe ich es irgendwie nicht mehr geschafft«, sagte Maria schuldbewusst. Sie nickte einer Kommilitonin aus dem Trigonometriekurs zu, die gerade vorbeiging, und wandte sich wieder Ruth zu. »Entschuldige, ich halte dich sicher nur auf.«

»Kein Problem.«

»Ich habe übrigens gedacht, die Gaysoc-Gruppe wäre nur für Männer.«

»Und für ein paar tapfere Frauen.« Ruths Stimme klang fröhlich. Sie setzte ihre Last auf der Hüfte ab. »Auf dem College wimmelt es natürlich von Lesben, aber wenn du die verkappten lesbischen Hockeyspielerinnen abziehst und dann noch so unpolitische Halblesben wie Jael und die Radikalen, die mit Männern absolut nichts zu tun haben wollen, dann bleiben noch etwa drei von uns übrig.«

»Hat Jael sich denn noch nicht geoutet? Sie tut doch immer so, als wäre sie so unerschrocken«, sagte Maria genüsslich.

»Mal ist sie drin im Schrank, mal wieder draußen, wie es ihr gerade gefällt«, antwortete Ruth sarkastisch. »Ihre offizielle Haltung lautet, dass es ihr scheißegal ist, ob andere wissen, was sie im Bett macht, und dass sie auch ohne gemeinsame Lesbenfrühstücke – besten Dank auch – selbstbewusst genug ist.« Ihr Blick richtete sich auf etwas hinter Maria, sie winkte mit der Hand. »Warte auf mich!«, rief sie einer Frau zu, die Dutzende von Zöpfen trug, aber Pat winkte nur kurz und rollte weiter.

Maria folgte ihr mit den Augen. »Seid ihr befreundet?«

»Früher passte kein Blatt Papier zwischen Pat und mich«, erwiderte Ruth.

»Früher?«

Ruth hob das Kinn. Sie sah Maria an wie aus weiter Ferne. »Pat ist eine starke Frau.«

»Das sieht man ihr an«, sagte Maria zustimmend.

»Wir mussten einmal die gleiche Entscheidung treffen«, fuhr Ruth fort. Sie wählte ihre Worte, als spräche sie mit einem Kind. »Und wir haben uns unterschiedlich entschieden. Dafür hat sie mich verachtet.«

Als sie Marias betroffenes Gesicht sah, lächelte sie. »Das ist mittlerweile längst Geschichte – vergeben und vergessen. Hör zu, es ist zwanzig nach, ich muss los. Soll ich dir heute Abend zeigen, wie man gefüllte Paprika macht?«

Sie schaute Ruth nach, bis sie verschwunden war, dann machte sie sich auf den Weg in die Mensa, ehe sie wieder in Apathie versinken konnte.

Einzelheiten schwirrten Maria durch den Kopf. An Tagen wie diesem fragte sie sich, ob sie überhaupt ein eigenes Leben führte oder ob sie lediglich das Leben anderer Menschen belauschte. Wann würde sie selbst einmal eine Geschichte haben oder ein Thema, aufgrund dessen andere sie in den Gängen anhielten, um ihr Fragen zu stellen? Die Küchenhilfen stapelten die schmutzigen Teller auf die Servierwagen und riefen sich scherzhafte Bemerkungen zu. Außer zwei deformierten Croissants war unter der roten Beleuchtung nichts mehr übrig. Sie kaufte sich eine Tüte Milch und fand einen leeren Tisch im Nichtraucherbereich.

Ein hingenuschelter Gruß, ein Mann mit Bart schob sein Tablett neben ihres. Allmächtiger! Das heißt, eigentlich war es Damien.

»Oh, hallo.« Immerhin ein Anfang. Tief durchatmen, Maria, sammel deine Gedanken, mach Konversation.

Glücklicherweise sagte er zuerst etwas. Während er langsam eine Banane schälte, fragte er: »Was ist mit deinen Haaren passiert?«

»Unfall mit der Mikrowelle.«

Damien nickte, ohne zu lächeln. »Und was hältst du von Watson?«

Dem Himmel sei Dank, er hatte sie aus dem Tutorium wiedererkannt, sogar mit den kurzen Haaren. Am besten sagte sie etwas Unverbindliches. »Nun, er tut sicher sein Bestes«, erwiderte sie, »aber der Dynamischste ist er wohl nicht, oder?«

»Ich finde, er ist ein kluger Kopf.«

»O ja, natürlich.« Wie kam sie da nun wieder heraus? »Ich wollte damit nur sagen, dass er etwas aufgeschlossener für unsere Ideen sein könnte.« Aufgeschlossen *für?* Aufgeschlossen *gegenüber?* Und welche Ideen hatte ihr Mund in diesem Kurs eigentlich schon formuliert?

Sie sah zu, wie Damien die halbe Banane verspeiste. Schließlich sagte er: »Das ist ein Punkt, Maria.«

Er kannte ihren Namen und wusste, wie er ausgesprochen wurde.

»Was hältst du von den Gestaltungsprinzipien der Anamorphose?«

»Gar nicht schlecht.« Was um alles in der Welt bedeutete Anamordingsbums?

Damien bestrich sein Schinkensandwich mit Honig. Sie sah wie hypnotisiert zu. »Und die Anonymität hier – macht dir das nichts aus? Der Hörsaal voller schwitzender Teens, die spaghettiartigen Flure?«

»Eigentlich nicht.« Los jetzt, reiß dich zusammen. »Mir gefällt das irgendwie. Da, wo ich herkomme, gibt es keine Fremden, sondern nur Nachbarn.«

Er nickte auf sein Sandwich hinab, dann warf er den Zopf über die Schulter nach hinten und begann eine Darlegung der repressiven College-Architektur, wies den Hörsaal als eine die intellektuelle Diktatur begünstigende Form aus und führte an, dass das einzige Anliegen der Studentendemonstrationen nur darin bestehen könne, sich draußen im See zu ersäufen.

Sie überlegte, ob sie mitschreiben sollte.

Unvermittelt dann die Frage: »Spielst du Billard?«

»Nein, eher nicht. Eigentlich gar nicht.«

»Solltest du aber. Es ist unglaublich entspannend.«

Er hatte sie doch wohl neulich nicht etwa vor der Hölle stehen sehen – nein, das war unmöglich. Wahrscheinlich war Billard sein einziges Hobby, vielleicht war es auch einfach sein Thema, wenn er sich mit Fremden unterhielt.

»Hast du Zeit?«

Maria blinzelte. »Meinst du jetzt sofort? Ich habe gleich eine Vorlesung.«

»Komm mit runter. Ich zeige dir, wie man Billard spielt.«

Überheblicher Macho-Arsch. Sie sammelte ihre Sachen ein und stolperte hinter ihm her.

Die Dunkelheit legte sich wie ein Film über ihre Augen; sie musste sich anstrengen, um die Einzelheiten der mittelalterlichen Jungfrau Maria zu erkennen. Zum Teufel mit den Diavorträgen. Sie hatte eigentlich vorgehabt, alle paar Wochen am Wochenende nach Hause zu fahren, oder zumindest etwas Besseres mit den Samstagen anzufangen, als in einem Vorlesungssaal zu sitzen, in dem es nach Käsesandwiches roch. Morgen schreibe ich einen Brief nach Hause, versprach sie ihrer Mutter auf telepathischem Wege. Sie machte sich eine Notiz auf der Rückseite des Blattes.

Als sie auf das Datum sah, das sie eingetragen hatte, fiel ihr auf, dass sie schon wieder einen der gebotenen Feiertage versäumt hatte. Dabei ließ sie keineswegs absichtlich im Glauben nach, es fiel ihr einfach nur schwer, allein in die Messe zu gehen. Zu Hause geschah das ganz automatisch – sonntags, um zwei Minuten vor zehn, stapfte das ganze Dorf vereint über den Parkplatz. Aber hier kannte sie niemanden, der oder die mit ihr gehen würde. Vor kurzem hatte sie das Ruth gegenüber erwähnt, die ihr daraufhin erklärt hatte, dass sie den Glauben zwar auch nicht verloren hätte, dass aber der jüngste Bischofsbrief die Katholiken aufgerufen hätte, Formen aktiver Homosexualität zu verdammen, allerdings denjenigen gegenüber Barmherzigkeit zu üben, die von Natur aus homosexuell seien. Und wenn das alles war, was die Kirche zu bieten hatte, dann konnten sie es sich nach Ruths Meinung unter die Soutane stecken. Wenn sie den Sonntag bei ihrer Mutter verbrachte, ging Ruth allerdings zur Messe; dann konnte sie nicht anders.

Maria beschloss, sich ein andermal Sorgen um ihren Glauben zu machen. Sie schaute auf das rote Gekrakel vor sich. Der Dozent hatte ihnen empfohlen, die berühmten Bilder kurz zu skizzieren, aber sie tat sich schwer damit. Außerdem war es viel zu dunkel. Sie blätterte in ihren Notizen zurück. Wie ähnlich sie doch alle aussahen. Lauter Frauen, die sich über aufgedunsene männliche Babys beugten. Mit ein paar Federstrichen begann sie ein Profil zu zeichnen. Es sah aus wie Ruth – der weiche Mund mit der Abwärtsneigung in den Winkeln. Sie fügte die Samtkappe hinzu, und dann ließ sie auf der anderen Seite Jaels Profil entstehen.

Irgendetwas stimmte nicht, die Nase wirkte zu habichtartig. Maria hielt die Skizze auf Armeslänge entfernt. Es sah aus wie ein Märchenungeheuer mit zwei Köpfen, eine Gestalt, gegen die der Held jeden Morgen erneut antreten muss. Oder wie ein Wasserspeiergesicht mit zwei Zungen.

Die Tür hinter ihr öffnete sich einen Spalt, und über die Stufen schoss ein Lichtschaft herab. Damien schlüpfte neben sie und schnappte sich die Skizze. »Wer ist das?«, fragte er leise.

»Das ist eine schlechte Zeichnung von meinen beiden Mitbewohnerinnen. Gib sie mir zurück.«

Sie streckte die Hand danach aus, aber er hielt sie hoch über ihren Kopf. »Mir gefällt sie. Vielleicht solltest du Horrorcomics zeichnen. Sind das die zwei, von denen du mir neulich erzählt hast? Die Rothaarige, die nicht Gitarre spielen kann, und die rabiate Feministin?«

»Ich habe nichts dergleichen gesagt!«, gab sie flüsternd zurück. »Gib her!«

Er knallte die Zeichnung auf den Tisch. »Du hast gesagt, dass eine der beiden mittags vor der Mensa Flugblätter mit dem Titel ›Die dreifache Unterdrückung der Frauen in der Dritten Welt‹ verteilt. Für mich klingt das extrem. Wahrscheinlich lamentieren sie permanent über uns Phallokraten, stimmt's?«

Das war ihre Chance, ihn fertigzumachen. »Nein. Wir reden kaum über Männer. Wir finden dieses Thema nicht sonderlich interessant.«

Er grinste lediglich, sah auf die Leinwand und formulierte im Geiste wahrscheinlich wieder eine seiner Theorien.

Es hatte gar keinen Zweck zu versuchen, geistreich zu sein. Man konnte Damien nicht beeindrucken. Was für ein arrogantes Profil. Die griechische Nase, die schräg zum Gesicht abfiel, der schwarze Bart, der das Kinn betonte. Düster betrachtete sie ihn aus den Augenwinkeln. Wieder setzte das Ziehen in ihrem Bauch ein. Verlangen oder Lust oder eines von diesen Worten. Er wandte sich ihr abrupt zu und warf den Zopf über die Schulter zurück. »Hast du Lust auf eine Runde Billard?«

»Jetzt?«

»Es sei denn, du musst wirklich noch siebenundfünfzig weitere Ikonen anschauen, um die Prüfung zu bestehen.«

»Wo ist denn der schlaksige Französisch-Tutor, mit dem du sonst immer spielst?« Es klang schmollender, als sie beabsichtigt hatte.

»Philippe? Der ist übers Wochenende in Derry.«

Maria schraubte die Kappe auf ihren Füller. »Du spielst nur deshalb gerne mit mir, weil du dann immer gewinnst.«

»Nein, es dient einfach nur der Abwechslung«, erklärte er. Er stand auf und ließ den Sitz mit einem Knall zurückschnappen. »Erinnerst du dich noch an dein erstes Spiel letzte Woche, als du die schwarze Kugel mit einem Stoß vom Tisch gefegt hast?«

An einem späten grauen Donnerstagnachmittag entdeckte Ruth sie in der Ecke der verlassenen Bibliothek, wie sie verschachtelte Spinngewebe auf die Rückseite ihres Blocks zeichnete. Maria blickte schuldbewusst auf, dann machte sie Ruth Platz an ihrem Tisch. »Du musst mir bei meiner

Seminararbeit helfen. Das Thema heißt ›Das Werk Turners als Ausdruck der Romantik‹.«

Ruth tat pflichtgemäß so, als müsse sie sich übergeben.

»Ich könnte natürlich einfach alles aus den Büchern wiederkäuen, die Geschichte des einsamen Künstlers, der durch den Sturm schreitet und Gipfel erklimmt, aber ich möchte lieber etwas Eigenes schreiben.«

»Ich weiß, was du meinst.« Sie nahm den Stift aus Marias Hand und malte eine fette Fliege in das Spinnennetz hinein. »Ich habe auch immer versucht, eine eigene Perspektive zu finden, bis mein Tutor eines Tages die Geduld verlor und gesagt hat, dass es im Deutsch-Französischen Krieg keine Frauenaspekte gäbe.«

»Dann gab's auch keine.« Jaels Gesicht tauchte hinter der Trennscheibe auf.

Ruth sah Maria mit hochgezogenen Augenbrauen an. »Glaub bloß nicht, dass sie weiß, was der Deutsch-Französische Krieg ist, selbst wenn er sie in ihre Frauenaspekte beißen würde.«

»Bitte, meine Damen, wir befinden uns hier an einem ehrwürdigen Ort des Lernens.« Jael schlüpfte zwischen sie und versetzte Ruths Hals ein paar zarte, kleine Bisse.

Maria senkte taktvoll den Blick und versuchte sich auf ihre Gliederung zu konzentrieren. Bisher stand da ›Einleitung‹, ›Historischer Abriss‹ sowie die Zahlen zwei bis fünf und dann ›Schlussfolgerung‹ und ›Literaturverzeichnis‹. Sie vernahm ein gezischeltes: »Nimm die Zunge aus meinem Ohr« und dann einen heftigen Stoß.

»Stören wir dich?« Jael rieb sich den Ellbogen.

»Überhaupt nicht«, sagte Maria. »Ich hänge sowieso fest. Außer völlig banalem Zeug fällt mir absolut nichts ein.«

»Schreib einfach, was die Idioten hören wollen«, sagte Jael verbittert. »Füttere sie mit Klischees. Ich schreibe alles aus alten Bibliotheksbüchern ab.«

»Du hast ja auch die intellektuelle Integrität einer Rolle Klopapier«, sagte Ruth und zupfte sich den Blusenkragen wieder zurecht.

»Dafür bin ich umso romantischer«, sagte Jael gedehnt und warf sich in Marlene-Dietrich-Positur.

»Das ist richtig.«

»Romantisch?« Maria sah von ihrer leeren Seite hoch und gähnte. »Unsere kleine Jaeli?«

»Du hättest uns mal am Anfang erleben sollen«, sagte Ruth. »Erst einmal haben wir uns lange nur umworben. Na gut, es waren zwei Wochen. Aber sie hat mir Rosen geschenkt und hat mich auf ihrem Motorrad mitgenommen, bis sie es zu Schrott gefahren hat.«

Maria lehnte sich zurück und balancierte den Stuhl auf zwei Beinen. »Rote Rosen?«

»Nein, mehr schmutzigbraune.«

»Jetzt reicht's.« Jael hieb mit dem Notizblock auf den Tisch. »Ich habe fünfzig Pence für jede dieser elenden Rosen ausgegeben; eigentlich sollten sie schwarz sein – eine neue Sorte. Ich wollte originell sein.«

»Gib zu, dass sie scheußlich waren«, sagte Ruth nachsichtig.

Jael bedeckte ihr Gesicht mit dem Block und gab Laute der Verzweiflung von sich.

»Erzähl weiter«, sagte Maria zu Ruth und ließ den Stuhl mit einem harten Aufprall wieder landen. »Mehr romantische Geschichten.«

Ruth runzelte die Stirn und dachte angestrengt nach. »Sie hat mich letztes Silvester mit in den Skiurlaub genommen – habe ich dir die Fotos schon mal gezeigt? –, und sie hat mich mehrmals aus Schneewehen befreit.«

»Zeig ihr aber nicht die Nacktfotos!«, sagte Jael entsetzt und ließ den Block fallen.

»Natürlich nicht. Meinst du, Maria hat Interesse daran, deine Schamteile zu studieren?«

Jael flüsterte in Bühnenlautstärke: »Ich behalte sie ja nur, damit ich Ruth erpressen kann, wenn sie Labour-Abgeordnete ist.«

»Also, was war sonst noch romantisch?« Maria klopfte ungeduldig mit dem Stift gegen die Trennwand.

Ruth schien nicht mehr viel einzufallen. »Na ja, letzten Sommer ist sie so viele Nächte lang aufgeblieben, um mir bei den Prüfungsvorbereitungen zu helfen, dass sie am Ende bei ihrer eigenen Prüfung durchgefallen ist. Nun, wie findest du das?«

»Zehn von zehn Punkten.« Maria sah von einer zur anderen.

Jael grinste, als sie aufstand und sich reckte. »Wenn mein Gedächtnis mich nicht täuscht, waren wir allerdings so gut wie nie mit Prüfungsvorbereitungen beschäftigt.«

»Maria braucht keine Einzelheiten. Überlass das arme Mädel ihrer Seminararbeit.«

Sie warfen ihr vom Aufzug her Kusshändchen zu. Als sie

aus Marias Sichtfeld entschwunden waren, legte sie den Stift nieder und ließ den Kopf auf die Arme sinken. Nur zehn Minuten vor sich hin träumen, und dann würde sie sich an den Turner machen.

Sie würde Damien sehen können, wenn sie den Hals nach links reckte, aber sie würde es nicht tun. Er war es nicht wert, angeschmachtet zu werden. Vor allem könnte er sich ruhig öfter mal die Haare waschen. Doch sobald sie die Augen schloss, beschwor sie einen breitschultrigen Geist in einer blauen Rauchsäule herauf, einen Damien, der wie Paul Newman lächelte und lässig den Zopf nach hinten warf. »Wir reden jetzt nicht über lineare Perspektiven, Maria«, murmelte er. »Wir reden jetzt über dich und mich.« Nicht dass der richtige Damien jemals so etwas gesagt hätte, aber man konnte ja nie wissen.

Gegen Ende November beschloss sie, einige Veranstaltungen ausfallen zu lassen und zum Wochenende nach Hause zu fahren. »Wie schön«, sagte Yvonne wehmütig. »Das wird sicher lustig, und dann die frische Luft und so.« Maria linste auf Yvonnes Ringfinger. Ja, das silberne Herz war nach außen gedreht. Daraus schloss sie, dass ihre Freundin wieder einmal single war und dass sie am Wochenende nichts vorhatte. Sie lud sie mit zu sich ein.

Schon am Bahnhof lief alles schief. Der Zug hatte anderthalb Stunden Verspätung, und Yvonne behauptete, sich in dem zugigen Bahnhof eine Erkältung geholt zu haben, während sie auf ihrer Reisetasche saß. Maria wies sie darauf hin, dass jedes Virus eine Inkubationszeit von einigen

Tagen brauchte. Yvonne nahm diese Bemerkung übel und verbrachte die vierstündige Fahrt zusammengekauert in einer Ecke, wo sie sich hinter einer alten Ausgabe von *Image* verschanzte und geräuschvoll vor sich hin schniefte.

Sie wurden von Marias Onkel Jim abgeholt, der sie in seinem nach Hund riechenden Fiat nach Hause fuhr. »Riecht das hier irgendwie komisch, oder ist das nur meine Grippe?« war Yvonnes einziger Kommentar bis zu ihrer Ankunft.

Als das Auto auf dem Kiesweg austuckerte, öffnete Marias Mutter die Hintertür und erstarrte angesichts der neuen Haarfrisur zur Salzsäule. Yvonne sagte mit einem bedauernden Kichern: »Ich weiß genau, wie Sie sich fühlen, Mrs. Murphy. Beim ersten Anblick dachte ich auch, was hat das Mädchen sich nur angetan?«

Während des Abendessens taute Yvonne ein wenig auf und machte Maria ganz kribbelig, weil sie sich jedes Mal entschuldigte, wenn sie nach dem Salz griff. Sie sahen sich einen James-Bond-Film an. Maria ärgerte sich über sich selbst, weil sie ständig zusammenzuckte, wenn einer ihrer Brüder: »In dem Schirm ist eine Kanone!« rief oder in der Nase bohrte.

Der einzige Ort, an dem sie allein sein konnte, war das Badezimmer. Maria schob den Riegel vor die Tür und setzte sich auf die Badematte aus Schafsfell, die ihnen ein Metzger-Onkel fünf Jahre zuvor zu Weihnachten geschenkt hatte. Die cremefarbenen Büschelchen fühlten sich weich zwischen ihren Fingern an. Sie lehnte sich gegen die Badewanne und schloss die Augen. Ungefähr fünf Minuten hier drinnen konnte sie sich leisten, ehe Yvonne anfing, sich

Sorgen zu machen und an die Tür klopfen würde, um zu fragen, ob Maria Krämpfe hätte. Fünf Minuten lang Stille und die milchweiße Wolle unter den Händen. Es fühlte sich nicht mehr wie zu Hause an, jetzt, wo sie jemand Fremdes mitgebracht hatte. Sie hatte immer gewusst, dass es provinziell war, aber zum ersten Mal war ihr altes Zuhause ihr peinlich. Über den Betten hingen gerahmte Drucke mit menschengestaltigen Hündchen und kleinen holländischen Schlittschuhläuferinnen; auf dem Kaminsims stand eine Porzellanschäferin, der die Füße fehlten, und (wieso hatte sie nicht daran gedacht, sie zu verstecken?) in der Badewanne lag eine alte gelbe Nagelbürste in Form einer Ente auf dem Rücken. Vielleicht war sie hier die Fremde und nicht Yvonne. Noch keine zwei Monate, und sie hatte das Gefühl, hier zu Hause zu sein, bereits verloren.

Zeit, wieder die Gastgeberin zu spielen. Sie zog den Riegel zurück.

Die Vorstellung, ein Doppelbett zu teilen, hatte Yvonne nicht gepasst. Ihr beigefarbener Seidenpyjama wirkte deplatziert im Zusammenspiel mit der blauen Baumwollbettwäsche. Maria lag steif in der Dunkelheit, lauschte Yvonnes »kleinem Hustenkitzel« und achtete darauf, dass sie sämtliche Gliedmaßen auf ihrer Seite des Bettes behielt. Weiß der Kuckuck, zu welch voreiligen Rückschlüssen es kommen mochte, wenn sie sich im Schlaf auch nur ein winziges bisschen zu weit hinüberbewegte.

Am nächsten Morgen hielt Yvonne es nicht für ratsam, in diesem strömenden Regen nach draußen zu gehen; sie spielten ein paar mittelmäßige Partien Schach, sahen sich eine alte Komödie mit Doris Day an und gingen sich auf die Nerven. Maria kämpfte gerade gegen den Impuls an zu sagen: »Warum putzt du dir nicht mal die Nase, anstatt sie ständig hochzuziehen?«, als Yvonne gelangweilt fragte: »Und was macht man hier so Samstagsabends?«

Maria rief sich das Bild von Hogans vermieften Räumlichkeiten vor Augen. Die Bauern, die mit ihrem Vater befreundet waren, der Akkordeonspieler, die wenigen Schulfreunde, die übers Wochenende zu Hause waren und die Yvonne unter der Rubrik »Komiker« abhaken würde. Nein, das konnte sie sich nicht antun.

»Also, meistens ziehe ich mit einer Gruppe von Freunden los, aber ich dachte, weil du ein bisschen angeschlagen bist, lassen wir es an diesem Wochenende lieber langsam angehen.«

»Solange ich dir nicht den Spaß verderbe.« Sie zog die Nase hoch. Sie folgte Maria die Treppe hinauf, wanderte in ihrem Zimmer herum und sah sich die Ziergegenstände und Tonbänder an. Ihr Blick fiel auf die Kohlezeichnung von einem Rosskastanienbaum. »Hast du das gemalt? Das ist wirklich hervorragend. Obwohl – die Zeichnung, die du von mir gemacht hast, war mir gar nicht ähnlich, fand ich.«

»Man sieht sich selber nie richtig. Jeder andere hätte dich darauf erkannt.« Maria gähnte und schlug die Hand vor den Mund. »Ein Abbild ist wie eine Maske, die jeder außer dir selbst sehen kann.«

»Demnach hat meine Maske Haare auf dem Nasenrücken.«

Maria lachte, zum ersten Mal an diesem Wochenende.

»Ich habe dir doch gesagt, dass das ein Schatten war und keine Haare. Der Bleistift war zu hart.«

»Dann brauchst du aber für diesen Typ, diesen Damien, den du so anhimmelst, ein ganz besonders fettiges Stück Kohle, wenn du ihn zeichnen willst.«

Maria wusste nicht recht, ob sie diese Bemerkung übergehen sollte oder nicht. Sie barg die kalten Hände unter dem weiten Aran-Pullover. »Soll das irgendein subtiler Hinweis sein?«

Yvonne glitt auf das Bett und erwiderte: »Ich kapier einfach nicht, was du an ihm findest. Er ist schmierig und anmaßend.«

»Kann schon sein.«

Da sie mehr Widerstand erwartet hatte, hielt Yvonne inne und schlug dann eine andere Richtung ein. »Außerdem würde es mich nicht wundern, wenn er sich als – du weißt schon was – herausstellen würde.«

»Was?«

»So veranlagt.«

»Nie und nimmer.« Maria verlieh ihrer Stimme einen leichteren Klang und holte ihre Hände wieder unter der rauen Aran-Wolle hervor. »Du wirst allmählich paranoid, was die sexuelle Orientierung meiner Freundinnen und Freunde angeht, stimmt's? Mach dir keine Sorgen – es gibt auch noch ein paar normale Männer auf der Welt.«

Yvonne ließ sich auf die Ellbogen zurücksinken und balancierte die Absätze ihre weißen Pumps vorsichtig auf dem Fußboden. »Der Zopf ist immerhin verdächtig. Außerdem verkehrt er nicht mit den Mädchen in unserem Kurs.«

»An den meisten Tagen ist er eben damit beschäftigt, mittags mit mir essen zu gehen.« Sofort bereute Maria ihren Tonfall.

»Oh, entschuldige vielmals.« Yvonnes Mundwinkel verzogen sich belustigt. »Erzähl mir doch einfach mal, was ihn für dich so attraktiv macht.«

»Ich weiß nicht. Keine Ahnung. Ich kann einfach gut mit ihm reden.« Maria ließ sich gegen die Wand sinken und wischte mit einem Finger über den Rand des Bücherregals. »Hängen dir denn Mädchen nie zum Hals raus? Die Art beispielsweise, in der sie – in der wir über das Wetter reden und wie wir lächeln, um eine scharfe Bemerkung abzumildern, und wie wir ehrfürchtig nicken, wenn sich irgendein Doofmann ausmehrt?«

»Ist das nicht genau das, was du bei Damien machst?«

Maria schwieg und wischte sich den staubigen Finger an den Jeans ab. »Nein, das ist etwas ganz anderes. Er behandelt mich intellektuell wie seinesgleichen.«

»Na, toll.«

Wenn sie so weitermachten, würden sie sich noch vor dem Ende des Wochenendes gegenseitig massakrieren. Maria hörte, wie ihre Mutter die Jungen ins Bett scheuchte, und senkte die Stimme für den Fall, dass sie an der Wand lauschten. »Worauf willst du hinaus?«

»Darauf, dass ich nicht begreife, wo du deine Ich-bin-weniger-Mädchen-als-du-Einstellung hernimmst«, antwortete Yvonne. »Die Art von Verallgemeinerungen, die du in Sachen Mädchen von dir gibst, würdest du bei einem Jungen nie durchgehen lassen.«

»Stimmt, aber das bleibt unter uns«, sagte Maria und grinste angestrengt.

»Was ist denn mit deinen berühmten Mitbewohnerinnen? Ich wette, die sind kein Stück mädchenhaft und kokett.«

»Das ist etwas anderes. Das sind keine Mädchen, sondern Frauen.«

»Ich dachte, wir werden heute alle als Frauen bezeichnet.«

Maria versuchte Zeit zu schinden und rückte den Deckel einer Schmuckschatulle aus Porzellan zurecht. Es war ein Geschenk von Thelma, für das sie nie Verwendung gefunden hatte. »Also gut, sie sind Lesben.«

»Das ist ein sehr anstößiges Wort, Maria.«

»Nein, ist es nicht«, widersprach sie und wandte sich um. »Sie benutzen es selbst, sie beanspruchen es sogar für sich. Ruth sagt, es stammt von der griechischen Insel Lesbos ab.«

»Du bist die Expertin.« Ein winziges Kräuseln der Lippen. »Aber du hast mir immer noch nicht erklärt, warum es bei … bei Frauen wie ihnen anders ist.«

»Ich stelle nur Vermutungen an«, sagte Maria voller Unbehagen. »Mir scheint, sie müssen nicht dieselben Spiele spielen wie wir – mit Männern. Sie spielen ihre eigenen Spiele.«

»Was für welche?« Yvonne richtete sich wieder auf und stützte die Ellbogen auf die Knie. Ihre Augen glänzten vor Neugier.

»Volleyball«, hätte Maria ihr am liebsten zugeflüstert, aber sie bremste sich. »Ich meine nichts Spezielles. Woher soll ich das wissen? Lediglich ihr ›Miteinander-Gehen‹ kommt mir vor wie unsere ›besten Freundinnen‹ mit einem Schuss ›Feindin‹ als Dreingabe.«

Yvonne nickte verständig. »Du meinst, es ist eher emotional als tatsächlich … sexuell.«

»Das habe ich nicht gesagt.«

»Aber wechseln sie nicht dauernd die Partner?«

Maria trat von einem Fuß auf den anderen, lehnte jedoch weiter mit dem Rücken an der Wand. »Du bist schlimmer als ein Beichtvater. Nein, Jael und Ruth nicht, aber ich weiß nicht, ob das die Regel ist.«

Yvonne ließ das eine Weile sacken, dann meinte sie: »Ich finde es richtig rührend, dass sie einander haben.« Sie fing Marias Blick auf und sagte: »Tut mir leid, das klang ein bisschen von oben herab.«

Maria richtete die Rücken ihrer zerlesenen Romane von George Eliot gerade aus. Sie suchte nach Worten. »Nun, vielleicht ist es später ein bisschen traurig, wenn sie die Chance vertan haben, Kinder zu bekommen, aber im Moment ist ihre Lebensweise doch vollkommen berechtigt. Oder etwa nicht?«

Yvonne erlaubte sich ein winziges Schaudern und rutschte an den Rand des Bettes. »Ich kann mir die körperlichen Aspekte eben nur schwer vorstellen.«

»Nun, dann lass es doch einfach.«

Yvonne ging darüber hinweg. »Und wie hältst du es aus, das fünfte Rad am Wagen zu sein? Ich habe mal einen Sommer lang mit Frischverheirateten zusammengewohnt. Das war richtig unangenehm.«

»Die beiden sorgen dafür, dass ich mich zugehörig fühle«, sagte Maria. Sie hörte sich weinerlich an und räusperte sich. »Erinnerst du dich noch an die Stromkreisschaltpläne bei der Abiturprüfung? Nun, ich unterbreche den Stromkreis nicht, sondern ich stelle eher eine Erweiterung dar.«

»Was für ein Stromkreis?«

»Ruth und Jael. Ich glaube, sie brauchen mich, um einen Teil der Spannung abzuleiten. Sie behaupten, dass sie sich streiten wie die Wilden, wenn ich nicht da bin, um sie abzulenken.«

Yvonne rieb sich die Unterarme und warf ihr einen zweifelnden Blick zu. Sie schlug vor, zum Kaminfeuer zurückzukehren, da die Kälte ihr ein erneutes Kratzen im Hals bereite.

In dieser Nacht fiel die Temperatur stündlich. Maria lag flach auf dem Rücken und versuchte, das Blut mit reiner Willenskraft in den Füßen zirkulieren zu lassen; sie rollte sich zusammen, zog die eisigen Knie bis an die Brust und hielt sie mit beiden Armen umklammert. Ihr wurde einfach nicht warm. Einen halben Meter entfernt lag Yvonne mit hochgezogenen Satinschultern. Der Spalt zwischen den Vorhängen ließ nur einen frostigen Streifen Mondlicht herein. Maria rückte vorsichtig ein Stück tiefer unter die Bettdecke. Sie zupfte eine winzigkleine Feder aus dem alten Kopfkissen und kitzelte sich damit an der Oberlippe. Eine ihrer Kindheitsphantasien stieg in ihr auf: Sie wünschte, sie hätte sechs Schwestern, drei auf jeder Seite, wie Löffel hintereinandergeschmiegt, die warmen Rippen unter der Baumwolle ein gleichmäßiges Auf und Ab.

Sie vergrub die Nase in dem weichen Kissen und zog sich die Ecke der Bettdecke bis über die Ohren. Dabei fiel ihr ein, dass Mams Tante auf dem Weg zur Schule immer eine heiße Kartoffel in der Manteltasche gehabt hatte, so dass sie später die Kreide halten konnte, wenn sie die Rechenaufgaben an die Tafel schrieb. Es kam ihr in den Sinn, dass die Kartoffel wohl eher ein Talisman gewesen war. Sicher waren die Hände der Großtante weiterhin steif vor Kälte gewesen, aber sie hatten Trost gefunden, wenn sie die braune Schale spürten.

Und wo war ihre heiße Kartoffel in dieser Nacht? In diesem Semester? In ihrem Leben? Maria rutschte weiter nach unten, bis ihr Kopf unter der rauen Decke verschwand und die Luft dumpfig wurde. Sie hatte jetzt genug Zeit in den Außenregionen vertan, oft genug die eisige Jungfrau oder die hilfsbereite Kummerkastentante gespielt. Sie wollte etwas spüren, irgendetwas, das sie so überwältigte, dass der Raum zwischen ihren Rippen von strahlendem Glanz erfüllt würde. Sie forderte kein Glück, jedenfalls nicht sofort, sondern etwas, das heiß genug war, um sich die Hand zu verbrennen.

»Nein, ehrlich.«

»Ehrlich-wehrlich.«

»Ich vertrage nichts mehr. Sonst kippe ich um.« Maria tat der Bauch weh vor Lachen. Sie schob das Bierglas zur Seite.

Damien schubste es wieder zurück. Die cremige Schaumkrone machte einen Satz und schwappte um ein Haar über. »Du musst es jetzt trinken, nachdem ich es durch das Ellenbogengedränge der Menge bugsiert habe.«

Sie hob das Glas an die Lippen und ließ den Schaum in den Mund sickern.

»Komm, ich male ein Gesicht auf den Schaum – wenn es sich bis unten hält, ist es ein gutes Bier.«

»Nimm deine schmutzigen Pfoten aus meinem Schaum!«, kreischte sie. Die Jurastudenten am Nebentisch hoben die Augenbrauen. »Ich mache das selbst.« Sie malte einen Kreis mit einem Smiley und setzte ein Kreuz darunter.

Er linste über ihren Ellbogen. »Was soll das sein? Das Zeichen für nukleare Abrüstung?«

»Nein, es ist dieses Frauendingsbums.«

»Verschon mich damit!« Damien packte das Glas und trank mit weit geöffnetem Mund, bis das Zeichen verschwunden war. »Nach elf Uhr ist Feminismus nicht mehr erlaubt, oder du verwandelst dich in einen Kürbis. Los, hoch mit dir, lass uns ein winziges Tänzchen wagen.« Er zog sie mit sich in den Kreis der Tanzenden.

»Machst du dich etwa über mich lustig?«, schrie sie ihm ins Ohr.

»Ein bisschen.«

Maria zog ihn einmal kurz und kräftig am Bart. »Du Ekel. Hör mal, ich weiß gar nicht, ob ich noch stehen kann.«

»Jetzt kommt ein langsames Stück. Du brauchst dich nur hin- und herzuwiegen. Wie kommt es, dass ich meine Glieder noch unter Kontrolle habe, obwohl ich drei Bier mehr getrunken habe als du?«

»Jungs haben größere Blasen. Oder aber es steigt alles in den Zopf.«

Sie lehnte sich an ihn und schloss die Augen. Sie drehten sich im Einklang mit der Musik, matt wie Bären im Winterschlaf. Es war einer der Songs, bei denen einen die ersten

Saxofontöne gefangennehmen. Man denkt, dass man die Melodie kennt und liebt, aber auf halber Strecke entpuppt es sich dann plötzlich als einer dieser rührseligen Schlager, die jedes Jahr zu Weihnachten gespielt werden. Wie hieß das verdammte Stück bloß? Es war etwas mit einem Jahr. Oder mit einem Herz? Na ja, sie waren sowieso alle gleich. Sie hob den Kopf, um Damien zu fragen, und hatte plötzlich seine Lippen auf dem Mund. Es erschien ihr irgendwie unhöflich zurückzuzucken. Er schmeckte nach Rauch, eigenartig würzig. Sie öffnete die Augen, aber die Nase über ihr war zu erschreckend, und so machte sie die Augen wieder zu.

Die Leute schauen uns an, dachte Maria. Die richtigen Leute oder die falschen Leute oder die, denen das ohnehin scheißegal ist?

Die fremde Zunge in ihrem Mund war harmlos. Dick. Das kam vom vielen Reden, dachte sie. Die dunklen Bartlocken fühlten sich warm an auf ihrem Kinn. Sie stellte die Gedanken ab und ließ sich tiefer auf den Kuss ein.

Ihr Name. Damien hatte sich von ihr gelöst und rüttelte sie an den Schultern.

»Was ist?«

»Es ist schon längst Sperrstunde, sie schmeißen uns raus.«

Sie schüttelte sich wach. Sie standen allein auf der neonbeleuchteten Tanzfläche. Die Menge schob sich durch die Schwingtür nach draußen. Sie sah eine winkende Hand und erkannte Galways schiefes Grinsen. Sie winkte zurück, schamrot, aber er war schon verschwunden. Eine gleichgültige Barbelegschaft stellte orangefarbene Stühle auf nasse Tische.

»O Gott, mein Bus!«

»Bei mir ist Platz«, bemerkte er, als sie durch die Schwingtür traten und die Kälte ihnen entgegenschlug.

»Besser nicht«, sagte Maria und verlieh ihrer Stimme einen weichen Klang.

»Du meinst – lieber nicht.«

»Ich meine … ich weiß nicht, was ich meine«, sagte sie und hüstelte belustigt. »Gute Nacht dann.« Sie tätschelte ihm die Schulter. Eine unbeholfene, intime Geste.

Damien stopfte den Zopf unter den Kragen, der gegen den Wind hochgestellt war. Er nickte und machte sich auf in Richtung der Campusgebäude.

»Bis morgen!«, rief sie, aber er war schon außer Hörweite.

Während der ganzen Heimfahrt im Bus hielt sie die Augen geschlossen und die Zweifel ausgeblendet und klammerte sich an der Wärme fest.

Dienstag. Mittwoch. Siebeneinhalb Stunden Donnerstag und noch immer kein Zeichen von ihm. Noch nicht einmal die üblichen Halluzinationen. Ungefähr zwanzig Minuten lang trieb sie sich am Schwarzen Brett der Neueren Philologien herum, wanderte einen trübe beleuchteten Flur entlang, bis sie den Französischtutor erblickte, den sie schon in der Hölle gesehen hatte. Sie sprach ihn an, ehe sie der Mut verlassen konnte.

»*Excusez-moi* – Entschuldigung.«

Sein Gesicht war lang und lief spitz zu wie eine Paranuss.

»Ich bin eine Freundin von Damien. Ich wollte nur wissen, ob du ihn heute hier irgendwo schon gesehen hast.«

Philippes Schultern war anzusehen, dass er am liebsten die Achseln gezuckt hätte. »Ich nehme an, er ist noch in London«, sagte er mit hauchfeinem Akzent. »Er hat zwar gesagt, er sei nur übers Wochenende weg, aber ich würde mich nicht wundern, wenn er die ganze Woche bliebe.«

»Natürlich«, antwortete Maria fröhlich.

Es wäre unhöflich, das Gespräch damit abzubrechen. Das wäre, als hätte sie ihn nur als Informationsquelle benutzen wollen. Was eigentlich auch stimmte, rief sie sich in Erinnerung und fühlte sich doppelt schuldig. Sie lächelte so, dass man ein bisschen von ihren Zähnen sah. »Dann muss dir euer Spielen sicher fehlen.«

Er starrte sie an.

»Euer Spielen. Billard. Ich habe dich spielen sehen. Toll!« Maria sagte ihm noch ihren Namen und dass es sie gefreut hätte und dass sie sich sicher irgendwann einmal wieder über den Weg laufen würden. Dann schlug sie die Hand vor den Mund und räusperte sich, um den Fluss der Worte anzuhalten, und ging fort. Sie wanderte in den falschen Flur hinein und musste sich deshalb noch eine Weile auf der Personaltoilette herumdrücken, bis sie sicher sein konnte, dass Philippe weg war. Toll!, sagte sie noch einmal mit einer fiesen Grimasse zu ihrem Spiegelbild, einfach um sich zu demütigen. Typisch siebzehn.

Sie kämpfte sich gerade aus dem Schlaf hoch, als ihr Wecker anfing zu piepsen. Ein nervtötendes Geräusch, wie ein Eichhörnchen, das gerade erwürgt wird. Zehn Uhr. Sie hatte schon wieder vergessen, den Wecker für werktags auf halb neun zu stellen. Ihr Dozent würde jetzt gerade vor dem Hörsaal seine graue Krawatte glattstreichen und sich bereitmachen, sich in seinen Ausführungen über die wesentlichen Merkmale der Zimmerdecken des Rokoko zu ergehen. Maria taten selbst alle wesentlichen Merkmale weh. In einer mörderischen Aktion hatte sie am Abend zuvor sämtliche Fenster eines Versicherungsgebäudes geputzt.

Ob sie auftauchte oder nicht, würde ohnehin niemandem auffallen. Seit dem verheerenden Wochenende bei ihr zu Hause hatten Yvonne und sie lediglich einige Hallos gewechselt. Was Damien anbetraf – sie rechnete nach, dass er seit über einer Woche zurück war –, war es, als hätte sich der verschwommen erinnerte Zwischenfall in der Bar nie ereignet. Er war unverändert freundlich. Wenn sie eine Begegnung in einem der Korridore inszenierte, blieb er stehen und plauderte kurz mit ihr, ungeachtet der Menge, die links und rechts an ihnen vorbeiströmte. Sie hatten sogar eine kleine Runde Billard zusammen gespielt und einmal sogar eine zu dritt mit Philippe. Aber dabei war es geblieben.

Maria strampelte die Bettdecke zurück und griff nach ihrer langen Thermounterhose. An diesem Tag würde sie wieder nicht früh nach Hause kommen – die warmen Abende in der Wohnung waren ein Luxus, den sie sich einteilen musste. Sie konnte sich nicht ständig an Ruth und Jael hängen. Mit Sicherheit würde es den beiden irgendwann langweilig werden, wenn sie nicht bald ein eigenes Leben vorzuweisen hatte, das ab und an eine amüsante Anekdote hergab. Außerdem konnten sie sicher auch ein wenig Privatsphäre gebrauchen. Obwohl es in der vergangenen Nacht nicht ihre Schuld gewesen war – es zählte ja wohl nicht als Lauschen, wenn man die Stimmen durch die Wand hören konnte. Worte wie »Selbstrespekt« und »typisch« und »sich gehen lassen« und »Klischee« waren wie Blitze aus einer Wolke voller Gemurmel geschossen. Nach wenigen Sätzen hatte jeweils eine Stimme die andere mit einem durchdringenden »Schsch!« getadelt. Maria hatte dagelegen und sich Sorgen um die beiden gemacht, hatte versucht, nicht hinzuhören, und hatte dann wieder die Ohren gespitzt.

Jetzt saß sie auf dem Bettrand und zog den einen Laufschuh wieder aus, schüttelte ein winziges Steinchen heraus, das auf den Teppich fiel und unter das Bett sprang. Maria ließ den Schuh auf den Schoß sinken und schloss die Augen. Wenn sie einsam war, dann war das ihre eigene verdammte Schuld. Wenn sie sich langweilte – warum unternahm sie dann nichts dagegen?

Als der Bus sie auf den Campus gebracht hatte, waren die Vorlesungen für diesen Tag vorbei. Maria pilgerte an einigen Schwarzen Brettern vorbei, dann riss sie sich zusammen und trug sich als Bühnenhilfskraft für die Schauspieltruppe des Weihnachtsstückes ein.

Am selben Abend wanderte sie vor der vierten Probe von *Schneewittchen und die sieben Bischöfe* ins Kellergeschoss hinunter. Sie erhielt einen minimalen Willkommensgruß über Plastikbecher voll Kaffee hinweg. Die Probe zog sich in die Länge und war nervtötend, weil der führende Bischof an neun entscheidenden Stellen den Text verpatzte. Anschließend saß die ganze Truppe zusammen und listete die

Fehler der Aufführung auf. Maria gefiel eines der Mädchen, eine Bühnenbildnerin mit rabenschwarzem Haar, die darauf bestand, dass man sie Suzette nannte. Als sie Marias Namen hörte, drehte Suzette sich mit schwingendem Pferdeschwanz zu ihr um. »Du wohnst mit Jael zusammen, stimmt's?«

Maria fiel keine Antwort ein, die sie nicht gleichzeitig in eine Falle voller Implikationen gestürzt hätte. Sie nickte unsicher.

»Ich kenne sie von früher«, erklärte das Mädchen. »Kann sie denn mittlerweile Gitarre spielen?«

»Zumindest glaubt sie das.«

Suzette wandte sich wieder ab und ließ sich von einer überaus gereizten Regisseurin weitere Anweisungen geben. Maria zog sich gerade die Handschuhe an, um zu gehen, als Suzette zu ihr zurückblickte. »Kommst du nicht mehr mit in die Kneipe auf einen Absacker?«

»Tut mir leid, aber ich muss los«, murmelte Maria und ging eilig auf die Treppe zu.

Ein weiterer pubertärer Panikanfall. Als sie draußen an der nebligen Bushaltestelle stand, verfluchte sie sich still und systematisch. Erstens hatte sie ein seltenes und kostbares geselliges Angebot ausgeschlagen. Zweitens musste eine alte Bekannte von Jael nicht automatisch lesbisch sein. Drittens war sie – selbst wenn doch – letztlich einfach nur nett gewesen und hatte wohl kaum vorgehabt, in der College-Kneipe aufdringlich zu werden.

Gegen Mitternacht war sie zu Hause, müde bis zum Umfallen und ihrer selbst überdrüssig. Als sie für den Fall, dass die beiden schon schliefen, leise die Tür aufschloss, hörte sie zu ihrer Überraschung eine – aber nur eine – Stimme im Wohnzimmer. Maria schaute kraftlos durch die Perlenschnüre. Es war Jael, die dort in ihren flammendroten Kimono gekuschelt saß, die Telefonschnur spiralförmig über ihren Knien.

»Hm-hm. Ich vertreibe mir die Zeit hier ganz allein. Nein, die Kleine ist wohl noch an der Uni. Und was haben Mumsie und du so gemacht?«

Eine lange Pause. Jael veränderte die Stellung auf dem Sofa und zog die Füße unter sich. Geh ins Bett, sagte Maria sich und gähnte lautlos. Sie konnte sich nicht entscheiden, ob sie nicht doch noch eine Tasse Tee wollte.

»Ich auch.« Ein leises kehliges Lachen. »Hätte nichts dagegen. Warum musst du denn über Nacht bei ihr bleiben? Was für eine besitzergreifende Kuh.« Jael hörte zu, dann unterbrach sie: »Ich beleidige sie keineswegs, es gelüstet mich einfach nur nach ihrer Tochter. Ich kann bestimmt nicht schlafen, weißt du. Ich werde einfach splitterfasernackt auf dem Dach herumspazieren, bis sich jemand meiner erbarmt.«

Sie entschied sich gegen den Tee. Vielleicht ein heißes Bad vor dem Zubettgehen? Marias Schultern sackten vor Entschlusslosigkeit nach unten.

»Es ist nicht mein Eisprung – du vertust dich um eine Woche. Ich bin einfach jeden Freitag geil. Und außerdem, was Wunder, nachdem du dich heute Morgen so schamlos in der Dusche aufgeführt hast. Das hast du jedenfalls nicht bei deiner Behörde gelernt. Ich wette, du bist immer noch feucht.« Die Stimme wurde tiefer. »Komm schon, sag's mir. Nein, deine Mutter hört dich nicht durch die Wand. Bist du nicht doch ein ganz kleines bisschen feucht für mich?«

Maria lehnte sich im Dunkeln gegen die glatte Tapete; sie spürte, wie die Hitze in ihrem Gesicht hochstieg.

Die Worte waren fast unhörbar. »Wo bist du, im Flur? Okay. Stell dir vor, dass ich auf der Stufe direkt unter dir sitze. Konzentrier dich und hör auf zu kichern. Stell dir vor, wie meine Hand zwischen deine Knie schlüpft. Hast du die Strümpfe an, die –« Brüllendes Gelächter. »Ich bin nicht pervers. Also gut, verpiss dich und sieh zu, dass du deinen Schönheitsschlaf kriegst. Bis morgen früh. Wie wär's mit Frühstück im Bett?«

Maria kam hereingeschlurft. »'n Abend zusammen.«

Jael starrte auf den Hörer in ihrem Schoß. Sie blickte hoch und zog den Kimono am Hals zusammen. »Der Wasserkessel ist noch heiß, falls du eine Tasse Tee möchtest. Ich habe gerade mit Ruth gesprochen. Sie tut heute Abend ihre Kindespflicht.«

»Ich bin sicher, dass sie froh ist, einmal ohne uns zu sein und zur Abwechslung selbst bekocht zu werden.«

»Du kennst Mrs. Johnson nicht«, warnte Jael und ließ das Telefon auf den verfilzten Kaminvorleger fallen. Dann, als sie sah, wie Maria mit schlaffem Arm den Kessel hob, fragte sie: »Und wie geht es unserem Püppchen so?«

Ihre mühsam hochgezogene Mauer der Unabhängigkeit geriet ins Bröckeln. Am liebsten hätte sie ihr müdes Haupt in Jaels Schoß vergraben. Stattdessen nahm sie einen großen Schluck von dem zu heißen Tee. »Bestens.«

»So schlimm?« Jael zog eine Augenbraue in die Höhe.

»Ich habe mich für die Schauspielaufführung eingetragen, und ich glaube, es ödet mich jetzt schon an.«

»Geh nicht mehr hin.«

»Ich kann jetzt keinen Rückzieher mehr machen.«

Jael stieß einen schweren Seufzer aus, der in einem Gähnen endete. »Ich werde euch ehrenhafte Typen nie begreifen. Ruth ist genauso schlimm. Weißt du was – wir haben für dieses Wochenende ein Picknick in den Bergen geplant. Warum vergisst du diesen öden Mimentrupp nicht einfach und kommst mit uns?«

»Solltest du nicht erst mal deine andere Hälfte fragen? Ich will euch nicht im Weg sein.«

»Quatsch«, sagte Jael und stopfte sich ein weiteres Brokatkissen hinter den Kopf. »Was glaubst du denn, was wir auf einem Berggipfel treiben?«

»Allein der Gedanken verschlägt mir die Worte«, erwiderte Maria und verschwand mit ihrem dampfenden Becher im Flur.

»Außerdem«, erscholl es hinter ihr her, »machen manche Dinge zu dritt noch mehr Spaß.«

Der Bus kroch schnaufend in die Berge hoch. Als sie an der Endhaltestelle ankamen, war Ruths Schokoladenvorrat (»für den Blutzucker«) bereits zu einem Nichts zusammengeschmolzen. Sie schlugen einen der schlammigen Wege ein und blieben andauernd stehen, weil Jael interessante kleine Baumrindenstückchen fotografieren musste. »Himmel, was gäbe ich jetzt für eine Zigarette«, bemerkte sie wehmütig.

»Ich wusste gar nicht, dass du rauchst«, sagte Maria.

»Oh, tue ich auch nicht mehr, seit ich mit dieser zarten Dame hier unter einem Dach hause.«

»›Unter einem Dach hausen‹ klingt nicht sehr erfreulich«, beschwerte sich Ruth. »Könntest du nicht ›begegnet bin‹ sagen oder sogar etwas Nettes wie ›mich verliebt habe‹?« Sie wandte sich Maria zu. »Nach den ersten vierzehn Tagen habe ich sie herausgefordert: Sie sollte mir beweisen, dass sie das Rauchen lassen kann.« Sie senkte die Stimme zu einem Flüstern und fügte hinzu: »Sie hat gestunken.«

»Das habe ich gehört!«, rief Jael von einer Hecke her, in der sie nach den letzten Brombeeren fahndete. »Aber ich bin reif genug, um es zu überhören. Wo wir gerade von Gestank reden ... Hatte das Kleinkind im Bus nicht eine gewisse Duftnote an sich?«

»Es konnte nichts dafür«, bemerkte Ruth. »Stell dir vor, du hättest keine Kontrolle über deinen Schließmuskel. Ich fand, es war ziemlich sympathisch, jedenfalls was Babys angeht.«

»Meinst du, du könntest es je bereuen, keine Kinder zu haben?«, fragte Maria.

»Nie und nimmer«, sagte Jael mit Bestimmtheit. »Von mir aus kannst du das ruhig selbstsüchtig nennen, aber sie würden meine Entfaltung behindern.«

Ruth schwieg nachdenklich und betrachtete das Panorama aus violettem Heidekraut und schwarzem Torf. »Nun, Kinder zu haben kann Teil der heterosexistischen Unterdrückung sein ... Also nein, um ehrlich zu sein, mich interessieren Frauen einfach mehr als Männer und Babys. Die Theorie kam eigentlich erst später.«

»Du kannst immer noch abspritzen lassen«, schlug Jael vor.

Maria riss die Augen auf.

»Sie meint Selbstbefruchtung«, erklärte Ruth eifrig. »Wir kennen da ein Paar in England, Wendy und Deirdre – sie sind schon seit zwölf Jahren zusammen und haben auf diese Weise gerade einen kleinen Jungen bekommen.«

»Aber wie genau –«

»Du bittest einen hilfsbereiten Milchmann, dir eine Flasche frischen HIV-negativen Samen vor die Tür zu stellen«, erklärte Jael. »Dann nimmst du eine Pipette, legst dich auf den Rücken und ...« Sie stellte den Vorgang so anschaulich dar, dass sie um ein Haar über einen Felsen gestolpert wäre.

Ruth und Jael grinsten, als sie Marias Gesicht sahen. »Klingt amüsanter als die übliche Methode, wenn du mich fragst«, murmelte Ruth.

Die Frauen hielten sich gegenseitig den Draht hoch und kletterten durch einen Stacheldrahtzaun. Dann steuerten sie auf ein sumpfiges Feld zu. Maria und Ruth staksten vorsichtig durch das Buschwerk.

»Am besten«, verkündete Jael, »rennt man so schnell, dass man kein Gewicht auf die Füße legt.«

Sie sahen zu, wie sie über das Feld sprang und brachen gleichzeitig in Applaus aus, als Jaels Fuß in einem feuchten Kuhfladen versank. Sie stolperte haltsuchend auf einen Zaun zu und wischte sich die Schuhe an einem Mooskissen ab. »Wenigstens habe ich dir damit den Tag gerettet«, sagte sie zu Maria. »Das ist seit einer Woche das erste Lächeln auf deinem Gesicht.«

»Wirklich?« Und plötzlich war sie die Ausflüchte und den leeren Gesichtsausdruck leid. »Es gibt da einen Typen an der Uni …«

Jael schnaubte.

»Es ist keine große Sache«, fuhr sie hastig fort. »Ich hatte bloß gedacht, dass er mich mag, und jetzt habe ich meine Zweifel.«

»Und ich habe schon geglaubt, du hättest definitiv LP. Tja, wieder geht eine dahin.« Jael trat theatralisch gegen einen Stein, dann hob sie ihn auf, um noch etwas Dung von ihrem Absatz zu schaben.

»Was ist –«

»Lesbenpotential«, erklärte Ruth. »Jael hatte vor, dich mit Hilfe ihres persönlichen Charmes zu bekehren. Stimmt's, mein Schatz?«

»Bis Weihnachten hätte ich es geschafft«, pflichtete Jael ihr kummervoll bei. »Und jetzt hat irgendein gutaussehender Rohling all meine schöne Arbeit zunichte gemacht.«

»Er sieht nicht mal so besonders gut aus«, sagte Maria verlegen.

»Dürfen wir den Namen erfahren?«, fragte Ruth sanft und lehnte sich gegen das stabile Zauntor.

»Es ist wirklich nicht von Bedeutung. Ich habe mich nur einfach gerne mit ihm unterhalten.«

»Ja, schon klar.« Jael begann über das Tor zu klettern.

»Was?«, fragte Maria verletzt.

Jael wandte sich mit einem fiesen Grinsen um, ihre Füße

auf dem obersten Querbalken. »Hör auf, Marianissimo. Wenn du dich nur gerne mit ihm unterhalten hättest, dann wärst du jetzt nicht so durcheinander. Warum sagst du nicht einfach, dass du mit ihm ins Bett wolltest?«

»Weil ich nicht durcheinander bin und weil ich mit niemandem ins Bett wollte.«

Jael trabte über das Feld und schrie zurück: »Berühmte letzte Worte.«

Maria merkte, wie sie die Wut packte.

»Hör gar nicht hin, es ist rein hormonell«, sagte Ruth leise. »Sie braucht nur ein, zwei Abende, um sich in der Szene zu betrinken, und dann wird sie wieder friedlich.«

»Was für eine Szene?« Maria war erleichtert, dass das Gespräch eine andere Wendung nahm. Sie marschierte über das Feld voran.

»Ach, du weißt schon, Kneipen und so. Für uns heißt das, Samstagsabends in einer winzigen Bar in der Innenstadt mit anderen Frauen abhängen, die Paisleyblusen und Doc Martens tragen. Ich finde das nicht besonders aufregend.«

»Aber Jael geht dahin?«

»Manchmal. Früher ist sie häufig allein unterwegs gewesen, oder mit Freundinnen, aber im Sommer hat es ein paar Probleme gegeben.« Ruth starrte über das Feld und sah der winzigen davonlaufenden Gestalt nach.

»Was für Probleme?«, fragte Maria und wünschte sofort, sie hätte nicht gefragt.

»Ach, ich will dich nicht mit den Einzelheiten langweilen – aber im Prinzip veranstalten wir unsere Trinkgelage jetzt zu Hause.«

Maria biss sich auf die Lippen. Erst als sie eine Handvoll kupferfarbener Blätter abgepflückt hatte, fiel ihr eine unverfängliche Frage ein. »Aber wenn du keine Kneipen magst, wie habt ihr euch dann überhaupt kennengelernt?«

»Ich habe das alles dem Feminismus zu verdanken«, sagte Ruth, nahm eines der Blätter aus Marias Hand und betrachtete die Adern. »Wir haben uns bei einem Symposium zum Thema ›Frauen und Literatur‹ kennengelernt. Jael behauptet immer, dass sie nur da war, weil der Sherry hinterher umsonst war.«

»Aber warst du da schon ...?« Sie suchte nach den richtigen Worten.

Ruth sprang ihr bei. »Schwer zu sagen. Woher weiß man, was man ist, bevor etwas geschieht?«

»Das ist wohl wahr«, sagte Maria nüchtern. Gleich darauf kam sie erneut auf das Thema zurück. »Aber warst du überrascht? Hattest du damit gerechnet, dich in eine Frau zu verlieben?«

»Willst du eine hundertprozentig ehrliche Antwort?«

»Ja, will ich.«

»Ich war zweiundzwanzig, und außer einem bisschen unbefriedigendem Herumgeknutsche hinter Motorradschuppen hatte sich noch nicht viel abgespielt. Ich dachte damals, ich wäre asexuell – wie eine Pflanze.«

»Oh, du hast viel von einer Pflanze«, bemerkte Maria belustigt.

»Ihre Ladyschaft hingegen hatte schon mit vielen Frauen was gehabt und auch mit ein paar Typen. Ich weiß eigentlich immer noch nicht so richtig, wie wir schließlich zusammengekommen sind. Aber etwas anderes kann ich mir nicht mehr vorstellen.«

Maria sann schweigend über Ruths Worte nach.

»Normalerweise bin ich gar nicht so«, fuhr Ruth fort. »Ich bin die Stille, Zurückhaltende. In der Frauengruppe bin ich dafür bekannt, jeder die intimsten Einzelheiten zu entlocken, ohne etwas von mir selbst preiszugeben.«

»Und was ist jetzt anders?«

»Ich glaube, du kannst einfach gut Fragen stellen, und dann scheint mir der Mund überzulaufen.« Der Blick, den sie Maria über die Schulter zuwarf, als sie sich durch eine Öffnung in der Hecke zwängte, war halb dankbar, halb besorgt. »Das kommt, weil du so interessiert wirkst und weil ich weiß, dass du das, was du erfährst, aller Voraussicht nach nicht gegen mich verwenden wirst.«

»Bisher hast du noch nichts Inkriminierendes gesagt, aber bis Weihnachten könnte mein Dossier vollständig sein.«

»Wo wir gerade davon reden«, setzte Ruth in einem leichteren Ton wieder an. »Hast du schon mal über die Weihnachtsferien nachgedacht? Wie lange bleibst du denn bei deiner Familie?«

»Wahrscheinlich nehme ich den Nachmittagszug an Heiligabend und komme an Neujahr zurück. Zu Hause passiert normalerweise nicht viel, abgesehen von der jährlichen Tanteninvasion.«

»Du bleibst bis Heiligabend? Super!« Jael war geräuschlos hinter der Hecke herangetrottet und schloss sich ihnen wieder an. »He, Leute, sollen wir dann nicht Nägel mit Köpfen machen und einen Weihnachtsbaum aufstellen?«

»Ja, mein Liebling«, sagte Ruth und tätschelte ihr das zerzauste Haar. »Und dich setzen wir oben auf die Spitze, mit einem Paar Flügel und einem silbernen Tanga.«

Als sie mit einer Flasche Milch und einem Brot aus dem Supermarkt nach Hause ging, spürte Maria, wie sich das bleierne Gefühl in ihr auflöste. Die Sonne versank hinter der Einfassung des Parks, die hohen Weiden zeichneten sich dunkel gegen das ingwergelbe Licht ab. Sie summte die ersten Takte einer Melodie, von der sie nicht wusste, wie sie weiterging, und stieg mit munter geschwungener Einkaufstüte die Treppe hoch.

Als sie die Tür zu ihrem Zimmer öffnete, sah sie zu ihrer Verwunderung, dass Jael auf der Bettdecke lag, den Kopf ans Fensterbrett gelehnt.

»Was machst du hier?«, fragte sie, zu schroff.

»Ich nehme ein Sonnenbad«, sagte Jael mit einem Gähnen und hob den Kopf. Die untergehende Sonne verwandelte ihr Haar in einen wirren Strahlenkranz. »Dieses Zimmer ist abends magisch, findest du nicht? Ich habe hier früher immer Gitarre gespielt.«

Die Ellbogen auf die Fensterbank gestützt, schaute Maria über die glitzernden Dächer.

»Wir sind nie dazu gekommen, das Zimmer neu zu streichen. Gehen dir die Apfelsinenfarben nicht auf den Keks?«

»Dachte ich anfangs, aber dann habe ich mich daran gewöhnt. Es gefällt mir, wie die Vorhänge die Sonne einfangen. Ich glaube, nach ein paar Monaten bin ich immer von allem ganz angetan.«

»Gefährliche Angewohnheit«, murmelte Jael. »Wie ich sehe, hast du auch den Monsterkalender hängen lassen. Den hat Ruth mir irgendwann mal zu Weihnachten geschenkt. Ich konnte es nicht ertragen, wie die Dinger einen ansehen.«

»Aber der Seestern vom Dezember ist doch richtig süß – sieh doch mal.«

Jael schauderte. »Bitte, schlag wieder das harmlose liebe Seegras auf. Was mir gefällt, sind deine Poster, besonders die mit Humphrey Bogart.«

»Wirklich?« Maria wandte sich ihr begeistert zu. »Für sich allein ist er eigentlich nichts Besonderes, aber mit der Bacall ist er sagenhaft. Ich habe schon immer eine Schwäche für Leinwandpaare gehabt.«

»Eine meiner frühesten Sexphantasien«, bekannte Jael und stützte sich auf den Ellbogen auf, »hatte mit Greta Garbo zu tun, mit John Gilbert und einem Himmelbett, das mit hauchzartem Stoff verhangen war.«

»Du bist pervers.«

»Es war echt scharf. Anders als die wahre Geschichte, die ich erst in Berlin durchgezogen habe.«

»Was für eine wahre Geschichte?«

»Drei in einem Bett«, erklärte Jael. »Glaub mir, das wird total überbewertet. Einer kommt dabei immer zu kurz.«

Maria gelang es nicht, blasiert auszusehen. »Ich stelle besser mal die Milch in den Kühlschrank«, murmelte sie und hob die Einkaufstüte auf.

Jael folgte ihr in den Flur. »Wen findest du am besten von allen?«

»Filmstars? Weiß nicht. Es gab mal eine Zeit, da hätte ich alles gegeben, um wie Audrey Hepburn auszusehen.«

»Es besteht eine gewisse Ähnlichkeit.« Jael hockte sich im Schneidersitz auf den Kaminvorleger und betrachtete Marias Profil, als sie sich zum Kamin herunterbeugte.

»Das stimmt nicht.« Maria mühte sich mit dem letzten Streichholz ab. »Zum einen hatte sie wunderschönes dunkles Haar.«

»Ja, schon, aber das Koboldartige ist ähnlich. Dieselben spitz zulaufenden Ohrläppchen. Sind sie durchstochen?«

»Waren sie, mit vierzehn. Ich habe die Löcher wieder zuwachsen lassen.«

Jael streckte einen Finger aus, um Marias Ohrläppchen zu berühren. »Unglaublich, wie klein sie sind.«

»Lass das – das kitzelt!« Sie fegte die Hand weg, fester als nötig.

Endlich schlug der Feueranzünder die ersten Funken. Sie wischte sich die Hände und sah zu, wie die Flamme größer wurde. »Ich bin völlig erledigt, und dabei habe ich nur kurz eingekauft. Wahrscheinlich kriege ich meine Tage.«

»Leg dich auf die Mammuthaut, und ich mache dir eine Tasse Tee.«

Auf dem Rücken liegend wartete Maria darauf, dass das Schwindelgefühl nachließ. Der Vorleger roch nach Feueranzünder. Sie entspannte einen Muskel nach dem anderen und ließ ihre Gedanken in unauslotbare Tiefen gleiten.

Ein dumpfer Schlag, gackerndes Gelächter, und schon war sie in den Vorleger eingerollt, die Arme an die Seiten gepresst. Sie kam mit dem Gesicht nach unten zu liegen, in ihrer Nase kitzelte eine Locke des braunen Kunstfells. Als sie versuchte, sich herauszuwinden, legte sich ein Schenkel über ihren unteren Rücken, und an ihr Ohr drang heißer Atem. »Jetzt habe ich dich, meine Kleine. Das kommt davon, wenn man sein Nickerchen im Spinnenkabinett macht. Also, was soll ich jetzt mit deinen Ohren machen?«

Maria schrie auf. »Das wagst du nicht!«

»Das war jetzt aber sehr unklug. Mittlerweile müsstest du doch wissen, dass ich jede Herausforderung annehme.« Die Zähne schnappten dicht hinter ihrem Ohr zu, und der schwere Körper bebte vor Lachen.

Maria zappelte heftig und rief voller Wut: »Geh sofort von mir runter!« Dann erkannte sie die Aussichtslosigkeit ihrer Lage und fügte hinzu: »Ich gebe auf, du dreckiges Biest.«

Das laute Zuschlagen der Eingangstür kündigte Hilfe an. Sie schielte nach oben, als Ruth mit einer Ladung Torfbriketts durch den Vorhang gestolpert kam. »Hallo«, keuchte sie. »Könntest du mir vielleicht deine schreckliche Freundin vom Leib halten?«

»Herrgott noch mal!« Ruths Stimme klang kalt. »Ihr habt das Feuer ausgehen lassen, und wir haben keine Streichhölzer mehr. Könnt ihr vielleicht mal aufhören, euch wie hyperaktive Blagen aufzuführen, und mir aus dem Weg gehen?« Sie machte einen Schritt über sie hinweg und stocherte in der Asche herum.

Jael ließ von ihr ab. Beschämt rollte Maria sich aus dem Vorleger und stand auf. »Kann ich irgendwas tun?«

Ruth gab keine Antwort, und Jael zog Maria am Ärmel

mit sich fort. »Geh ihr bis zum Abendessen aus dem Weg, dann hat sie sich wieder beruhigt. Komm, zeig mir noch die anderen Poster.«

»Nein, ich muss noch ein paar Theoreme durcharbeiten.« Maria schloss die Tür hinter sich.

In ihrem Kopf drehte sich alles. Sie setzte sich mit ihren Unterlagen ganz nach hinten auf ihr Bett; die Füße ragten vorn über den Rand. Auf dem Stück nackter Haut zwischen Jeans und Socken war eine Gänsehaut zu sehen. Wenn die Länge *ab* gleich *cd* ist. Was zum Teufel war da gerade passiert? Der Kreis hat den Radius *gh*. Warum war Ruth so sauer? Maria ließ den Stift sinken. Ihr Mund war trocken.

Sie ging in die Küche und ließ sich ein Glas Leitungswasser ein. Los, ermunterte sie sich, du stellst doch angeblich so gute Fragen. »Alles in Ordnung?«

»Alles in Ordnung«, sagte Ruth und brach die Spaghetti über einem dampfenden Topf entzwei. »Tut mir leid, dass ich dich so angefahren habe.«

»Was ist denn los?« Es klang weniger nach einer Frage als nach einer Feststellung.

Ruth setzte sich auf einen Küchenstuhl. Die Form ihres Rückens glich einem Komma. »Ich weiß nicht genau.«

Entschuldigungen wegen des Feuers und der allgemeinen Unordnung lagen Maria auf der Zunge, aber sie schluckte sie herunter. Sie nahm Ruth die Spaghettipackung aus der Hand, brach den Rest über dem Topf entzwei und stellte die Flamme hoch.

»Maria.« Die Stimme klang nachdenklich. »Hast du jemals einen Verdacht gehabt, dass etwas Bestimmtes passieren könnte, von dem du aber niemandem erzählen konntest, weil die Auswirkungen der Warnung ebenso fatal sein könnten?«

Maria runzelte die Stirn. Nach einer halben Minute: »Nein.«

»Gut, vergiss es.«

Maria fand den Topfdeckel ganz hinten im Schrank. »Warte mal«, sagte sie und richtete sich auf. »Ich habe mal einen Film über ein Erdbeben in Los Angeles gesehen, in dem die Bürgermeisterin eine tierische Angst hatte, die entsprechende Radiowarnung durchzugeben, denn das hätte zu einer Massenpanik führen können, die alles nur noch schlimmer gemacht hätte.«

»Und außerdem«, fügte Ruth hinzu, »hatte sie vielleicht Angst, dass man selbstsüchtige Motive hinter ihrer Warnung vermuten könnte.« Als sie Marias fragenden Blick sah, fuhr sie fort: »Ach, was weiß ich – dass es die Aktienkurse beeinflusst oder so was in der Art. Vielleicht gab es ja auch Menschen, die dachten, ein Erdbeben wäre eine gute Sache, und die gar nicht gewarnt werden wollten.«

»Eine gute Sache?«

Ruth knipste ein Spaghettistäbchen in zentimetergroße Stücke. »Vielleicht wünschten sie sich ein Erdbeben?«

»Wer sollte sich denn ein Erdbeben wünschen?«

»Da funktioniert die Metapher nicht mehr, stimmt's?« Ruths Augen glitzerten feucht.

Maria fasste Ruth bei der Schulter, die sich unter der Angorawolle überraschend zerbrechlich anfühlte. »Warum vergisst du die Metapher nicht einfach und sagst mir, was wirklich los ist?«

Ruth stand auf. Anstatt Marias Hand einfach herunterfallen zu lassen, nahm sie sie von der Schulter und drückte sie, ehe sie sie losließ. Weißer Schaum kroch über den Topfrand und lief an den Seiten herunter, und Ruth stellte die Flamme kleiner. »Es gibt viele gute Gründe, die dagegen sprechen.«

»Zum Beispiel?« Maria klang verärgert.

»Es tut mir leid. Ich wollte nicht mit deiner Neugier spielen. Ich denke nur laut nach, ich bin müde, es tut mir leid.«

»Aber –«

»Nein. Du würdest bloß glauben, dass ich gierig bin und argwöhnisch und paranoid, und wahrscheinlich stimmt das sogar. Nützen würde es womöglich auch nichts, und letzten Endes geht es mich auch gar nichts an.«

Maria knurrte wie ein wütender Hund und gab schließlich auf.

»Es tut mir leid, dass ich damit angefangen habe. Schenk mir keine Beachtung. Ich habe in der letzten Zeit einfach zu wenig geschlafen.«

»Ruth, ich will dir doch nur helfen.«

Die Augen waren weich, wie torfbraunes Wasser. »Das weiß ich.«

»Lass mich wenigstens das Essen fertigkochen«, sagte Maria resigniert.

»Könntest du das …«

»Ich glaube, es übersteigt noch nicht einmal *meine* Fähigkeiten, die Pestosauce aus dem Kühlschrank zu holen und über die Spaghetti zu verteilen. Los, leg dich ein bisschen hin und entspann deine müden Augen.« Sie sah ihr nach. Ruth ging aus der Küche wie ein Zombie.

»Und – bleibst du bei dem Job?«

Maria klaubte eine Büroklammer aus der Staubsaugerdüse und richtete sich auf. »Ich denke schon. Ich hab ja auch keinen anderen. Der Arzt hat mir gesagt, dass es meinem Rücken nicht schadet, sondern ihn nur ermüdet.«

»Mein Rücken tut mir bestimmt schon seit dreißig Jahren weh«, antwortete Maggie. »Man gewöhnt sich daran.«

»So lange putzt du schon Büros?«, fragte Maria respektvoll.

»Gott bewahre! Erst seit fünf Jahren. Davor hatte ich eine kleine Frühstückspension, aber nachdem der Dollar gefallen ist, lief das Geschäft nicht mehr.« Sie blieb an der Tür stehen. »Ich gehe aufs Klo, eine schmöken. Sag mir Bescheid, wenn ich dir bei dem großen Sofa helfen soll.«

»Danke, Mags.«

Sie putzte sich die Nase. In dem leeren Büro klang es wie ein Trompetenstoß. Der Teppich war voller Schmutzspuren. Es regnete schon seit fünf Tagen. Maria zog den ächzenden Staubsauger über die verdreckten Stellen, bis sie zu einem Beigeton verblassten. Letzte Woche hatte ihre Mutter ihr am Telefon erzählt, dass der Gemeinderat versucht hätte, die verrückte Nelly in einem Cottage neben der Hähnchenfabrik unterzubringen. Einer der Geschäftsleute hatte das Cottage mit den nötigsten Möbeln ausgestattet, und ein anderer hatte Nelly einen gebrauchten Staubsauger besorgt, damit sie die Wohnung sauber halten konnte. Die Sozialarbeiterin, die irgendwann bei Nelly vorbeischaute, fand sie auf dem Boden sitzend, neben dem Staubsauger, der seit fünf Tagen ununterbrochen auf vollen Touren gelaufen war. Nelly sagte, dass ihr das Geräusch gefiel. Sie zog den Staubsauger auf seinen Rollen hinter sich her, als sie zu ihrem Stück Teppich unter der Brücke zurückkehrte. Maria fand, dass das eine schöne Geschichte war, und sie hoffte, dass der Gemeinderat für die Stromrechnung aufkommen musste. Wenn sie Nelly auf den Stufen zur Bibliothek getroffen hatte, war sie immer nervös gewesen und hatte befürchtet, dass die Frau etwas sagen könnte, auf das sie keine Antwort wüsste, aber aus der Entfernung bedachte sie Nelly nun mit respektvoller Zuneigung.

Wie würde Nelly dieser Raum erst vorkommen, die Lage im vierten Stock, die regennassen Fensterscheiben, auf denen die Lichter der Stadt glitzerten? Maria schneuzte sich erneut und beugte sich zu dem Schalter hinunter. Die Stille senkte sich wohltuend auf sie herab. Der Erfolg ihrer Arbeit war wenigstens greifbar. Der Teppich war eindeutig sauberer als zuvor, die Fenster ließen mehr Straßenlicht herein, seit sie sie geputzt hatte. Büroangestellte, die sie nie kennenlernen würde, hatten einen etwas netteren Morgen, weil sie daran gedacht hatte, ihre Tassen mit den Kaffeerändern zu spülen. Und nicht zu vergessen das Geld – wenig, aber ebenfalls greifbar. Jeden Freitag ein paar Scheine auf die Hand und ein paar Münzen für die Chips mit Essig auf dem Heimweg. Das war was anderes als ihr letzter Essay über die keltischen Spiralmotive – wem nützte der schon was? Auf lange Sicht würde ihr das vielleicht einen Job einbringen – das Problem war nur, dass sie sich gar keine lange Sicht vorstellen konnte. Sogar Weihnachten lag für sie in weiter Ferne, irgendwo am Ende einer Reihe kalter Dezemberabende. Verdammt, sie hatte keine Papiertaschentücher mehr. Als ihre Nase wieder anfing zu laufen, spürte Maria, wie ihr gleichzeitig die Tränen kamen.

Das war jetzt lächerlich, sagte sie sich und zog die Nase geräuschvoll hoch. Sie saß im Chefsessel und kreiselte um die eigene Achse. Was sie jetzt wollte, war, dass jemand durch die Schwingtür trat, ihr ein Seidentaschentuch überreichte, eine weiße Rose und zwei Tickets nach Jamaika. Oder auch nur fürs Kino am Samstagnachmittag. Maria ließ die Füße über den Boden schleifen, hielt den Sessel an und kreiselte dann andersrum. Sie schmiegte den Rücken in das feste Lederpolster. Jemand, irgendjemand, der sie anrief, mit ihr ausging und die Gedanken, die sie verrückt machten, aus ihrem Kopf vertrieb. Sie zog den Overall auf und tastete in der Hintertasche ihrer Jeans nach dem letzten Rest Toilettenpapier. Ihre Nase tat schon weh vom vielen Schneuzen. Maria schleppte den Staubsauger in das Büro nebenan und stellte ihn wieder an.

Ihre Mutter würde lachen, wenn sie ihre Gedanken hören könnte. Sie hatte Maria zwar darin unterstützt, aufs College zu gehen, aber schon bei dem Gedanken an einen Magisterabschluss hatte sie die Stirn gerunzelt. Ihrer Erfahrung nach waren Mädchen anfangs zwar genauso ehrgeizig wie Jungen, aber wenn sie dann einmal zwanzig waren, wollten sie sich doch lieber mit einem netten Kerl häuslich niederlassen und Gardinen aufhängen. Wie erbost war sie damals über diese Aussage gewesen! Sie hatte ihrer Mutter gesagt, dass das nur eines der vielen klischeehaften Frauenbilder sei, das mit Hilfe der richtigen Karriereanleitung, der richtigen Zeitungsartikel und durch Schuhe mit flachen Absätzen verschwinden würde. Mam hatte entgegnet, das würde sie erst glauben, wenn sie es sähe. Außerdem hatte sie gemeint, ob es nicht eigentlich gut sei, dass Mädchen so wären, wie sie waren, weil es sonst doch eine hässliche, kalte Welt voller Karrieretypen wäre, die sich gegenseitig die teuren Autos kaputtfahren würden. Maria hatte behauptet, dass es immer Mädchen geben würde, die sich Verlobungsringe und Gardinen wünschten, aber sie – sie wollte lieber einen akademischen Grad und selbst einen teuren Wagen haben.

Und hier saß sie nun, die vollmundige Feministin, blies Trübsal über dem Staubsauger und wünschte sich, dass eine Verabredung auf sie wartete, anstelle eines Arbeitsbogens zum Thema Differentialrechnung. Los jetzt, noch zehn Minuten harter Arbeit, und dann konnte sie nach Hause gehen. Mit Ruth heißen gebutterten Toast am Kamin essen, ein bisschen tratschen, ein paar Gedichtzeilen aus zerlesenen Anthologien – war das etwa nichts, auf das man sich freuen konnte?

Unter Maggies flügellahmem schwarzen Schirm trotteten sie die nassglänzende Straße entlang und wichen dem Spritzwasser der vorbeifahrenden Lastwagen aus.

»Dann viel Spaß beim Nachhausegehen«, sagte Maggie an der Ecke.

»Glaubst du, an so einem Abend würde ich nach Hause laufen?«

»Na, sie haben den Busverkehr doch heute Abend um neun eingestellt.«

»Du machst wohl Witze.« Marias Wangen waren bereits taub vom Regen.

»Sie machen Dienst nach Vorschrift. Aus Protest gegen die Rowdys, die neulich Nacht den Doppeldecker in Finglas umgeschmissen haben.«

»Stimmt, da war was.« Maria stellte den Kragen auf. »Aber um nichts in der Welt gebe ich mein sauer verdientes Geld für ein Taxi aus.«

»Ich hab's nicht mehr so weit. Komm, nimm meinen Schirm.«

»Nicht nötig, Mags, aber trotzdem vielen Dank.« Maria winkte und trottete in die Dunkelheit davon.

KAPITEL 6

Wenn die BühnenarbeiterInnen nichts zu tun hatten, dann lagen sie auf dem Boden und machten Armdrücken.

»Was um alles in der Welt ist da los?«, fragte Maria, als sie gellende Schreie aus den Garderobenräumen hörte.

Suzette verstärkte den Druck. »Versuch erst gar nicht, mich abzulenken. Es ist nur das Ensemble. Sie machen Schreiübungen, um die Stimmbänder zu lockern.«

Maria presste die freie Hand auf die schmutzigen Holzdielen. Ihr Rücken jaulte vor Schmerz. »Noch eine von Jennifers Innovationen?«

»Genau.«

»He, lass den Ellenbogen stehen. Autsch!« Maria Handrücken landete hart auf dem Boden.

Suzette sprang auf und schüttelte den Staub aus ihrem Fransenschal. »Wenn Jennifer uns jetzt sehen könnte, würde sie sagen, dass unsere Einstellung – wie lautet noch gleich ihr Ausdruck – ›professionell unzureichend‹ sei.«

»Nur weil sie im letzten Sommer einen Theaterlehrgang mitgemacht hat, glaubt sie jetzt, dass sie alles weiß.« Maria rollte die übereinanderliegenden Ärmel von ihren drei Pullovern wieder herunter. »Neulich hat sie mich erwischt, wie ich ganz friedlich dasaß und *Anna Karenina* gelesen habe, und hat mich gleich zur Schnecke gemacht, weil ich nicht stattdessen Plakate gemalt habe.«

»Das ist noch gar nichts«, meinte Suzette und setzte sich rittlings auf einen Stuhl mit einer kaputten Rückenlehne. »Gestern Abend sind Yves und ich nach der Probe auf der Bühne noch ein bisschen Rollschuh gefahren und haben dabei ›Non, je ne regrette rien‹ gesungen. Da kam sie rein und hat gedroht, uns aus der Crew zu schmeißen.«

»Ich hoffe, du hast ihr gesagt, wo sie sich das hinstecken kann.«

»Mehr oder weniger«, erwiderte Suzette nicht ganz überzeugend.

Maria versuchte, sich die Nase zu putzen, ohne dass es wehtat. »Wenn ich geahnt hätte, dass Bühnenarbeit bedeutet, unter arktischen Bedingungen rumzusitzen und auf Jennifers Befehle zu warten, hätte ich mich nicht gemeldet.«

»Weißt du was, sag ihr doch, du willst diesem unterernährten Amerikaner bei der Lichttechnik helfen. Der kann bestimmt ein bisschen Gesellschaft gebrauchen.«

Sie spähte quer durch das Theater zu der schwach erleuchteten Technikkabine hinüber. »He, den kenne ich doch!« Als sie die Leiter hochkraxelte, blieb ihr gerade noch Zeit »Hi, Superstar!« zu rufen, ehe sie mit dem Kopf so heftig gegen einen der Lautsprecher stieß, dass ihr Hören und Sehen verging.

Eine knochige Hand streckte sich ihr aus der Dunkelheit entgegen. »Es passiert allen nur ein Mal«, bemerkte Galway.

»Seit wann bist du denn ein Technikfreak?« Sie stieg durch die Falltür und ließ sich auf einen Stuhl sinken.

»Ich habe hier und da mal was aufgeschnappt. Es ist ziemlich einfach, wenn man die Augen aufhat. Du, beispielsweise, sitzt jetzt gerade auf einem Lichtfilter.«

»Ich geb's auf.« Maria quetschte sich woanders hin. »Eigentlich wollte ich dir meine Hilfe anbieten, aber wie's scheint, mache ich bloß alles kaputt.«

Galway klopfte auf einen Drehstuhl neben sich, der keine Rückenlehne mehr hatte. »Schön, dich zu sehen, Maria. Setz dich. Es gibt eigentlich nur eine Sache, die du dir merken musst: Wenn du einen der Hebel hier zu schnell hochziehst, haut es die Sicherung raus.«

Ihre Hände zuckten von der Beleuchtungsanlage zurück.

Er griff an ihr vorbei nach einem Plastikbecher mit Kaffee und einem fotokopierten Blatt voller unverständlicher Diagramme. »Das da ist der Schaltplan. Du siehst mir einmal zu, und dann ist es ganz leicht.«

»Könnten wir vielleicht ein bisschen Ruhe haben, Leute?«, fragte Jennifer von unten.

»... goin' to Scarboro' Fair ... sage, rosemary and ...«

Maria hörte die schwachen Gitarrenklänge, als sie die Treppe hochsprang. Das musste Jael sein, die da sang. Viel zu tief, so dass die unteren Töne kaum noch zu hören waren. Leise öffnete sie die Wohnungstür und stellte ihren Bücherrucksack neben die Garderobe. Als sie ihr Gesicht durch die Perlenschnüre steckte, schwieg die Musik einen Moment.

»Hippie-Nostalgiker.«

Ruth schenkte ihr ein vages Lächeln und fuhr fort, den Hals der Gitarristin im Einklang mit den Akkorden zu massieren. Jael seufzte genüsslich und ließ den Kopf so tief nach vorn sinken, dass ihre Haarmähne über den Saiten hing. Das Lied verklang. »Kümmere dich nicht um uns«, sagte sie durch ihre Locken. »Wir sind nur ein bisschen bekifft.«

Maria setzte den Kessel auf.

»Und weshalb siehst du so munter aus?«, rief Ruth, ergriff Jaels Locken und schwang die Haare von einer Seite zur anderen.

»Wir waren schon um zehn mit den Toiletten fertig«, sagte Maria fröhlich.

Jael warf sich die Mähne aus dem Gesicht. »Komm, hör auf! Ich wette, es ist der mysteriöse Mann, von dem wir vor einigen Wochen gehört haben.«

»Ja, und stell dir vor, heute hat er sogar auf seine Runde Billard verzichtet und mich zum Mittagessen eingeladen. Außerdem hat er gesagt, dass ich immer Lila tragen sollte.«

Jael zog die Schultern hoch und kicherte verhalten. »Weißt du, was das bedeutet – die Farbe Lila?«

»Nein, und wahrscheinlich möchte ich es auch gar nicht wissen.«

»Wie du willst.« Jael ließ den Kopf in Ruths Schoß sinken.

»Kümmere dich nicht um sie«, sagte Ruth träge. »Es ist einfach bloß die traditionelle Homofarbe. Du weißt schon – lila, lavendel und heutzutage rosa.«

»Ich hätte es mir denken können.« Maria flitzte los, um den Wasserkessel abzustellen. Gleich darauf rief sie über die Schulter zurück: »Und er hat gesagt, wir müssten mal zusammen ins Kino gehen.«

»Und dann hast du gesagt: ›O ja, bitte. Wann?‹«

»Jetzt komm, trau dem Mädchen ein bisschen mehr Feinsinn zu«, protestierte Ruth und begann Jaels lange Ponyfransen zu flechten.

»Ich habe gesagt, ›das wäre nett‹, genau wie meine Mam es mir beigebracht hat.« Maria brachte das Tablett mit den Teebechern zu ihnen.

»Klingt, als hättest du es geschafft«, sagte Jael und setzte sich auf. »Wer ist dieser männliche Bazillus denn nun eigentlich? Ist er deiner überhaupt würdig?«

»Versprecht ihr, nicht zu lachen, wenn ich euch den Namen sage?«

Jaels Gesicht hellte sich auf. »Ist es vielleicht was richtig Tuntiges, so wie Edgar?«

»Schlimmer.«

Ruth griff über Jael hinweg nach dem Milchkännchen. »Ich verspreche dir, wenn sie lacht, renke ich ihr die Wirbelsäule aus.«

»Also, er heißt Damien.«

Nach einem Augenblick fragte Jael: »Das ist nicht zufällig so ein großer Typ mit Bart? Und mit einem Zopf? Und mit einem Freund?«

Maria spürte die Hitze in sich aufsteigen. »Lass deine Spielchen! Du kennst ihn doch gar nicht.«

»Doch«, beharrte Jael. »Zumindest kenne ich den Freund eines Freundes von ihm. Ich schwör dir bei Gott, Maria«, fuhr sie fort, »wenn dir wirklich etwas an ihm liegt, dann mache ich keine Witze darüber. Aber der Typ hat das ganze Semester lang was mit irgendeinem Franzosen gehabt.«

Philippe – natürlich. Wieso war ihr das nicht aufgefallen? Wieso hatte sie das nicht kapiert?

Ruth mischte sich besorgt ein. »Vielleicht ist es nicht derselbe Typ; ich habe bei Gaysoc nie einen mit Bart gesehen.«

»Ja, aber viele von uns haben es auch nicht nötig, einem Club beizutreten, um zu verkünden, mit wem wir schlafen«, sagte Jael scharf, und Ruth zuckte zusammen.

Maria biss sich auf die Lippen. Sie wünschte, sie hätte seinen Namen nie erwähnt oder, besser noch, sie wäre ihm nie begegnet. Wütend brach es aus ihr heraus: »Aber er hat mich doch geküsst!«

Ruth und Jael wechselten einen Blick.

Maria starrte auf ihren dampfenden Tee und gab sich selbst die Antwort. »Nicht dass ein Kuss irgendwas beweisen würde. Ich habe jedes gottverdammte Zeichen falsch gedeutet. Das mit Philippe ist mir nie in den Sinn gekommen.«

»Dieser Damien ist wahrscheinlich bisexuell«, sagte Ruth ermutigend. »Gib nicht zu früh auf.«

»Von mir aus kann er nekrophil sein«, knurrte Maria. Sie trank in kleinen Schlucken von ihrem Tee. Sie hatte den Zucker vergessen.

Jaels Mund verzog sich zu einem Grinsen. »Pech, Schätzchen. Jetzt bist du von Perversen umzingelt.«

Es war kein Problem, Damien aus dem Weg zu gehen, da sie die meisten Veranstaltungen ohnehin sausen ließ. Die Proben zu *Schneewittchen und die sieben Bischöfe* häuften sich, und auch wenn Maria nicht gebraucht wurde, hielt sie sich gern im Theater auf und wärmte sich an den Gesprächen um sie herum.

Ein, zwei Mal schaute Yvonne vorbei. Sie sah sich das halbfertige Bühnenbild an und machte Maria ein Kompliment über ihr voller werdendes Haar. Eines Tages erzählte sie, dass Pete darauf bestand, »es« auf dem Rücksitz im Volvo ihrer Mutter zu tun.

»Warum?«

»Was meinst du mit ›warum‹? So eine Augenbeleidigung bin ich ja nun auch wieder nicht.«

Maria hantierte mit ihrem Pinsel und suchte nach Worten. »Ich meine nicht, warum er *dich* will, sondern warum er ›es‹ unbedingt will. Heutzutage verzichten viele Leute beim Sex auf Penetration, hieß es im *Guardian.*«

Yvonne verdrehte die Augen und setzte sich vorsichtig auf den Rand des Klaviers. »Ich weiß nicht, was deine trendigen Feministinnen sagen, Maria, aber in der richtigen Welt wird Petting nicht als Sex betrachtet, und alle legen Wert auf die eigentliche Sache.«

»Du auch?«

»Es ist nett, ja«, sagte Yvonne defensiv.

»Nur nett?«

»Ziemlich nett. Wie will man so was messen?« Ihr Blick verhärtete sich. »Sag du's mir, Maria. Wie viele Orgasmen pro Nacht bezeichnest du denn als nett?«

Mit dem kleinen Finger fing Maria einen laufenden Tropfen roter Farbe auf. Sie schwankte zwischen Ärger und dem Drang, beschwichtigen zu wollen, und traf die übliche Entscheidung. »Ach, Yvonne, sei doch nicht so. Ich spreche hier aus einer Position völliger Unkenntnis. Ich habe nur gefragt, wie es ist.«

Yvonnes machte sich daran, den Staub vom Klavier zu wischen. Dann sagte sie mit gedämpfter Stimme: »Es geht nicht darum, ob es nett ist. Es geht darum, dass ich einfach Angst habe. Ich traue diesen verdammten Kondomen nicht. Einmal ist schon eines in mir gerissen. Damals habe ich ›Am Morgen danach‹ genommen und musste mich eine Woche lang übergeben. Das will ich nicht noch mal durchmachen.«

»Dann sag Petesy-Baby doch, er soll sich selber ficken.«

»Es gibt keinen Grund, gleich feindselig zu werden, zumal du den Typen doch kaum kennst.«

»Ich glaube, wir brauchen jetzt eine Tasse Kaffee.«

Maria hatte in ihrem ganzen Leben noch nicht so viel Kaffee getrunken wie in dieser Zeit – es war der Stoff, von dem die Theatertruppe lebte. In der Technikkabine vergingen die Stunden wie im Flug, während sie mit Tonbändern und Lichtfiltern hantierten. Galway und sie nahmen sich ein Ensemblemitglied nach dem anderen vor und zerlegten die Charaktere, wobei sie sich einer Mixtur aus Freudscher Terminologie und groben Verallgemeinerungen in Sachen Nationalcharakter bedienten. Galway war ein guter Zuhörer. Allerdings schien er sie nie richtig anzusehen. Einmal hatte sie Jaels exotischen lila Lidschatten aufgetragen, und er hatte es nicht einmal bemerkt. Vielleicht war es in der Kabine auch bloß zu düster. Allmählich kam sie sich vor wie eine körperlose Stimme in der Dunkelheit.

Natürlich gab es in jeder Freundschaft auch ein gewisses

Element der Anziehung. Sie stand nicht auf Galway, er war nicht ihr Typ. Genaugenommen hatte sie eigentlich gar keinen Typ, aber Galway war ihr zu hager und auch ein wenig zu klein. Einmal allerdings, als sie gegen Mitternacht nach einer Probe zurückgegangen war, um ihre Handschuhe zu holen, hatte sie ihn oben auf dem Lichtgerüst gesehen. Wie eine Art ausgeflippter Tarzan hatte er sich von einer Sprosse zur anderen geschwungen. Da war ihr der Gedanke gekommen, dass es schön sein könnte, ihn in die Arme zu nehmen.

»Maria«, rief er mit leiser Stimme, als er sie im Schatten stehen sah. Sie lief auf die wacklige Konstruktion zu, auf der er thronte. »Kannst du vielleicht mal den Apfelrest da unten vor meinen Rädern wegnehmen?«

Sie saßen in Decken gewickelt vor dem Kamin und jammerten über ihre Grippesymptome.

»Meine Augen tun mir fast zu weh, um zu lesen«, klagte Maria.

»Hast du das Buch durch, das ich dir geliehen habe?«, fragte Ruth.

»Halb«, sagte Maria und wies auf die Stelle, an der das Lesezeichen steckte. »Es fällt mir schwer, in Kurzgeschichten reinzufinden, selbst wenn sie gut geschrieben sind.«

Jael hörte auf, unter dem Sofa herumzuspähen, und blickte hoch. »Und wer versucht jetzt, sie zu bekehren?«

»Es handelt sich um gute Literatur, die zufällig von lesbischen Feministinnen geschrieben worden ist.«

»Gehirnwäscherin.«

»Ich habe gefragt, ob ich es mir ausborgen kann«, sagte Maria beschwichtigend. »Ich hatte mir *Quell der Einsamkeit* aus der Bibliothek geholt, aber Ruth hat gesagt, es wäre abschreckend.«

»Du wirst trotzdem angeworben«, verkündete Jael unheilschwanger. »Ehe du dich's versiehst, hat sie dich auf den Küchentisch geschnallt, zeigt dir Bilder von James Dean und verpasst dir Elektroschocks.« Sie nahm Ruth den Feuerhaken aus der Hand und stocherte damit unter dem Sofa herum.

»Was suchst du denn da unten?«

»Ich bin sicher, dass meine Tarotkarten da unten irgendwo sind. Ich will Maria die Zukunft vorhersagen.«

»Lass das nicht zu«, warnte Ruth Maria. »Sie hat keine Ahnung.«

»Zweifelst du etwa an meinen übersinnlichen Kräften?« Mit rotem Gesicht richtete Jael sich wieder auf.

»Du hast vielleicht einen übersinnlichen Vogel«, sagte Ruth und zog sich die Decke um die Schultern. »Tarotkarten legen und lesen muss man jahrelang lernen, ehe man es richtig kann.«

»Ich folge meiner Intuition und nicht irgendwelchem gelehrten Scheiß.«

»Wenn du die Karten nicht finden kannst«, mischte Maria sich ein, »dann müssen wir uns doch jetzt auch nicht deswegen streiten, oder?«

Jael griff nach der Flasche, die auf dem Teppich stand. »Ruth ist nur deswegen so biestig, weil sie sich in anderthalb Stunden vor fünfhundert fremden Menschen zu ihrem Lesbischsein bekennen muss.«

»Das stimmt nicht!«, fauchte Ruth. »Ich freue mich schon das ganze Semester lang auf diese Diskussion.«

»Noch einen heißen Whiskey?«, fragte Jael Maria. »Ich bin schon beim dritten Glas, und ihr haltet euch immer noch am ersten fest.«

»Für mich nicht«, sagte Maria und nahm sich noch eine Zitronenscheibe. »Ich habe einen netten kleinen Schwips; wenn ich noch ein Glas trinke, könnte ich mich danebenbenehmen.«

Jaels Augen leuchteten auf. »Komm schon, lass dich doch mal gehen. Das könnte interessant werden.«

»Nix da.«

»Wovor hast du Angst, Maria?«

Sie hielt das Glas an ihren Bauch. »Vor dem Kater. Ich will auch nüchtern genug sein, um nachher den Reden folgen zu können.«

»Du musst im Leben auch mal was riskieren.« Jael hielt ihr die Whiskeyflasche hin.

»Ich habe nein gesagt.«

»Lass sie in Ruhe!« Ruths Stimme klang barsch. Die beiden anderen sahen verwundert auf.

»Sie kann auf sich selbst aufpassen, Mumsie«, sagte Jael. »Sie ist nicht mehr der Teenager, als den du sie ständig behandelst.«

»Mit Sicherheit ist sie doppelt so reif wie du«, erwiderte Ruth, schloss die Augen und lehnte sich in die Kissen zurück.

»Dann vielleicht noch ein Schlückchen für dich, mein Herzblatt?«, fuhr Jael fort und hielt die Flasche über

Ruths Kopf. »Du bist doch schon weit über einundzwanzig, und es hat dich auch noch nie gestört, dich danebenzubenehmen.« Als sie keine Antwort bekam, stand sie auf und streckte sich, wobei sie gegen die Glühbirne schlug, die daraufhin tanzende Schattenbilder von einer Wand zur anderen warf. Jael schlüpfte in ihre Lederjacke. »Ich bin weg. Ich suche mir fröhlichere Trinkkumpane. Tschüs!«, rief sie, als sie die Tür hinter sich zuknallte.

Ruths Augen blieben geschlossen.

Das Feuer sank zu einer orangefarbenen Glut zusammen. Während Maria es betrachtete, fiel ein Torfbrikett auseinander, in perfekten Schichten, wie ein Waffelkeks. Ab und zu richtete sich eine helle Flamme aus einem bläulichen Lager auf, züngelte an sich hinab und verging. Ihre schmerzenden Augen tränten, aber sie blieb reglos sitzen und schaute in die Glut, bis sie jeden Haarriss auf den glühenden Briketts erfasst hatte. Wie wenig doch wichtig war, dachte sie, wenn man das Feuer genau beobachtete. Die Bildercollage des Tages wurde von der Netzhaut gesengt, und all die kleinen Sorgen und Unschlüssigkeiten verdörrten. Die scharfen Stimmen wurden von den trägen Flammen verschluckt. Nichts blieb, außer der Freude an der Hitze, die sich auf die Handrücken legte und die Augen verschwimmen ließ, der Freude an den orangefarbenen Flammen, die direkt bis ins Hirn vordrangen.

Ruth tat einen langen, etwas rauen Atemzug. Maria war wieder hellwach und griff nach dem Radioknopf in der Hoffnung, dass die Musik Ruths Nerven beruhigen würde, aber das Einzige, was sie fand, war durchdringender Rap.

»Du wirst großartig sein«, sagte sie zu ihr.

»Wie? Ach, die Diskussion – ja.«

»Ich werde in der ersten Reihe sitzen und immer anfangen zu klatschen, wenn dir nichts mehr einfällt.«

Ruth setzte sich gerade auf und begann eine tiefe Atemübung. »Mir fällt immer etwas ein.«

»Klopf auf Holz.«

»Sei nicht albern.« Aber sie streckte die Hand aus und klopfte auf die Lehne des Schaukelstuhls. »Bleib besser bis acht in der Bar. Das Verlesen des Protokolls ist immer langweilig.« Sie starrte ins Feuer. »Ich habe nur Angst, dass die Zwischenrufe so laut sind, dass ich die Abfolge der einzelnen Argumente vergesse.«

»Deine Argumente sind nicht so wichtig«, sagte Maria und räumte die Zitronenscheiben und Gläser vom Kaminsims. »Allein schon dass du den Mut hast, da zu stehen und es zu sagen, wird die Leute schwer beeindrucken.«

Ruth lächelte ein wenig. »Und wenn ich plötzlich anfange zu lispeln? ›Meine Damen und Herren, ich bin lethbith.‹«

»Dann behauptest du einfach, bei Lethben handele es sich um eine neue unterdrückte Minderheit, die es mit Kidneybohnen treiben«, sagte Maria auf der Armlehne des Sofas hockend. »Wie genau lautet die Formulierung noch mal?«

»›Homosexualität ist ein Schandfleck innerhalb der irischen Gesellschaft.‹«

Maria stand wieder auf und drehte auf der Suche nach ein paar beruhigenden Jazzklängen erneut am Radioknopf herum. »Das Ganze wird ein Kinderspiel sein. Deine Wildlederjacke wird ihnen die Sprache verschlagen.«

»Vielleicht sieht sie zu lesbisch aus – ich will deren Klischees doch nicht noch bestätigen. Vielleicht sollte ich doch den Seidenschal tragen?«

»Hör auf, dir Sorgen zu machen. Du siehst wundervoll aus.« Sie schaltete das Radio wieder aus.

Ruth hielt den Atem an und zählte bis zehn, dann atmete sie langsam und laut aus. »Du hast gar nicht gesagt, was du von meinem Bild hältst.«

»Welches Bild? Oh, du meinst das, was du gestern gerahmt hast?« Es war eine alte Sepiafotografie von drei Suffragetten mit herausfordernden Mienen, die sich um die eingeschnürten Taillen gefasst hielten. »Wo hast du denn diesen Schatz entdeckt?«

»In Mums Keller. Anscheinend ist die in der Mitte meine Großtante Lily.«

Maria drehte sich um und betrachtete das Bild. »Muss es eigentlich genau in der Mitte auf dieser dunklen Wand hängen, so wie die Bilder von Schiffen in Frühstückspensionen?«

Ruth stieß ein Zischen aus und tat, als sei sie beleidigt. »Tut mir leid – ich habe einfach kein visuelles Gespür.«

»Darf ich mal?«

Ruth erlaubte es ihr mit einer entsprechenden Geste.

»Diese Wand hier ist am besten, weil sie ein bisschen Tageslicht vom Küchenfenster bekommt. Warum hängen wir es nicht hierher, so dass man es gleich sieht, wenn man hereinkommt? Auf Höhe von zwei Dritteln zwischen Anrichte und Zimmerdecke – ist das ungefähr in Augenhöhe?«

Ruth sah ihr voller Bewunderung zu und fragte: »Wie kannst du nur so sicher sein?«

»Es sieht einfach richtig aus. Oder nicht?«

»Ja, das sehe sogar ich. Du bist genial. Obwohl – Jael würde jetzt vermutlich sagen, dass nach einem Joint alle Bilder richtig aussehen.«

»Ich glaube« – sollte sie es wagen? –, »dass du dir vielleicht zu viele Gedanken darüber machst, was Jael denken könnte.«

»Oh, ich mache mir keine Gedanken ...« Die Stimme verlor sich. »Eigentlich hast du recht.«

Nachdem Ruth ihre Vortragsnotizen noch einmal überflogen hatte, brachte Maria ihr eine Tasse Tee. Auf dem Unterteller lagen zwei kleine Zitronencremekekse – für den Blutzucker. Maria überlegte, dass Ruth sicher auch ein bisschen Ablenkung gebrauchen konnte. »Ich habe heute mit Galway zu Mittag gegessen. Allmählich glaube ich, dass er sich ein bisschen für mich interessiert.«

»Klingt prima«, sagte Ruth abwesend.

»Ich meine, die Mehrzahl der Typen im College sind sexistische Blödmänner, aber Galway ist in Ordnung.«

Ruths Mundwinkel hoben sich, als sie in einen der Zitronencremekekse biss. »Hör auf, dich zu entschuldigen«, murmelte sie. »Die Rasse braucht ein paar Heten, um sich fortzupflanzen. Und überhaupt, um das Klischee zu zitieren, ein paar meiner besten Freunde sind Männer.«

»Nein, das stimmt nicht«, widersprach Maria.

»Na gut, Kollegen, Typen in meiner Arbeitsgruppe. Wir

haben wunderbare Streitgespräche, ohne dass dabei irgendwelche Gefühle verletzt werden. Ich würde bloß mit keinem von ihnen ins Bett gehen wollen.«

Maria hockte wieder auf der Sofaarmlehne und übte sich im Balancieren.

»Ich bin sowieso eine potentielle Masochistin«, fuhr Ruth in heiterem Ton fort. »Es ist schon schlimm genug, dass ich euch beide bemuttere, aber wenn ich länger mit einem Mann zusammen wäre, würde ich anfangen, seine Socken zu waschen.«

»Ich wollte dich schon darauf ansprechen«, sagte Maria zerknirscht. »Es hat sich leider irgendwie so eingespielt, dass du praktisch die ganze Hausarbeit übernimmst. Ich wollte schon längst einen Turnusplan aufstellen, habe es dann aber immer wieder vergessen.«

»Kannst du dir vorstellen, dass Jael ihren Teil des Planes erfüllt?«

»Wieso nicht?«, fragte Maria verunsichert.

Ruth lehnte den Kopf gegen das Brokatkissen und erklärte: »Als Erstes würde sie behaupten, dass die Wohnung nur ein Minimum an Putzen erfordert und dass Dinge wie Staubwischen Extraarbeiten sind, für die ich meine Zeit freiwillig verschwende. Und dann würde sie ihre Rückenschmerzen anführen ...«

»Ja, aber es ist eine Sache, wenn deine Geliebte dich ausnutzt. Wenn deine Mitbewohnerin es tut, ist es eine andere«, sagte Maria.

»Warum ist es in Ordnung, von einer Geliebten ausgenutzt zu werden?«, fragte Ruth mit geschlossenen Augen.

»Ich wollte damit doch nicht sagen, dass es in Ordnung ist.«

Die Verwirrung in Marias Stimme ließ Ruth aufmerken. Sie sah Maria an. »Ich fühle mich auch nicht ausgenutzt. Ich wollte es nur auf die Spitze treiben. In Diskussionen läuft das so.«

»Aber es stimmt, dass du zu viel übernimmst.«

»Tatsache ist, dass ich genauso viel koche und aufräume und putze wie vor deinem Einzug, und du hast inzwischen ein paar von meinen Arbeiten übernommen, wie Staubsaugen und Spülen.«

Maria war ein klein wenig beruhigt. »Aber ich verstehe trotzdem nicht, wieso wir Jael nicht dazu bringen können, ihren faulen Hintern zu bewegen und ein bisschen Hausarbeit zu übernehmen. Ich meine, im College läufst du die ganze Zeit in diesem ›Nein heißt nein‹-T-Shirt herum, aber zu Hause bist du im Neinsagen nicht besonders gut.«

»Ich weiß.« Ruth bettete die Stirn in die Hände. »Aber es handelt sich hierbei auch nicht um eine Beziehung mit Verhandlungsspielraum und Versprechungen und Turnusplänen. Wir sind so lange zusammen, wie wir es beide wollen, und wenn ich ihr das Leben sauer mache, dann weißt du, was passiert.«

»Nein«, log Maria.

»Sie geht. Genau wie heute Abend. Nur endgültiger.«

Marias Stimme war fast ein Flüstern. »Wieso glaubst du, dass sie diejenige ist, die geht?«

»Frau, mach die Augen auf. Weil ich sie mehr liebe als sie

mich.« Die Hände umfassten die Schläfen, bis die Finger unter den dunklen Locken verschwanden.

Weil ihr darauf keine hilfreiche Erwiderung einfiel, fragte Maria: »Macht dich das traurig?«

»Nicht so traurig, wie ich wäre, wenn ich alleine aufwachen würde.« Ihr Gesicht tauchte wieder auf. »Mach dir keine Gedanken darüber. Ich koche gerne. Und du könntest jetzt den Backofen saubermachen.«

»Abgemacht.« Die Munterkeit klang aufgesetzt.

Ruth blickte auf ihre Uhr, stand auf und strich sich die Jacke glatt. »Ich muss los, Süße. Wir sehen uns dann später dort.«

Maria hob die Hand, um eine widerspenstige Locke unter Ruths schwarze Kappe zurückzustecken.

Die Bar füllte sich mit den Nachzüglern, die nach einem späten Abendessen aus der Mensa kamen. Frische Rauchschwaden hingen wie ein sich wölbender Vorhang über der Reihe der Barhocker.

»Hat sie nicht!«

»Hat sie doch! Ich schwör's dir.« Jael trank ihr Glas Whiskey mit einem großen Schluck aus und winkte dem Barkeeper, ihr noch einen zu bringen. »Es war ein Uhr morgens auf einer ziemlich zwielichtigen Straße in der Nähe von King's Cross, und ich hörte, wie neben uns etwas gegen die Mauer knallte. Wir hatten nicht geknutscht oder so – wir gingen bloß Arm in Arm. Als Nächstes kriege ich mit, wie Ruth herumwirbelt und zischt: ›Die Scheißkerle haben einen Stein nach uns geworfen!‹ Dann rast sie los, die Straße runter und hinter ihnen her.«

»Denkst du dir das jetzt aus?«, fragte Maria. »Das klingt überhaupt nicht nach ihr.«

»Ich sage dir, Ruth kann zur Tigerin werden, vor allem wenn's um andere geht. Obwohl der Stein mindestens einen Meter von mir entfernt gelandet war. Aber sie raste los wie Christine Cagney. Ich hab mir vor Schiss fast in die Hose gemacht.«

»Bist du hinter ihr hergerannt?«

Jael spielte verlegen mit dem Bierdeckel. »Was hätte das gebracht? Ich hatte diese teuflisch coolen neuen Schuhe an, und meine Lungen können mit ihren sowieso nicht mithalten. Aber ich habe ihr hinterhergebrüllt, dass sie zurückkommen soll.«

»Und was haben die Männer gemacht?«

»Glücklicherweise haben sie ihr nur ein paar unoriginelle Lesbenbeleidigungen an den Kopf geworfen und sind in einem Pub verschwunden. Sie hat sie eine Minute lang angeschrien, und dann kam sie zurückmarschiert.«

Maria hatte ihren nächsten Drink schon halb getrunken, ohne es zu merken. »Und – warst du stolz auf sie?«

»Stolz? Die Scheißkerle hätten mit einem Messer auf uns losgehen können!« Dann, nach einem Schluck Whiskey, setzte sie hinzu: »Ruth lässt sich nicht so leicht unterkriegen. Komm – auf ihr Wohl.«

Sie stießen miteinander an. Maria begann unruhig zu werden. »Wie lange sind wir eigentlich schon hier – was meinst du? Glaubst du, die Reden haben schon angefangen?«

»Keine Ahnung. Komm, wir trinken schnell noch –«

»Ich frage mal lieber den Barkeeper nach der Uhrzeit.«

Es war zwanzig nach acht. Sie wandte sich zu Jael um, verdrehte die Augen und zwängte sich eilends durch die verrauchte Menge.

Als sie den Hörsaal endlich erreichte, saß Ruth schon wieder auf ihrem Platz. Die Karteikärtchen lagen zerrissen in ihrem Schoß. Maria trat auf mehrere Füße, als sie sich zu ihr durchkämpfte. »Habe ich es verpasst?«, flüsterte sie verzweifelt. »Es tut mir so leid – wirklich! Ich habe Jael in der Bar getroffen, und wir haben die Zeit vergessen.«

Ruth putzte sich die Nase. »Macht nichts. Jael kommt nie zu meinen Diskussionen.«

»Ja, aber ich bin nicht Jael, und ich hatte vor, hier zu sein.«

Ruth schaute sie an, und ihre Mundwinkel hoben sich.

»Du warst brillant, oder?«

»Es lief ganz gut. Ein Typ aus Cork hat gerufen, wir wären ein Gräuel vor Gott, aber das ist normal.«

»Du tapferes Geschöpf! Ich wünschte, ich hätte dich gehört. Ich hatte keine Ahnung, dass wir so lange in der Bar gequatscht haben.« Sie fügte hinzu: »Wir haben von dir geredet, falls dich das tröstet.«

»Vergiss es – kein Thema.« Ruths heiße Hand legte sich einen Moment auf Marias. »Pst, hör ihr zu. Das ist eine Journalistin.«

Nach der Diskussion suchten sie in der Bar nach Jael, aber sie war verschwunden. Sie standen fröstelnd an der Bushaltestelle und warteten darauf, dass der reglos dastehende Bus Nummer sieben die Tür aufmachte. Der Himmel wirkte schwer, es sah nach Schnee aus. Aus den blassen Lippen bauschte sich der Atem zu flüchtigen weißen Wölkchen.

»Sag mal, Maria«, fragte Ruth leise, »bin ich langweilig?«

»Nein«, antwortete Maria verblüfft. Sie schob ihre Hände, die schon in Handschuhen steckten, in die Achselhöhlen, um sie warmzuhalten. »Wie kommst du darauf?«

»Ich fühle mich langweilig.«

»Nun, mich langweilst du nie.« Sie hoffte, dass es wenigstens halb so aufrichtig klang, wie es gemeint war.

Ruth lehnte den Kopf gegen das eisige Wartehäuschen. »Wahrscheinlich sollte ich meine Frage umformulieren. Also – langweile ich Jael?«

»Ist mir nicht aufgefallen. Empfindest du das so?« Maria trat auf der Stelle, um die Kälte aus ihren Füßen zu vertreiben, und dann fiel es ihr wieder ein. »Das zu Hause heute war doch nur ein kleiner Koller. Meinst du das?«

»Oh, hör auf, meinen Fragen auszuweichen. Du klingst wie eine Ratgebertante.« Ruth hieb die Stirn gegen die Glasscheibe. »Tut mir leid.«

»Ist schon in Ordnung.«

»Ich habe keinen Einfluss mehr auf die Menschen. Das Publikum heute Abend, zum Beispiel – ich habe die richtigen Dinge gesagt, ich habe sie sogar zum Lachen gebracht, aber ich habe gespürt, dass ich sie nicht wirklich erreicht habe.«

»Das Publikum an sich ist immer bescheuert«, sagte Maria. »Wenn es heute Abend ein Hemmnis gab, dann war es die Homophobie, sonst nichts.«

»Es geht nicht nur um das Publikum – ich habe das Gefühl, dass mir alle entgleiten. Auch du, wenn ich mich weiter darüber ausmehre, wie langweilig ich bin«, fügte sie trocken hinzu.

»Wie könnte ich dir jemals entgleiten? Du weißt doch, du bist meine Mentorin, meine Kochlehrerin plus Mutterfigur – außerdem jemand, die mir jederzeit einen Zehner leiht.«

Ruth atmete schwer gegen die Glasscheibe, die vor ihrem Mund beschlug. »Du musst nicht gleich so dick auftragen. Ich fühle mich ohnehin schon alt genug.«

»Ach, Herzchen …« Maria wand sich verzweifelt. »Das mit der Mutterfigur war doch nur ein alter Scherz. Unterm Strich bist du gerade mal vierundzwanzig – ist dir das klar?«

Ruth malte ein Strichmännchen auf die beschlagene Scheibe und nickte.

»Also, hör zu – Scherz beiseite.« Maria verspürte eine seltsame Scheu, ließ sich aber nicht beirren. »Das Zimmer fühlt sich wärmer an, wenn du da bist, weißt du?«

Ruth drehte sich um. Ein Auge lag im Schatten, das andere glitzerte in dem orangefarbenen Licht. »Das ist das Netteste, was mir je ein Mensch gesagt hat.«

Maria betrachtete ihre Schuhe, dann beugte sie sich vor, um zu sehen, ob der Bus Anzeichen von Leben erkennen ließ.

»Wir wollen nur hoffen, dass das Zimmer erhalten bleibt.«

»Wie meinst du das?«, fragte Maria und rieb sich die Wangen.

»Egal.«

Maria gähnte. »Du bist wieder bei deinen Metaphern, ich merk's schon.«

»Eine schlechte Angewohnheit. Weißt du, an wen du mich erinnerst, Maria? Ich bin gerade darauf gekommen.«

»Greta Garbo?«, fragte sie und wölbte die Hände über Mund und Nase, um heißen Atem hineinzublasen.

»An mich selbst vor fünf Jahren, als ich noch eine Staatsdienerin war. Ich wünschte, ich könnte da noch mal anschließen. Die Ruth von damals war eine starke Frau. Hervorragend im Neinsagen. Warum hatte ich dich damals nicht zur Freundin?«

»Vor fünf Jahren war ich zwölf Jahre alt und hatte ein nervöses Augenzucken. Ich hätte dir kaum was genützt.«

»Wahrscheinlich nicht.«

Die Kälte kroch Marias Rücken hinauf, ein Frösteln, das sich bis hoch in die Ohrläppchen erstreckte. Sie blickte über die zusammengewürfelten Gebäude des Campusgeländes. Ein riesiger Kran war mit roten Lichtern bestückt – wie ein ausgemergelter Muttervogel dräute er über der schlickigen Aushebung für ein neues Gebäude. Weitläufiger Wald, der nur durch eine Auffahrt zur Schnellstraße unterbrochen wurde, verbarg die dunkle Linie des Horizonts. Und weit und breit kein anderer Bus. Die Nummer sieben verharrte reglos zehn Meter vom Wartehäuschen entfernt; die aufglühende Zigarette des Fahrers war das einzige Lichtzeichen. Maria wandte sich um, sie wollte eine flapsige Bemerkung über den Fahrer machen, hielt jedoch inne, als sie Ruths Gesicht sah. »O Schätzchen, was ist denn los?«

»Ist das nicht offensichtlich?«

»Es ist schwer zu sagen, was da zwischen dir und Jael abgeht. Manchmal höre ich, wie ihr euch streitet, aber am nächsten Tag habt ihr wieder strahlende Gesichter.«

»O ja«, sagte Ruth leise, »für strahlendes Aussehen gibt's nichts Besseres als einen guten Fick.« Dann wandte sie das Gesicht wieder ab. »Hör nicht auf das, was ich sage, Maria. Bitte ignorier mich, wenn ich so rede. Ich bin nicht so.«

»Aber es –«

»Das hier bin nicht ich. Ich bin irgendwo anders.«

Maria sagte nichts mehr. Sie wandte sich nach dem Bus um.

Sie wusste, dass Galway etwas auf dem Herzen hatte – es war lediglich eine Frage der Zeit, bis es wie eine Forelle an die Oberfläche steigen würde. Er war den ganzen Abend unkonzentriert gewesen, hatte drei Einsätze für die Beleuchtung verpasst und letztlich noch den führenden Bischof in einem orangefarbenen Hakenkreuz aus Licht stehenlassen, das noch von der Politkomödie der vorangegangenen Woche installiert war. Einige Male hatte er zu ihr herübergeschaut und beobachtet, wie sie die Hebel geschmeidig hoch und runter schob.

»Maria«, sagte er in einem Tonfall, der irgendwie flapsig klingen sollte. »Würdest du mich als attraktiv bezeichnen?«

Sie beugte sich über die Lautsprecher, um einen Stecker einzustöpseln, und überlegte blitzschnell. Als Gesprächsbeginn fand sie die Bemerkung eher ein bisschen eitel, aber andererseits waren die entsprechenden Bücher ja voll mit Hinweisen auf die Zerbrechlichkeit des männlichen Egos.

»Ja, schon«, sagte sie, um nicht zu viel Enthusiasmus rüberzubringen.

Er trank seinen Kaffee in einem Zug aus. »Du wirst es nicht glauben, aber unter diesem gewandten, selbstbewussten Äußeren verbirgt sich eine Amöbe ohne jegliches Rückgrat.«

»Amöben haben prinzipiell kein Rückgrat, Galway. Worauf willst du hinaus?«

»Irische Frauen, Maria.«

Sie kratzte sich an der Augenbraue. »Was ist mit ihnen? Ich meine, mit uns?«

»Ich kann zwar mit ihnen quatschen wie mit Freunden, aber sobald es darum geht, mich an eine ranzumachen, erstarre ich, als hätte ich ein Frettchen in meinen Levi's. Drüben in den Staaten kam mir das alles viel leichter vor.«

Maria schluckte heftig. Sie durfte jetzt nicht lachen, denn das könnte ihn aus dem Konzept bringen. In dem Moment ertönte Jennifers Stimme. »He, Leute, ich weiß, ihr empfindet es als Zumutung, aber könnten wir vielleicht noch mal die Beleuchtung im zweiten Akt durchgehen?« Maria fluchte leise vor sich hin.

Nach einer halben Stunde konnten sie ihr Gespräch flüsternd fortführen. »Red weiter – du warst doch noch nicht fertig«, ermutigte sie Galway.

»Nee, es war eigentlich nichts.«

»Los, sag schon«, beharrte sie streng.

»Es geht um Suzette.«

»Was ist mit ihr?«

»Meinst du, du könntest vielleicht herausfinden, ob sie mit

jemandem zusammen ist oder ein Auge auf jemanden geworfen hat? Ich würde mich wirklich gern mal mit ihr verabreden, aber wenn's da jemand anderen gibt, will ich mich nicht aufdrängen.«

Maria schloss eine Sekunde lang die Augen. »Klar, bei der nächsten Probe rede ich mal mit ihr.« Einen Moment später zwang sie sich, ein heiteres »Viel Glück!« hinzuzufügen.

»Fünf Minuten Pause!«, erklang Jennifers Stimme aus dem Schatten hinter der Bühne. Trink doch 'ne Brause, dachte Maria.

Als sie am folgenden Tag aus der Vorlesung über Vektorräume und Vektoren kam, stieß sie fast mit Jael zusammen.

»Aha, Kleine, dich suche ich gerade. Komm und geh mit der bösen Hexe in den Wald.«

»Was hast du vor?«, fragte Maria verdutzt.

Jael schnappte sich ihre Hand, trotz ihres Protests – Frauen hielten sich am hellichten Tag nicht an den Händen, es sei denn, sie hatten drei Wodka zu viel getrunken – und zog sie auf die Schwingtür zu. Sie zückte einen schwarzen Müllsack. »Ich will heute Stechpalmen für die Julzeit pflücken gehen. Also was mache ich? Ich schaue auf den Stundenplan einer frechen kleinen Studienanfängerin, tauche vor ihrem Hörsaal auf, lade sie freundlich ein, mit mir zu kommen, und gebe ihr den guten Rat, lieber nicht nein zu sagen.«

»Eigentlich bist du selbst ja auch noch eine Studienanfängerin.«

»Bin ich nicht!«, sagte Jael entrüstet. »Wenn man das erste Jahr wiederholt, ist das was ganz anderes.«

»Aber ich will erst zu Mittag essen«, beharrte Maria und ging voraus in die Mensa.

Als sie sich mit den Tabletts niederließen – am äußersten Rand der Nichtraucherzone, so dass Jael ein bisschen Zigarettenrauch erhaschen konnte –, hatte Maria aufgehört zu schmollen. »Wenn du keine ewige Studienanfängerin bleiben willst«, sagte sie, »müsstest du diesmal wohl die Prüfungen bestehen, oder?«

»Wie, du meinst im Juni?« Jael dachte nach, als wäre ihr das jetzt erstmals in den Sinn gekommen. »Gut möglich. Man kann nie wissen.«

»Aber du tust doch nie was dafür.«

Jael lächelte unergründlich und stopfte den Müllsack hinter ihren ledernen Nierenschutz. »Es sieht nur so aus. Jedes Mal wenn ich Gitarre spiele, sauge ich in Wirklichkeit die Atmosphäre der spanischen Literatur in mich auf.«

»Ich verstehe. Und was ist mit Hebräisch?«

»Nun, womöglich ziehe ich zwischen dem zweiten und dritten Studienjahr in einen Kibbuz. Deshalb muss ich dieses Jahr nur ein bisschen Grammatik büffeln.«

»Du bist schrecklich unbesonnen.« Marias Augen wanderten zu den Mensafenstern, die mit riesigen, lüstern grinsenden Nikoläusen und o-beinigen Rentieren verziert waren – das Werk der Kunst-AG, bei der sie sich nicht hatte überwinden können mitzumachen.

Jael fing an, ihre zweite Banane zu essen. »In Wirklichkeit, Maria, überlege ich mir, ob ich nicht alles hinschmeißen soll.«

Maria starrte sie an. »Aber du könntest doch ganz leicht …«

»Das heißt nicht, dass ich Angst vor den Prüfungen habe. Ich sehe mich nur nicht mehr als kleines Uni-Gänschen, weißt du? Vielleicht ist es an der Zeit, erwachsen zu werden und mir einen Job zu suchen.«

»Wenn es das ist, was du willst …«

Genüsslich verschlang Jael das letzte Stück Banane. »Dublin bringt mich vor lauter Langeweile allmählich um meinen kleinen Verstand. Nur unter uns – ich überlege mir, ob ich es vielleicht mal mit den Staaten probiere.«

»Wann?«

»Irgendwann.«

Maria bedachte sie mit einem stählernen Blick. »Mit oder ohne Ruth?«

Jael legte die Bananenschale sorgfältig neben ihren Teller. »Das hängt eher von ihr ab als von mir. Guck mich nicht so grimmig an. Es ist nur ein vager Plan B, falls die Dinge hier auf lange Sicht nicht so laufen, wie ich will.«

Maria sah auf ihre vegetarischen Spaghetti hinab und schickte sich an, eine Gabelvoll zu essen. Dann holte sie tief Luft, um etwas zu sagen, atmete aber bloß langsam wieder aus.

Jael nahm sich eine Birne und fragte: »Und wie schaut's bei dir aus? Bist du glücklich hier?«

»Geht so.«

»Was ist denn jetzt wieder los – etwa der Schnucki aus Übersee?« Jael hielt ihrem wütenden Blick stand. »Ich weiß, dass Ruth mir nichts davon erzählen sollte, aber bei unserem Bettgeflüster kriege ich alles aus ihr raus.«

»Er ist kein Schnucki, und er hat keinerlei Interesse an

mir«, sagte Maria. »Ich kann es nicht fassen, dass ich mich in diesem Jahr schon zum zweiten Mal um ein Haar lächerlich gemacht hätte.«

»Hat er dir denn viel bedeutet?«

Marias Erbitterung wuchs. »Nein, ich sag's dir doch. Was mich nervt, ist, dass sich das alles bloß in meinem Kopf abgespielt hat. Ich habe einfach jemanden gesucht, den ich toll finde, weil die Dinge so nun mal laufen.«

»Setz dich nicht so unter Druck«, riet Jael ihr amüsiert. »Es ist schon aufreibend genug, wenn es wirklich passiert.«

Maria betrachtete ihr kalt werdendes Essen. »Galway ist nur ein Freund. Er ist ein netter Kerl.«

»Ja, ein paar von denen gibt's noch.«

»Und du – magst du Männer?«

Jael rümpfte die Nase. »Ich mag nicht viele Leute und bestimmt nicht die Hälfte der Menschheit. Sagen wir mal lieber so, ich bin offen.«

»Ja, aber ich frage mich, ob du immer noch richtig ...«

»Mit ihnen fickst?«

Maria spürte, wie die Hitze ihr in den Kopf stieg. »Ich wollte nicht neugierig sein.«

Jael frohlockte. »Doch, wolltest du! Ja, das habe ich und ich werde es sicher wieder tun. Fickerum, fickeram, fickerama.«

»Kannst du nicht ein bisschen leiser sein?«, sagte Maria peinlich berührt. Einer ihrer Tutoren saß nur zwei Tische weiter.

»Aber in der Zwischenzeit«, fuhr Jael, den Mund voller Birne, fort, »macht es tierisch Spaß, die luziferische Lesbe zu sein. Übrigens ist die Hälfte aller Lesben, die ich kenne, bisexuell, aber sie haben nicht den Mut, es zuzugeben.«

»Also würdest du sagen, du bist fifty-fifty?«

Jael lächelte wehmütig und leckte sich den Birnensaft vom Daumen. »Ich kenne niemanden, der fifty-fifty ist. Nein, meine Libido funktioniert mehr wie eine Kompassnadel, die in alle Richtungen zeigt. In der letzten Zeit hat sie sich auf Frauen ausgerichtet, aber ich kann nicht sagen, worauf sie als Nächstes zeigt.«

»Ziemlich phallisch.«

»Gut erfasst.« Sie stöhnten beide gleichzeitig auf.

Draußen, im waldigen Teil des Campus, lief Jael herum und suchte nach Mistelzweigen. Ihr orangefarbener Seidenrock verfing sich in den Brombeerbüschen. Maria brach sorgsam kleine Stechpalmenzweige mit roten Beeren ab.

»Wo ist Ruth eigentlich?«

»Keine Ahnung.«

»Warum hast du sie nicht gebeten, mitzukommen und Winterbeeren zu pflücken?«

Jael zuckte die Schultern. »Sie steckt wahrscheinlich mitten in einer feministischen Interpretation des Schwarzen Todes oder so was in der Art.«

Maria beschäftigte sich mit ihren Stechpalmenbeeren, doch die Worte sprudelten dennoch aus ihr heraus. »Sie ist nicht glücklich, weißt du das?«

Der Zweig in Jaels Hand zerbrach. »Wer hat dich denn zur Eheberaterin ernannt? Ich bin mir sehr wohl darüber im Klaren, dass Ruth nicht glücklich ist.«

»Und?«

»Und jeder Mensch ist für seine Gefühle selbst verantwortlich.« Ihr Teint unter den roten Haarfransen war blasser denn je. »Ich bin auch nicht gerade ekstatisch vor Glück, aber trotzdem habe ich Lust, Winterbeeren zu pflücken.«

»Aber wenn du vielleicht etwas netter zu ihr wärst ...«

»Ruth hat mich nicht wegen meiner Nettigkeit ausgesucht.« Jael schaufelte Blätter in den Plastiksack. »Außerdem«, fuhr sie nachdenklich fort, »ist sie ganz gerne unglücklich. Es liefert ihr Stoff für ihr Tagebuch.«

»Wenn man dich so hört, klingt das, als wäre sie dir scheißegal.«

Jael schleuderte den Plastiksack zu Boden und schaute Maria ins Gesicht. »Wie lange lebst du jetzt schon bei uns?«

»Zwei Monate und ein bisschen.«

»Und trotzdem hast du offensichtlich immer noch nicht gemerkt, dass ich diese Frau liebe.«

»Also dann«, sagte Maria missmutig.

»Also dann was? Siebzehn Jahre, und du hast noch nicht kapiert, dass Liebe allein nicht reicht – dass sie nicht alles rosig macht?«

Maria wich Jaels loderndem Blick aus. Sie setzten ihre Suche fort. Nach fünf Minuten war Maria so unbehaglich zumute, dass sie den ersten Schritt machte. »Ich finde keine verdammten Winterbeeren mehr.«

»Ich auch nicht.« Jael richtete sich auf und stemmte die Hände ins Kreuz.

»Wir könnten ein bisschen mogeln und die roten Beeren von dem Busch da nehmen.«

»Du bist eine Frau nach meinem Geschmack«, sagte Jael. Sie pflückte ein paar Zweige, die voller Beeren hingen, und trug sie zu ihrem Sack. »Die Handschuhe sind irgendwie noch nicht ganz fertig, wie?«, bemerkte sie und umfasste Marias Hand mit beiden Händen.

»Die Löcher gehören nicht zum Design. Sie sind entstanden, als ich die gelben Bommeln abgeschnitten habe.«

»Gelbe Bommeln?« Jael hob die Augenbrauen.

»Ein Weihnachtsgeschenk von meinen kleinen Brüdern«, sagte Maria und zog ihre Hand zurück. »Ich wollte ihre Gefühle nicht verletzen, indem ich die Handschuhe nicht anziehe, aber die Bommeln waren zu viel.«

»Die Kunst des Kompromisses. Nicht gerade etwas, auf das ich mich verstehe.«

»Du bist ja noch jung«, sagte Maria und ließ ein Stechpalmenblatt in Jaels Kragen fallen.

»Hallo, Babes, ich bin zu Hause.«

Maria trottete durch den Flur auf ihr Zimmer zu.

Die Stimmen im Wohnzimmer verstummten. Ruths Kopf erschien durch den Perlenvorhang. »Du hast Besuch!«, rief sie fröhlich. ›Deine Tante‹, gab sie stumm zu verstehen.

»Meine was …?« Maria eilte an ihr vorbei. »Thelma! Was machst du denn hier? Das ist ja schön«, setzte sie nicht gerade überzeugend hinzu.

»Oh, ich war gerade auf dem Heimweg von meinen Weihnachtseinkäufen in der Grafton Street und dachte, ich schau mal schnell vorbei und bring meiner gelehrsamen Nichte einen Weihnachtsgruß.« Thelma wies mit dem Kopf auf die mit einer Schleife verzierte Schachtel zu ihren Füßen und lehnte sich dann wieder im Schaukelstuhl zurück. »Ein nettes Plätzchen habt ihr Mädchen hier. Ein richtiges Kleinod.«

»Ich finde immer, ein Kamin gibt dem Ganzen ein wenig Stil.« Jaels Stimme klang so wohlerzogen, dass es schon ans Parodistische grenzte. Sie hatte sogar die Knöchel sittsam gekreuzt.

Marias Verstand war blockiert. »Du bleibst doch zum Essen, Thelma?«

Ruth fing ihren entschuldigenden Blick auf und murmelte: »Kein Problem, es ist fast fertig.«

Jael ließ die Einwände der Besucherin nicht gelten und verwickelte sie in ein Gespräch über die Vorteile einer Festbrennstoffzentralheizung. Maria gestikulierte heimlich von der Tür her, und Ruth folgte ihr über den Flur. »Heilige Mutter Gottes, was machen wir denn jetzt?«

»Entspann dich, Maria, sie sucht nicht nach Fingerabdrücken.«

»Nein, aber sie darf nicht dahinterkommen. Ich meine, sie würde es nicht ...«

»Schon klar. Das Poster des Frauen-Folkfestivals ist weg von der Toilette, und gleich als sie hier war, habe ich den ›Dykes on Bikes‹-Sticker von der Pinnwand in der Küche genommen.«

»Tausend Dank! Was ist mit der Labrys auf dem Fenster?«

»Sie weiß doch nie und nimmer, was das ist – es sei denn, sie ist selbst eine. Du hast es doch auch nicht gewusst, als du hier eingezogen bist«, erinnerte Ruth sie grinsend.

»Du hast mir bloß gesagt, dass es eine kretische Doppelaxt ist!«

Der dunkle Kopf senkte sich. »Ich weiß. Ich habe gekniffen.«

Maria spürte, wie ihr der Schweiß in den Achselhöhlen ausbrach. »Tut mir leid, ich wollte dich nicht anschnauzen. Thelma hat mich in Panik versetzt. Sie hätte mich vorwarnen sollen, dann hätte ich einen Rock angezogen.«

Ruth nickte beruhigend und steuerte wieder auf den Perlenvorhang zu. Auf halbem Weg zupfte Maria sie am Ärmel. »Worüber reden die gerade?«, flüsterte sie.

»Reisen in Osteuropa, wenn ich das richtig mitkriege.«

»Bitte sieh zu, dass Jael nichts allzu Ungeheuerliches sagt.«

»Entspann dich. Wenn sie will, kann sie richtig damenhaft sein. Los jetzt, geh rein und mach Konversation.«

»Ruth ...?« Maria klang auf einmal ganz verloren.

»Ich muss mich um die Lasagne kümmern, Maria.«

»Ja, aber ich wollte dir sagen, dass es mir leid tut. Ich meine, dass du deine Plakate und so abnehmen musstest. Es ist ja nicht so, als ob ich mich schämen –«

»Kein Thema – ehrlich«, fiel Ruth ihr ins Wort. »Ich bin's gewohnt, die Wohnung zu entlesbisieren, wenn meine Mutter zum Essen kommt.«

»Ruth? Wenn das eine Schachtel Pralinen ist, die sie mir mitgebracht hat, dann kannst du sie haben.«

Ihre Hände berührten sich, warm auf kalt.

»In meinen Augen sind die Tage des Feminismus gezählt. Ihr Mädchen habt die Pille und gleiche Bezahlung – also was soll das Gelaber von wegen ›Frau‹ statt ›Fräulein‹ und ›Studierende‹ statt ›Studenten‹?«

Maria sagte zu dem Unbekannten, der neben ihrem Ellbogen seine Thesen ausbreitete: »Entschuldigung, bin gleich wieder da« und ging fort, um sich an der Schlange vor der Toilette anzustellen. Es sah nach einer längeren Wartezeit aus. Der Typ drinnen reagierte auf die lauten Schläge gegen die Tür mit einem gelegentlichen »Lasst uns noch drei Minuten«, woraufhin seine Begleiterin in unterdrücktes Gekicher ausbrach. Maria ließ sich gegen die Wand sinken und betrachtete den Bierfleck auf der schwarzen Satinweste, die sie sich von Ruth ausgeliehen hatte. Sie schwor sich, dass sie sich zum letzten Mal zu einem Besäufnis der Theatergruppe hatte mitschleifen lassen.

Schneewittchen und die sieben Bischöfe war, trotz des Gerüchts, dass der schnarchende Glatzkopf in der dritten Reihe der Kritiker war, ein triumphaler Erfolg geworden. Alle, die geltend machen konnten, irgendwie beigetragen zu haben, hatten Mittel und Wege gefunden, sich auf der Party in Jennifers Wohnung einzufinden. Die ersten Stunden, in denen ausgelassen getanzt wurde, hatten Maria gefallen, aber gegen ein Uhr hatte sich eine einsame Seele der Stereoanlage bemächtigt und legte seine persönliche Mischung aus Cohen/Morrissey/Dylan auf. Während die melancholischen Balladen eintönig vor sich hin dudelten, hatte eine Reihe von Jungs, die alle nicht mehr ganz beieinander waren, Maria mit ihren Bierdosen zugeprostet. Galway und Suzette saßen in einer Ecke und schienen ein wichtiges Gespräch zu führen. Gegen halb zwei hielten sie

Händchen. Galway fing Marias Blick auf und machte das Siegeszeichen.

Um drei teilte sie sich ein Taxi mit dem Paar, das irgendwann doch noch aus der Toilette herausgekommen war. Immer wenn der Typ das Bein seiner Freundin berührte, versetzte die ihm einen spielerischen Schubs, bei dem Maria jedes Mal gegen den Türknauf stieß. Sie tröstete sich mit der Hoffnung, dass Jael und Ruth vielleicht noch auf sein würden, und dann konnte sie sie fragen, was für Motive sie sich auf ihren Weihnachtsgläsern wünschten.

Aber sie fand nur ein kaum leserliches Gekritzel auf der Rückseite einer Telefonrechnung vor – sie lag oben auf der schwarzen Samtkappe, die über die Teekanne gestülpt war. »Gehen spontan zur Party einer entfernten Bekannten«, stand da. »Hoffe, du hast dich amüsiert. Entschuldige Papier. XOXOX. R. (& J.)«

Maria war über die Maßen deprimiert. Zehn Minuten lang schaute sie Eisschnelllauf auf einem der Satellitenkanäle. Danach ging es ihr jedoch auch nicht besser. Sie holte die Glaskelche und die Schachtel mit den Emaille-Farben hervor und machte sich an die Arbeit. Jael und Ruth waren beide Wasserzeichen, und sie überlegte, ob sie ihre Tierkreiszeichen aufmalen sollte, aber da Skorpion und Krebs ihre technischen Fertigkeiten überstiegen, mussten es wohl für beide Meerjungfrauen werden. Jaels Meerjungfrauen würde sie rot malen – mit vollen sinnlichen Locken und gewundenen Fischschwänzen. Gewöhnlich war Maria Perfektionistin, aber in dieser Nacht malte sie schnell und versuchte, die rubinroten Gestalten lebendig wirken zu lassen.

Als der ganze Kelch mit Meerjungfrauen bedeckt war, hörte sie auf. Drei längliche Wesen wanden sich spiralförmig um den Stiel. Das andere Glas war schwieriger. Glänzender schwarzer Emaillack für Ruth. Die Wirkung war düster, und die Meerjungfrauen wurden kleiner, als ihr die Hand anfing wehzutun. Zum Schluss sahen sie eher wie Tintenfische aus. Maria setzte ein paar grüne Seegräser um die Bodenfläche, dann gab sie es auf und ließ die Gläser zum Trocknen auf der Fensterbank stehen. Der Teufel sollte sie holen, wenn sie die ganze Nacht an Weihnachtsgeschenken herumbastelte, die ihnen vielleicht gar nicht gefielen.

Nachdem sie eine halbe Stunde im Bett verbracht hatte, war Maria immer noch hellwach. Der Flur fühlte sich kalt an unter ihren Füßen, als sie in die Küche tappte. Während das Wasser langsam heiß wurde, probierte sie Ruths schwarze Kappe auf und strich sie über den kurzen Haaren glatt. Als sie ihr Spiegelbild im Fenster sah, erschrak sie. Durch den dunklen Samtkranz wurde ihr Gesicht über dem runden Nachthemdkragen in den Hintergrund gerückt. Sie glich einem sittsamen Pagen, der durch eine gemalte Bankettszene des siebzehnten Jahrhunderts wandert. Sie lächelte ein wenig, aber an dem Gesamteindruck war nichts zu ändern, und sie wandte sich ab.

Sie wartete darauf, dass der Kakao abkühlte, blies auf die dampfende Oberfläche und wanderte im Flur auf und ab. Wenn sie durch den Perlenvorhang spähte, konnte sie die Gläser auf der dunklen Küchenfensterbank leuchten sehen. Sie hatte keine Ahnung, was sie als Nächstes machen sollte.

Als sie vor der Tür des anderen Zimmers stand, stärkte

sie sich mit einem Schluck Kakao und drückte die Klinke herunter. Es gab nichts zu sehen, natürlich nicht. Da waren das abgetretene Stück Teppich um den Futon herum und die blassen Wände. Die einzige kräftige Farbe in dem Zimmer stammte von dem riesigen abgenutzten Kleiderschrank, der das Flurlicht einfing und mahagonirot wurde. Maria tat einen vorsichtigen Schritt zwischen einer leeren Schale und etwas wie einem fingerlosen Handschuh hindurch. Der Teppich unter den nackten Füßen tat gut. Sie stellte den Kakaobecher auf den Fenstersims und schaute hinaus – eine klare Sicht auf leere Büros, ein Flugzeug im Landeanflug und ein riesiger Kran, dessen Silhouette durch kleine Lämpchen sichtbar wurde. Unter ihr wirkte die Straße verlassen bis auf einen einzigen roten Fleck – ein Motorrad, das gerade um die Ecke verschwand.

Auf dem Weg zurück strich Marias Hand über die glatte Holzoberfläche des Kleiderschranks, die von einigen Kratzern durchzogen war. Sie drehte versuchsweise an dem verschnörkelten Metallgriff – und hatte ihn in den Händen. Als sie ihn wieder in das Loch zurückstecken wollte, schwang die Tür auf. Das Erste, was sich ihr entgegenbauschte, war ein Ballkleid aus Taft. Sie konnte sich nicht vorstellen, wer von den beiden das je getragen hatte. Links, das musste Jaels Seite sein. Maria erkannte ihre zweitliebste Lederjacke und die drei Jeans, die auf einem Bügel übereinandergestopft waren, darüber die kirschrote Seidenbluse. Ruths Garderobe nahm ungefähr ein Drittel des Platzes ein, hier und da blitzte in der Reihe schwarzer Schultern etwas Weißes oder Cremefarbenes hervor. Maria schloss die Augen und ließ die Fingerspitzen über die Kleidung wandern, ein Bügel nach dem anderen. Sie versuchte, die Sachen anhand des Materials und der Form von Kragen und Ärmeln zu identifizieren. Nach einigen festen Baumwoll- und Jeansstoffen versank ihr Daumen plötzlich in Samt.

Auf den Boden des robusten Schrankes gekauert, den Kopf von den herabhängenden Kleidungsstücken umgeben, atmete sie ein. Das war sicher Lavendel – ein Duftbeutelchen von Ruths Mutter. Neben ihrem nackten Knie der Geruch abgestandenen Rauchs und ein Hauch Stiefelpolitur von den Docs. Unter dem linken Fuß war etwas – ein Riemchen oder ein Stück Spitze –, das wehtat. Maria griff nach der Unterkante der schweren Tür und zog sie so weit zu, wie es ging, ohne dass sie sich die Finger einklemmte. Jetzt war sie auf allen vier Seiten von Dunkelheit umgeben.

Etwas unglaublich Weiches strich über ihre Wange. Sie zuckte erschrocken zurück, dann neigte sie sich wieder vor, um es mit den Lippen zu ertasten, aber es war weg. Was immer es auch war, das ihr in den Fuß schnitt, es war zu einem leisen Schmerz verklungen. Vielleicht zehn Minuten verstrichen auf diese Weise, ihr tiefer werdender Atem und der langsame Schlag ihres Herzens waren die einzigen Geräusche. Dann griff Maria unter ihr Nachthemd und berührte sich zum ersten Mal, seit sie sich erinnern konnte.

Nach einer Weile vernahm sie ein kleines gewohntes Geräusch, wie ein Vogel, der an einem Baum pickt. Der Schlüssel in der Wohnungstür. Maria hob den Kopf so ruckartig von den Knien, dass ein schwerer Wintermantel zurückgeschoben wurde. Ein paar von den Kleiderbügeln klapperten protestierend. Sie hielt den Atem an. Die Eingangstür wurde leise geschlossen, sehr behutsam. Schritte am Ende des Flures. *Heilige Jungfrau voller Gnade, erbarme dich meiner als deiner Schutzbefohlenen, die in der Stunde der Not deine Hilfe erfleht ...*

Schritte in der Küche. Das Brausen des Leitungswassers, das in den Wasserkessel floss. Maria hörte auf zu beten und sagte ein kurzes »Danke« in Richtung der Kleiderbügel. Tief gebückt, ohne viel Lärm zu machen, schlüpfte sie aus dem Schrank heraus und schloss die Tür leise hinter sich. Sie schlich auf die Zimmertür zu. Kurz darauf öffnete sie laut und vernehmlich die Tür ihres eigenen Zimmers und marschierte in die Küche.

Ruth war allein und lehnte am Kühlschrank.

»Einen wunderschönen guten Morgen«, sagte Maria viel zu munter.

»Möchtest du eine Tasse Tee?«

»Ich wollte mir nur ein Glas Wasser holen.«

Sie saßen still und erschöpft beieinander.

»Die Kappe steht dir gut.«

Maria zuckte zusammen. Sie hatte vergessen gehabt, dass sie die Kappe noch aufhatte. »Ich hoffe, es stört dich nicht. Ich wollte dich nur einmal anprobieren. Ich meine – sie.«

»Kein Problem.«

Sie wollte nach oben greifen, dann fiel es ihr wieder ein. Sie behielt die Hand mit dem Geruch unten und benutzte die andere, um die Kappe abzunehmen und Ruth zurückzugeben. »Wo ist deine bessere Hälfte?«

Ruth quittierte diese Formulierung wie erwartet mit einer Grimasse. »Lernt Lambada tanzen. Ihr hat es auf der Party besser gefallen als mir, deshalb bin ich mit dem Taxi heimgefahren.«

»Geht es dir gut, Schätzchen?«

»Im Großen und Ganzen«, sagte Ruth. Sie begegnete Marias Blick und versicherte ihr: »Ich wache nur auf, das ist alles.«

»Wie meinst du das?«

»Du bist diejenige, die mir gesagt hat, es macht nichts, wie man geweckt wird – Hauptsache, man wird wach«, erinnerte Ruth sie.

»Habe ich das gesagt?«

»Der Grund, aufs College zu gehen.«

»Weiß ich gar nicht mehr. Meine Güte, was für ein tiefsinniges kleines Ding ich doch bin.«

Ruth tat, als wolle sie ihr den Rest Tee übergießen.

»Es ist jetzt nicht die Zeit, wach zu werden, Frau, selbst die Seemöwen schlafen schon.« Maria gähnte.

»Ich gehe gleich ins Bett.«

Die müden Worte hingen in der Luft wie Federn, die dann im Zickzack zu Boden schwebten. Maria leerte ihr Glas ins Spülbecken aus und hielt die Finger unter das Leitungswasser. Als sie ging, legte sie Ruth die kalte Hand auf den gesenkten Kopf. »Träum süß.«

Erst auf halbem Weg durch den Flur fiel ihr ein, dass keine von beiden Kakao trank und dass ihr Becher immer noch auf deren Fensterbank stand.

»Ich habe den Weihnachtsmann um weiße Weihnachten gebeten und nicht um beschissene Eiseskälte!«, schimpfte Jael vor sich hin, als sie den Baum die vier Treppen zur Wohnung hochschleppten. Auf dem letzten Treppenabsatz machte sie halt, um an ihren tauben Fingern zu lutschen, und ließ den Baum gegen Maria sinken, die vornübergebeugt dastand und keuchte.

»Nun, wessen glorreiche Idee war es denn, bis zum späten Nachmittag des Dreiundzwanzigsten zu warten?«, rief Ruth von der Tür über ihnen. »Dann machen wir ein Schnäppchen, hast du gesagt. Du willst doch wohl nicht sagen, dass dieses verwachsene Ungetüm alles ist, was es noch gab?«

»Diese schmucke Tanne, von elegantem Wuchs und drei Meter hoch«, schnaufte Maria, als sie den Baum durch die Tür hievten, »betont die großzügigen Proportionen der georgianischen Wohnung, in der sie sich jetzt gleich – wie sagt man – aufrichten wird.«

»Autsch«, fügte Jael hinzu.

Sie befreiten den Baum aus dem Perlenvorhang und klemmten ihn mit Hilfe von Wörterbüchern und spanischen Romanen in einem hohen Schmortopf ein. »Die leicht asymmetrische Haltung«, fuhr Maria fort und bürstete sich die Tannennadeln vom Pullover, »symbolisiert gewissermaßen die ungewöhnlichen Neigungen der Besitzerinnen.«

Gegen neun Uhr hatten sie kleine Stechpalmenbüschelchen mit roten Kreppschleifen in der Wohnung verteilt. Jael hatte sich den Daumen an einem spitzen Blatt verletzt. Während des Abendessens lutschte sie immer wieder daran herum und erzählte Geschichten von berühmten Gitarristen, die angeblich aufgrund von Blutvergiftungen die Finger verloren hatten. Sie hatten vorgehabt, die Geschenke dekorativ unter dem Baum liegen zu lassen, aber als Jael eine gute Flasche Wein hervorzauberte, beschloss Maria, ihnen die Gläser gleich zu geben. Ruth konnte sich vor Lachen nicht halten, als sie die Gläser miteinander verglich. »Jaels Meerjungfrauen sehen aus, als seien sie mitten in einer Unterwasserorgie, wohingegen meine sich zum Totentanz angestellt haben.«

»Deine sind subtil«, protestierte Maria. »Du musst sie dir genau anschauen.«

»Wohingegen meine auf vulgäre Art eindeutig sind«, fügte Jael mit einem Augenzwinkern hinzu. Anschließend schlug sie einen Toast vor auf »Maria Murphy – die einzige Mitbewohnerin, die die Miete im Voraus bezahlt und keine Haare in der Wanne zurücklässt«.

Jael und Ruth hatten sich zusammengetan und ihr ein Radio gekauft als geselligere Alternative zu ihrem Walkman. Maria schluckte heftig, als sie es auspackte. Weihnachten machte sie immer so schrecklich sentimental.

Jael trug das Geschenk von Ruth schon: ein Paar gefährlich aussehende Ohrringe in Form von Besenstielen. »Ich habe sie mir selbst ausgesucht«, vertraute sie Maria an. »Sie bringen die Hexe in mir zutage.« Sie schickte Ruth in ihr Zimmer, um sich ihr Geschenk zu holen. »Es liegt unter dem Futon in einer edlen grünen Plastiktüte«, erklärte sie. »Aber mach dir keine Sorgen, es war spottbillig, wahrscheinlich vom Lastwagen gefallen.«

Ruth tauchte wenige Minuten später wieder auf und trug ein kurzes schwarzes Wollkleid. Ihr Lächeln war mehrdeutig.

»Dreh dich – dreh dich!«, kreischte Maria.

Aber Ruth setzte sich gleich wieder an ihre Mousse au Chocolat. »Du willst mich entweder zur *femme fatale* machen oder zur Vollidiotin«, murmelte sie an Jael gerichtet, »ich bin mir noch nicht sicher. Aber es gefällt mir. Glaube ich.«

Sie spielten fast den ganzen Abend lang Poker – schlecht, aber mit großem Vergnügen. »Die Gewinnerin begleitet Maria zur Graduierungsfeier«, verkündete Jael und erhöhte um zwanzig Pence.

»Nein, sie nimmt uns besser beide mit!«, rief Ruth und ging zum Kühlschrank, um mehr Eis zu holen. »Zwei zum Preis von einer. Sonderangebot – solange der Vorrat reicht.«

»Ich gehe nicht hin«, sagte Maria mit plötzlicher Entschlossenheit.

»Tust du wohl, und du nimmst mich mit«, sagte Jael ihr leise ins Ohr. »Ich sehe umwerfend aus im Smoking.« Ihr Atem roch nach Whiskey und Schokolade. Maria stieß sie mit dem Ellbogen zurück; sie schaute auf und sah, dass Ruth sie beobachtete.

Ruth setzte sich hin. Seit sie in dem Kleid steckte, bewegte sie sich irgendwie komisch. »Ist deine Mutter denn dann nicht enttäuscht?«

»Weshalb?«

»Wegen der Graduierungsfeierlichkeiten.«

»Ach, deswegen.« Maria fühlte sich heiter und gelassen.

»Meine Mutter kann mich mal.«

Um halb sechs fiel ihnen das Dach ein. Der Vermieter hatte erklärt, dass es am Dachfenster eine Leiter gab, die man herunterziehen konnte, und sie hatten das schon die ganze Zeit ausprobieren wollen. Jael schnappte sich eine Handvoll Stechpalmenzweige und einen Besen. Maria lief hinter ihr her. »Ich komme in einer Minute nach«, rief Ruth von ihrem Zimmer aus. »Ich muss bloß eben die verdammten Stöckelschuhe loswerden.«

Die Dachluke widerstand ein paar Besenstößen, aber dann ging sie knarrend auf, und es regnete Rostflocken auf sie herab. Ein Schwall kalter Luft traf auf ihre erhitzten Gesichter. Maria keuchte auf, als sie durch die schmale Lukenöffnung kroch.

»Ich schlittere nur wegen des Raureifs, nicht vom Whiskey«, erklärte Jael und stolperte die Einbuchtung zwischen den Dächern entlang. Sie arbeitete sich über die Schieferplatten vor bis zur Wand und begann den winzigen Figuren, die unten auf der Straße in die Autos stiegen, zuzuwinken.

Maria stand still da. Sie legte den Kopf in den Nacken, um das Himmelsgewölbe voller erleuchteter Wolken, Satelliten und Sterne zu betrachten. Ihr wurde schwindlig, sie hatte das Gefühl, dass sie jeden Moment in die Tiefe stürzen würde. Dann merkte sie, dass Jael direkt hinter ihr stand und einen Stechpalmenzweig über sie hielt. »Was soll das denn?«, fragte sie.

»Kein Mistelzweig«, sagte Jael knapp und beugte sich vor, um sie zu küssen.

Später, als sie sich zu erinnern versuchte, ob es ein kurzer oder langer Kuss, ein annehmbarer Schmatz oder eine gefährliche Verschmelzung gewesen war, fiel ihr nichts dazu ein. Der Kuss balancierte noch auf Messers Schneide zwischen den Definitionen, als Ruths Kopf in der Luke erschien. In der Sekunde, die ihre Augen brauchten, um sich an die Dunkelheit zu gewöhnen, waren die anderen beiden auseinandergefahren.

»Oh, entschuldigt«, sagte Ruth. Das leere Oval ihres Gesichts verschwand durch das Loch.

Sie waren stumm und starrten auf die Luke, dann machte Jael einen Satz zu der Leiter hin. Maria konnte die schweren Schritte über den Flur hören, dann die gedämpften Laute von Jaels protestierender Stimme, die nach und nach schwächer wurden. Dann war es still.

Es wird kälter, dachte Maria, als sie sich zentimeterweise über die Einbuchtung schob, einen Fuß nach dem anderen. Sie hockte sich in eine Nische neben den Schornstein. Zu kalt für Schnee. Sie überlegte, ob auf den Bergen schon Schnee lag. Sie überlegte, was um alles in der Welt gerade geschehen war.

Maria versuchte, ihre Aufmerksamkeit auf die Sterne zu lenken, dann auf die eisigen Schieferplatten unter ihr, aber in ihrem Kopf wirbelte alles durcheinander. Ein ganz unklarer Schrecken. Wie damals, als sie als Kind zur Messe gegangen war und die Zunge zur Heiligen Kommunion vorgestreckt hatte und eine innere Stimme des Widerstands ihr zugeflüstert hatte: Das ist mir zu viel!

Gegen sechs war sie bis auf die Knochen durchgefroren, ihre Knie waren stocksteif. Sie würde den Zug um halb acht nach Hause nehmen. Mam würde sich freuen, wenn sie ihr beim Mittagessen zur Hand ging. Sie wartete auf den ersten Schimmer des Morgenlichts über den Bergen, die graubraun waren und ohne Schnee.

Maria kletterte die Leiter hinab. Ihre tauben Finger zogen die Dachluke unbeholfen zu. Die Wohnung war still. Als sie in ihrem Zimmer war, stopfte sie ein paar Pullover und Jeans in den Rucksack und ging dann auf Zehenspitzen den Flur entlang. Es wäre sicher besser, eine Nachricht auf dem Küchentisch zurückzulassen, damit sie sich keine Sorgen machten.

Als Maria jedoch am Perlenvorhang ankam, stellte sie fest, dass sie noch da waren. Sie stand reglos da, überzeugt, dass sie sie sehen oder aber ihren Atem hören würden, doch das Paar am Kaminfeuer hatte die Welt um sich herum vergessen. Das Einzige, was sie in dem rötlichen Lichtschein klar erkennen konnte, war Ruths Gesicht. Ihr Kopf war ans Sofa zurückgelehnt, ihr Gesicht leer wie ein Blatt Papier. Das neue schwarze Kleid war achtlos hochgeschoben bis zur Taille, die Beine leblos ausgestreckt wie die einer Stoffpuppe. Dazwischen lag Jael. Alles, was sie erkennen konnte, war ihr langer Rücken und ein paar kupferfarbene Haarwellen, die sich über den Schoß ihrer Geliebten ergossen. Maria schaute zu, so als ob dieser Tanz, diese Paarung der Schlüssel zu der ganzen Geschichte wäre. Die Körper bewegten sich miteinander wie verschlungenes Seegras.

Erst als Ruths Augen sich öffneten und sie durch den Raum hindurch direkt anschimmerten, zog Maria sich zurück und schlüpfte zur Wohnungstür hinaus.

KAPITEL 7

Der Zug kam an jedem kleinen Bahnhof zwischen Dublin und zu Hause keuchend zum Halt, aber Maria registrierte es kaum. Sie saß zusammengekauert in der Ecke eines rauchigen Abteils und taute langsam wieder auf. Nach einer halben Stunde hatten ihre Fäuste sich gelöst, und sie griff nach einer Ausgabe der *Farmer's Gazette,* die jemand auf dem Sitz liegengelassen hatte. Sie stellte fest, dass sie sich unmöglich auf den Inhalt konzentrieren konnte, ihr Blick glitt immer wieder zur Seite über die blassorangen Felder, die von dem vorbeiziehenden Fenster eingerahmt wurden. Auf Seite drei sprang ihr eine Überschrift ins Auge: »Erzbischof bezeichnet Homosexualität als Krankheit«. Sie faltete die Zeitung zweimal zusammen und warf sie auf den Sitz gegenüber.

Am Eisenbahnknotenpunkt Limerick meinte sie, Ruth in der Menge auf dem Bahnsteig nebenan entdeckt zu haben, aber dann war es doch nur eine schmale fremde Frau. Ohnehin absurd, denn was hätte Ruth in Limerick verloren? Um diese Zeit würde Jael ihr wahrscheinlich gerade das Frühstück ans Bett bringen. Maria überlegte, wie Jael ihr wohl den Augenblick in der vergangenen Nacht erklärt hatte – als freundschaftlichen kleinen Schmatz auf die Wange vielleicht oder als Jux, den sie inszeniert hatten, um hinterher darüber zu lachen? Sie würde Jael auch zutrauen, dass sie behauptete, Maria habe damit angefangen. Allerdings war es für etwas mit einem Anfang und einem Ende nicht lange genug gewesen – es hatte kaum eine halbe Sekunde gedauert. So viel Aufregung wegen eines flüchtigen Kontakts trockener Lippen.

Sie stützte den Ellbogen auf den Rand des ruckelnden Fensters. Gott wusste, dass sie sich dieser verflixten Frau gegenüber immer nur freundschaftlich verhalten hatte. Sorgfältig spulte Maria die vergangenen drei Monate in ihrem Kopf ab, aber die Bilder folgten so schnell aufeinander, dass sie nur hier und da ein Detail herauspicken konnte. Sie hatte sich in der Wohnung zu Hause gefühlt. Auf absurde Weise sogar irgendwie sicher. Es war ihr nie in den Sinn gekommen, dass eine Frau sie – also, dass eine Frau sie küssen wollte. Noch einmal ging sie die vergangenen Wochen durch. Es war nicht zu leugnen, dass Jaels Verhalten merkwürdig gewesen war, manchmal anspielungsreich, manchmal hatte sie mit ihr geflirtet, aber das war nun mal ihre Art. Ähnlich wie die Freundinnen, die sie von Kindheit an kannte, und ihr schulmädchenhaftes Herumgealbere.

Jetzt, wo sie darüber nachsann, fiel ihr Nuala wieder ein. An schönen Tagen hatten sie gewöhnlich den Religionsunterricht geschwänzt, hatten sich in die Umgegend verdrückt, im hohen Gras gelegen und Kola Kubes gegessen. Manchmal hatte Nuala ihren Blick etwas länger festgehalten, und Maria hatte gewartet, aber dann hatten sich die hellen Augen wieder gesenkt, und die anschließende Bemerkung war jedes Mal banal gewesen. Das war alles – kein Skandal. Nuala war ohnehin in der zehnten Klasse abgegangen. Es wäre nicht fair, ihr jetzt im Nachhinein etwas zu unterstellen.

Maria ging schwankend durch fünf Wagen, um sich einen Kaffee im Plastikbecher zu kaufen. Als sie den Kaffee in ihr Abteil zurücktrug, ging ein plötzlicher Ruck durch den Zug, und sie prallte mit der Hüfte gegen die Tür. Sie spürte nichts. In Gedanken hob sie vom Dach des Zuges ab. Ihre krallenbewehrten Fersen stießen sich von dem Metallboden ab, traten die Wolkenfetzen zur Seite und katapultierten sie hoch hinauf in die eisige Fluchtsphäre.

Ihre Mutter bemerkte, dass sie während des Essens gähnte, und sie warf ihr einen missbilligenden Blick zu. »Es ist die Hitze«, sagte Maria, um etwaigen Bemerkungen über das ausschweifende Studentenleben zuvorzukommen. »Es ist so stickig hier drinnen. Ich weiß nicht, wie ihr das aushaltet.«

»Es ist das Einzige, was bei der Arthritis deiner Mutter hilft«, warf ihr Vater ein. Die Jungen hatten sich gleich nach dem Nachtisch verdrückt, um den Zirkus im Fernsehen anzuschauen. Was für ein langweiliges kleines Haus.

Maria zog sich in ihr Zimmer zurück, schlüpfte unter die Decke und legte die einschläferndste Popmusik, die sie finden konnte, in den Walkman ein. Es half nichts. Sie glitt weder richtig in den Schlaf hinüber, noch kam sie richtig aus dieser watteartigen Dumpfheit heraus. Sie roch den Duft, der aus der Küche kam. Waren das Mince Tarts? Leise fluchend setzte sie sich auf und legte Händels *Messias* ein. Halleluh, halleh, halleh-luja … Zehn Minuten später rappelte sie sich hoch, streckte sich und wanderte in die

Küche, um eines der mit einer Fruchtmischung gefüllten Gebäckstückchen zu essen. Im Flur kam sie an ihrer Mutter vorbei. Auch nachdem sie die Küchentür hinter sich geschlossen hatte, war ihre hohe Telefonstimme noch zu hören.

»Was um alles in der Welt will sie denn damit anfangen?« Stille. »Und was ist mit einer Adoption – wäre das nicht das Beste für – nein, natürlich, Thelma, es ist letztlich ihre Entscheidung. Es war ja nur ein Vorschlag. Und was ist mit …« Ein unterdrückter Seufzer. »Von der Seite ist also nicht viel zu erwarten, nehme ich mal an. Nun, Alexandra ist immer ihren eigenen Weg gegangen. Womöglich sollten wir sogar dankbar sein. Es gibt unzählige irische Mädchen, die jedes Jahr die Nachtfähre nehmen, habe ich mir sagen lassen. Es ist furchtbar.«

Ihre Stimme wurde fröhlicher. »Mein eigenes Mädchen? Ist heute früh gekommen. Oh, die Haare – ja, das stimmt.« Gackerndes Gelächter, während sie weiter zuhörte. »Bis jetzt kein Wort, aber vielleicht will sie keine Namen nennen. Oh, ich bin sicher. Das Studium scheint zu laufen, obwohl sie natürlich mehr tun könnte. Ist das wahr? Eine wie die andere. Egal, solange sie gesund bleibt und die Prüfungen schafft … Die jungen Dachse können noch warten.« Wieder schraubte sich die Stimme zu einem Lachen hoch.

Das Gebäck fühlte sich trocken an in Marias Hals. Kurz war sie versucht, in den Flur zu gehen, ihrer Mutter den Hörer aus der Hand zu reißen und ihr damit eins überzubraten. Stattdessen ging sie durch die Hintertür in den Garten hinaus. Das schiefe Vogelhäuschen stand immer noch halb versteckt in den Rhododendronbüschen. Junge

Dachse – was für ein Ausdruck. Die waren noch ihre geringste Sorge. Maria kickte einen verschimmelten Tennisball über den Rasen.

Zwischen der Messe und dem Essen am ersten Weihnachtstag, während die Onkel über die Steuern palaverten, hatte man Maria eines der Babys übergeben, damit sie den kleinen Cousin beschäftigt hielt. Sie vergnügte sich damit, obszöne Grimassen zu schneiden, um das Baby aus der Fassung zu bringen. Als sie es der Mutter zurückgab, überlegte sie müßig, wie es wäre, an Alexandras Stelle zu sein. Ihr Körper würde mit ihrem eigenen Wesen anschwellen, das sie nachher an niemanden zurückgeben konnte. Ein kurzer Schauder überkam sie; sie ließ die Babyrassel auf den Teppich fallen und griff nach dem vollgestopften Zeitungsständer.

In der *Femme* waren zwei Tests: »Was sind Sie: Hexe oder Aschenputtel?« und »Wie hoch ist Ihr Leidenschaft-IQ?« Sie stieß auf einen Artikel über Phantasien und las, dass laut jüngsten Umfragen zehn Prozent aller Frauen sich (»gelegentlich oder häufig«) Sex mit Tieren vorstellten, und siebzig Prozent stellten sich Sex mit anderen Frauen vor. Sie schlug die Zeitschrift zu. Warum musste sie immer wieder auf solche Statistiken treffen? Sie ließ die Lider sinken, lehnte den Kopf gegen den Sofarücken und versuchte die Erinnerung an diesen elenden kleinen Kuss heraufzubeschwören. Es war alles so schnell gegangen, dass sie gar keine Zeit gehabt hatte, ihn zu genießen oder nicht zu genießen. Nun ja, ein gewisser elektrischer Schock war dabei gewesen, so wie wenn die Hand einer Freundin versehentlich die eigene berührt. Aber selbst bei aller Phantasie konnte man nicht von einer großen Sache reden. Und weshalb war sie dann so schrecklich besorgt?

Sie nickte abwesend, als einer der Onkel sich nach seiner bissigen Bemerkung über die Mehrwertsteuer beifallheischend an die Frauen wandte. Von der Küche her roch es nach Abendessen, vor allem nach Salbei.

Und wenn sich nun herausstellte, dass sie auch so veranlagt war, fragte Maria sich rein rhetorisch, was würde sie dann machen? Ihr Blick wanderte über ihre Familie und die Verwandten, über die runden, ausdruckslosen Gesichter, und sie stellte sich vor, wie sie sich räuspern würde und mit dem Akzent der Menschen im Süden Dublins sagen würde: »Übrigens, was ich euch noch sagen wollte …« Wie bleich dann die roten Wangen würden! Auf perverse Weise würde es ihr sogar Spaß machen, vorausgesetzt sie könnte sich anschließend auf einem fliegenden Teppich davonmachen.

Oder unterschätzte sie sie womöglich? Tantchen Bronagh wäre wahrscheinlich pfiffig genug, um es zu erraten. Vielleicht, dachte Maria, während sich eisige Kälte in ihrem Magen ausbreitete, konnte man jemandem einen Kuss auch ansehen, und zwar unabhängig von dem eigentlichen Beweggrund dafür. Womöglich hinterließ der Kuss einer Frau ein bestimmtes Zeichen, eine kleine Veränderung in der Linienführung des Mundes.

»Träumst du mit offenen Augen?«

Maria sah schuldbewusst auf. Ihre Mutter war mit mehligen Händen aus der Küche gekommen, um sich kurz hinzusetzen. »Lies uns doch mal das Horoskop vor, Schätzchen.«

Sie blätterte die Seiten durch. Da war es. »Das hier ist deines, Mam. ›Wenn Sie behutsam vorgehen, erwartet Sie bald beträchtlicher Reichtum.‹« Sie suchte ihr eigenes Sternzeichen. »Wassermann, das bin ich. ›Ihr ausgeglichenes Gefühlsleben wird in dieser Woche von einem Liebestaumel erfasst. Lassen Sie es geschehen.‹« Ihre Brüder kicherten, aber Maria schaute beklommen auf die winzige Gestalt des Wasserträgers, der sich unter der Last beugte. Sie blätterte zurück und schaute nach dem Datum – es war die Juli-Ausgabe.

Der Dampf stieg in blauen Schwaden hoch, die sich schimmernd auf die Fensterscheiben legten. Maria ließ die Schultern in das höllisch heiße Wasser gleiten und rutschte vorsichtig nach vorn, bis sie mit dem Nacken an die kalte Emaillefläche stieß und zurückzuckte. Das heiße Wasser brannte auf ihren Schenkeln. Maria liebte sündhaft heiße Bäder bei ausgeschaltetem Licht.

Sie hatte sich jetzt schon vier Tage lang wie eine normale, gesunde junge Frau benommen, und die Anstrengung wurde spürbar. Sie hatte beim Plumpudding um einen Nachschlag gebeten, hatte sich eine Wiederholung von *The Two Ronnies Christmas Special* angesehen und war sogar kilometerweit über die gottverdammt kältesten Felder Irlands gestapft, nur um ihrem Vater eine Freude zu machen. Er liebte Vögel. Maria konnte keine Schwalbe von einer Seemöwe unterscheiden, aber sie hatte glaubhaft

»sieh mal da« und »könnte sein« gemurmelt. Erst gegen Ende des Nachmittagstees waren sie steif und durchgefroren zurückgekehrt, und Marias Mutter hatte sogleich verkündet, dass Maria schön Farbe bekommen hätte. Jetzt taute sie im Badewasser auf und versuchte, ihr Leben zu planen.

Erstens, eine neue Wohngemeinschaft suchen und die Zwischenzeit bei Thelma überbrücken. Das war schon mal klar. Die Fragen, die Peinlichkeit der Rückkehr – das war zu viel. Sie hielt inne, um sich eine Wohnung ohne Ruth und Jael vorzustellen, und scheute vor dem Gedanken zurück. Vielleicht könnte sie sich manchmal in der Bibliothek herumdrücken und hallo sagen. Weiter im Text. Zweitens würde sie sich im nächsten Semester ernsthaft auf so was wie die Theater-AG oder so einlassen, damit sie keine Zeit hätte durchzuhängen. Drittens … Ein dritter Vorsatz fiel ihr nicht mehr ein. Aber es mussten immer drei sein … Hart arbeiten, die Prüfungen mit Auszeichnung bestehen und im kommenden Sommer in London als Kellnerin arbeiten? Kein besonders aufregender Vorsatz für das neue Jahr, aber praktisch. Oh, und natürlich weniger Schokolade essen.

Das Wasser lief in kleinen Rinnsalen an Maria herab, als sie aufstand und aus der Wanne stieg. Sie trocknete sich langsam ab, denn sie wollte den Augenblick herauszögern, an dem sie das Licht einschalten und wieder zum Vorschein kommen musste. Sie erhaschte einen Blick auf ihr Spiegelbild – wie wenig sie doch einem badenden Akt glich! Na gut, vielleicht einem der knochigen Cézannes. Maria legte die Hand auf ihren Bauch. Es sah komisch aus, wenn eine Hand auf dem Bauch lag. Irgendwie grundlos. Was, wenn es nicht ihre Hand wäre, sondern die von jemand anderem? Ihr Gesicht fing von draußen einen schmalen Streifen Straßenlicht ein, er fiel genau auf die scharfe Nasenspitze und die Wölbung des Kinns. Das Gesicht kam ihr vollkommen nichtssagend vor, ansehnlich, das schon, aber ohne Eindruck zu hinterlassen. Sie versuchte sich vorzustellen, dass ein Mensch nach diesem Gesicht suchte, sich die Einzelheiten einprägte, in einer Menge danach Ausschau hielt, in einer belebten Straße hinter ihr herrannte wie der Nerd in der Parfumwerbung. Ein Mensch, der ihr die Hand auf die Schulter legte und dann peinlich berührt feststellte, dass sie die Falsche war. Sie würde die Entschuldigung gnädig annehmen. »Iesch fürschte«, hauchte sie dem dunstigen Spiegelbild mit französischem Akzent zu, »wir kennen uns niescht.«

»Mar-i-a!« Ihr jüngster Bruder rief aus der Küche nach ihr.

Sie öffnete die Tür einen Spaltbreit. Der Luftzug erzeugte prompt eine Gänsehaut auf ihren Armen.

»Mam fragt, ob du weißt, dass hier Briefe für dich sind und dass sie schon den ganzen Tag unter der Teekanne stecken.«

Eine halbe Minute später eilte sie im Morgenmantel die Treppe hinunter. Dubliner Briefstempel unter dem braunen Teering.

Falls Du nicht gleich ans Ende des Briefes geschaut hast – ich bin's, Ruth. Hallo, meine liebe Maria!

Ich schreibe einen Brief, denn von Angesicht zu Angesicht würde ich zu emotional werden. Außerdem ist Dein fluffiges Haupt mehr als hundert Meilen weit weg – in einem gottverlassenen Dorf, das ich mir nicht einmal vorstellen kann.

Nichts von all dem hier ergibt wahrscheinlich einen Sinn, weil ich seit vorletzter Nacht nicht mehr geschlafen habe.

Es kommt mir alles vor wie Gemüse querbeet in einem Wok, ich kann es einfach nicht anders beschreiben, lach nicht. Ich habe geglaubt, dass man viele verschiedene Gemüsesorten kleinschneiden und zusammenmischen kann, dass man die Flamme höher dreht und sie einander dann ergänzen und zusammen besser schmecken. Es ist mir nie in den Sinn gekommen, dass Ingwer und Fenchel nicht zusammenpassen.

Jetzt schwafele ich hier rum, und dabei sollte es nur eine kurze Nachricht werden.

Weißt Du, ich hatte diese Theorie, dass es unter Frauen nicht zwangsläufig Besitzansprüche und Eifersucht geben muss, dass Frauen sich irgendwie aufteilen können und, um bei der unbeholfenen Analogie zu bleiben, dass sie sich ergänzen und dadurch umso besser schmecken. Beispielsweise wie eine Wohnung mit drei Freundinnen, von denen zwei zufällig ein Liebespaar sind.

Du musst zugeben, dass die Idee gut war, wenn auch ein bisschen naiv.

Ich habe meine Fähigkeit, über Dinge hinwegsehen zu können, überschätzt. Ich habe uns alle überschätzt. Jael meint es nicht böse – meistens jedenfalls –, aber sie ist wie ein Kind, weißt du, sie muss von allem immer was abhaben. Die Anziehung zwischen ihr und mir ist noch da, aber ich glaube, wir werden letztlich so aufeinanderprallen, dass wir uns dabei zerstören. Nicht dass ich Dir davon etwas anlaste, Maria. Ich weiß jetzt, dass Du keine Ahnung hattest, was da abging. Wahrscheinlich hätte ich gleich zu Anfang etwas unternehmen sollen, eine Erdbebenwarnung abgeben oder so, aber was hätte ich denn sagen sollen? Ich wollte nicht paranoid erscheinen, wollte mich nicht wie eine dieser schrecklichen Quasi-Gattinnen aufführen, die schon Anfälle kriegen, wenn ihre Freundin eine andere auch nur ansieht.

Das geht mir auch bei diesem Brief hier so. Aber jetzt liegen die Dinge etwas anders. Sagen wir mal so: Ich will das Richtige tun – das Richtige für uns alle –, bloß weiß ich noch nicht, was das Richtige ist.

Kommst Du wieder zurück? Es liegt allein bei Dir. Ich bin einfach so müde, dass es mir scheißegal ist.

Ruth

Maria hatte die Seiten zu hastig überflogen, um alles aufnehmen zu können; sie wollte gerade noch mal von vorn anfangen, als ihr der zweite Brief wieder einfiel. Er hatte keinen Umschlag, es war nur eine zusammengefaltete und zusammengeheftete Seite, er war einen Tag nach Ruths Brief aufgegeben worden.

M.

Hab mich nicht wie ein Gentleman benommen. Stop. Tut mir leid. Stop. Kann jetzt eine überbackene Eisbombe machen. Stop. Schwing Deinen Arsch wieder her. Stop. J.

Im Zug nach Dublin ging es an Silvester hektisch zu. Dem dicken Mann, der mit einer Flasche Champagner zwischen den Knien neben Maria gesessen hatte, war die Flasche heruntergefallen. Sie war zerplatzt, und der Inhalt hatte sich über den Fußboden des Abteils ergossen. Er fragte sie fortwährend, ob sie glaubte, dass man ihm die Flasche ersetzen würde, weil der Lokführer so abrupt gebremst hatte, oder ob es sich bei der Bahn um die Betrügerbande handelte, für die er sie schon immer gehalten hatte.

Maria hatte dazu keine Meinung. Sie hob die Füße mit den Laufschuhen aus der schäumenden Lache und drehte das Gesicht in die Ecke ihrer Kopfstütze. Ein paar Tage in der Villa Meerblick klangen wunderbar erholsam. Yvonnes aufmunternde Einladung durch eine rauschende Telefonverbindung hindurch war genau das gewesen, was sie hatte hören wollen. Am Abend würden sie durch die Kneipen ziehen und die nächsten Tage ein bisschen abhängen, über den Kiesstrand spazieren, mit dem Bus in die Stadt fahren und sehen, was es im Winterschlussverkauf gab. Ihre Ausgehklamotten waren alle in der Wohnung. Vielleicht konnte sie kurz reinschlüpfen, um ein paar Anziehsachen und Bücher rauszuholen? Ruth würde wahrscheinlich bei ihrer Mutter sein und Jael mit Sicherheit in einer Kneipe. Und sollten sie zufällig zu Hause sein, nun, dann würde sie einen höflichen Wortwechsel zustande bringen, einfach sagen: »Einen guten Rutsch, wir sehen uns dann im nächsten Semester, tschüs.«

Maria hätte es keinen Tag länger zu Hause ausgehalten, allmählich war ihr die Decke auf den Kopf gefallen. Ihre

Mutter hatte ihr zeigen wollen, wie man einen Brandteig macht. Sie hatte weggemusst. Dublin war wenigstens anonym. Wenn sie sich dort in einem Club unter Stroboskoplicht in Trance tanzte, könnte sie allen gefühlsduseligen Silvestergedanken entgehen.

»Was meinen Sie, Nelken oder Chrysanthemen?«

Widerstrebend wandte sie den Kopf.

Der aufgebrachte Mensch neben ihr redete weiter. »Tut mir leid, wenn ich Sie störe, aber ich wollte gern die Meinung einer Frau hören. Der verdammte Champagner war für den Antrag, den ich ihr machen wollte, meiner Freundin – Frieda. Heute Abend wollte ich es tun. Aber jetzt habe ich keine Zeit mehr, um eine neue zu besorgen, und deshalb überlege ich, ihr stattdessen am Bahnhof ein paar Blumen zu kaufen. Das ist zwar nicht so romantisch wie Champagner, aber Frieda trinkt sowieso nicht so viel.«

Seine Unbedarftheit stimmte Maria milder. »An Ihrer Stelle würde ich weiße Rosen nehmen. Nur ein paar. Das heißt, falls sie welche haben.«

Der Mann war beeindruckt. »Ich habe gar nicht gewusst, dass sie auch weiße Rosen machen. Züchten, meine ich. Sie glauben also, dass ihr weiße lieber sind als rote?«

»Ich bin keine Expertin«, versicherte Maria ihm. Sie stellte sich gerade irgendeine pragmatische Frieda vor, die angesichts der weißen Rosen die Nase rümpfte. »Ich habe noch nie jemandem einen Antrag gemacht.«

»Nein, Sie natürlich nicht – oder nur mal im Schaltjahr«, sagte er kichernd. »Wir armen Kerle sind ja immer diejenigen, die fragen müssen.«

Sie schloss die Augen und versuchte, sich erneut auf ihre Pläne zu konzentrieren, aber stattdessen verlor sie sich wieder in Tagträumen. Die Vorstellung, dass auf dem Bahnsteig in Dublin jemand einfältig grinsend mit einem Strauß weißer Rosen auf sie warten würde! »Du bestimmst den Tag« – eigentlich ein sensationeller Ausspruch, als könnte man irgendwie die Zeit anhalten und eine weiße Satinschleife darumbinden, ein Tag unter all den Tagen deines Lebens, an dem eine Schar strahlender Gesichter dich daran erinnerte, wie wundervoll du warst.

Maria fröstelte; sie schlang den Schal enger um den Hals. Selbst wenn sie in fünf Jahren glücklich verheiratet sein sollte, dachte sie, würde sie sich trotzdem nicht hundertprozentig normal fühlen. Die Eigenart der Wohnung hatte auf sie abgefärbt. Sie war gezeichnet.

Als sie sich den letzten Treppenabsatz hochschleppte – sie hatte vergessen, wie steil die Treppen waren –, hörte Maria raues Gelächter aus der Wohnung dringen. Ein gutes Zeichen, offensichtlich waren die Dinge zwischen den beiden wieder im Lot. Los komm, drücken gilt nicht. Doch als sie den Schlüssel ins Schloss steckte und die Wohnungstür aufstieß, hörte sie ein deutliches »O Scheiße!« aus der Küche. Jael kam herausgeeilt, aber als sie sah, wer es war, hellte sich ihr Gesicht auf, und sie kreischte: »Es ist die Jungfrau Maria, die auf allgemeinen Wunsch einen ihrer seltenen Auftritte hat.«

Maria beschloss, sich nicht in Verlegenheit bringen zu lassen, und trug ihre Tasche in die Küche. Bei der Besucherin, die am Tisch lehnte, handelte es sich um eine dünne Frau mit kurzer schwarzer Stachelfrisur. Als sie die Hand zu einem freundlichen Willkommensgruß ausstreckte, erschien ein warmes Lächeln auf ihrem sonnengebräunten Gesicht.

»Müsstest du jetzt nicht eigentlich sagen, dass du schon viel von ihr gehört hast?«, gab Jael das Stichwort.

Mit einer Grimasse: »Muss ich das?«

Jael, aufgeregt, erinnerte sich plötzlich wieder an ihre Pflicht. »Oh, ich hab ganz vergessen ... Maria, das ist Silk. Sie ist gerade aus Griechenland zurückgekommen.«

»Bist du diejenige, die Jael die Postkarte zum Geburtstag geschickt hat?«

»Ich wusste nicht, dass Post von mir ein solches Ereignis ist«, sagte Silk und sah Jael ironisch an, »aber es freut mich zu hören.«

»Also, weißt du ...«, setzte Jael an. Silk ging auf die Tür zu und verrenkte sich fast, um eine abgewetzte schwarze Smokingjacke anzuziehen.

»Ich muss los«, sagte sie. »Möchte nicht riskieren, Ihrer Ladyschaft auf der Treppe zu begegnen. Hört mal, Leute, geht ihr heute Abend aus? ZZ's?«

»Hängt davon ab, ob Ruth dazu zu überreden ist«, sagte Jael zweifelnd. »Du kannst ja mal Ausschau nach uns halten. Es war schön, dass du da warst.«

»Ist ja auch schon eine Weile her«, erwiderte Silk und ging.

Allein gelassen waren sie plötzlich wieder verlegen. Maria begann mit einer Erklärung. »Ich hole bloß ein paar Sachen – ich bleibe nicht. Yvonne wartet auf mich.«

»Oh. Verstehe.«

»Also, dann mache ich mich mal besser –«

»Hör mal, wegen Silk«, unterbrach Jael sie.

»Ja? Wo kommt übrigens der Name her?«

»Ich glaube, das war das Pseudonym, unter dem sie ein hocherotisches Haiku im *Pink Paper* veröffentlicht hat.«

»Hm, das passt.«

»Was? Dass sie eine Lesbe ist?«

»Nicht unbedingt. Nur zu der Art von Person.«

»Was für eine Art von Person?«

»Verflixt noch mal«, fuhr Maria sie an. »Du weißt, was ich meine. Ich stempele niemanden ab. Du brauchst nicht gleich an die Decke zu gehen.«

»Ich geh nicht an die Decke.« Jael stolzierte zum Fenster und starrte auf die Straße hinunter. »Übrigens wäre es gut, wenn du Ruth gegenüber nichts von unserer Besucherin erwähnen würdest. Sie können nicht miteinander.«

»Warum?« Maria war selbst überrascht von ihrem Mut.

»Weil ich dich darum bitte. Es würde sie verärgern.«

»Ich meine, warum sie nicht miteinander können.«

»Weil ich mit beiden geschlafen habe.« Jael wandte sich um, ihre Stimme klang hart. »Okay? Wolltest du das hören? Ist deine lüsterne Neugier jetzt befriedigt, Maria?«

Sie spürte, wie sie blass wurde. »Ich wollte es nur wissen.«

»Du willst alles nur wissen, und zwar schon seit du vor drei Monaten hier eingezogen bist«, sagte Jael. »Meinst du, wir hätten nicht gemerkt, was für Spielchen du getrieben hast? Was glaubst du eigentlich, wo du hier bist? Beim Füttern der Tiere im Zoo?«

»Ich habe keine Ahnung, wovon du redest.« Marias Stimme zitterte. »Ich gehe wohl besser«, fügte sie hinzu und strebte zur Tür.

Jael schnappte sie am Ellbogen. »Tu nicht so verdammt unschuldig!« Ihr Gesicht war fahl und nur wenige Zentimeter von Marias Gesicht entfernt. »Wenn du es wissen willst, dann frag.«

»Ich will es nicht wissen.«

Die kristallharten grauen Augen sahen aus, als würden sie gleich in tausend Stücke zerbersten. »Und warum bist du dann zurückgekommen?«

»Nicht, um mir diese Scheiße von dir anzuhören.« In ihrer Stimme lag so viel Wut, dass sie selbst erstaunt war.

Jael ließ ihren Ellbogen los.

»Ich bin zurückgekommen, um was zum Anziehen einzupacken. Und um Ruth zu sehen. Und um ihr zu sagen, dass es mir leid tut, dass ich ihr Leben noch schwieriger gemacht habe, als du es ohnehin schon getan hast.«

Jael stieß einen langen Atemzug aus. »Ich wusste es. Ich habe mir schon gedacht, dass du überreagieren würdest.«

»Was?«

»Es war nur ein kleiner Kuss. Es ist nicht so, als hätte ich dich auf dem Küchentisch vergewaltigt, Maria. Mistelzweige und so. Es ist Tradition.«

Marias Wangen waren glühendheiß. »Es geht nicht um meine Reaktion.«

»Nun, für Ruth ist die Sache erledigt. Nur als es geschah, hatte sie einen kleinen Anflug von Panik. Es ist ein wunder Punkt bei ihr, seit der Sache mit Silk.«

Alles war recht, um das Scheinwerferlicht von ihren eigenen zusammengekniffenen Lippen abzuwenden. »Wie ist das passiert?«

»Wir waren schon seit Jahren befreundet. Im Sommer, als Ruth mit ihrer Mutter auf Mallorca war, sind die Dinge etwas außer Kontrolle geraten.«

»Wie hat sie es herausgefunden?«

»Ich habe es ihr natürlich gesagt«, sagte Jael verächtlich. »Ich bin vielleicht kein Vorbild in Sachen Monogamie, aber ich bin ehrlich. Und dann gab es einen größeren Aufstand. Und Silk hat es Patricia erzählt, mit der sie seit fünf Jahren zusammen war, und die beiden haben sich getrennt.«

»Das ist die Pat aus der Frauengruppe?«

»Du fängst an zu kapieren.«

»Du brauchst mich nicht zu verspotten«, sagte Maria. »Ich verstehe genug.«

»Das bezweifle ich.« Es war, als würde Jael ausspucken. »Du stehst da, den Mund missbilligend verzogen, obwohl du keine Scheißahnung hast.«

»Ich verstehe nur nicht, warum jemand so etwas tut«, sagte Maria erschöpft.

»Was? Warum jemand einen One-Night-Stand hat? Solltest du vielleicht nicht abtun, ehe du's nicht selbst ausprobiert hast. Aber vielleicht bist du auch so asexuell, dass du es nie verstehen wirst.«

Die Wohnungstür wurde aufgestoßen. Ruth kam durch den Vorhang mit einem Bündel Torfbriketts und zwei großen braunen Papiertüten voller Lebensmittel. Als sie Maria sah, blieb sie abrupt stehen, setzte alles sorgfältig ab und ging zu ihr, um sie zu umarmen. »Schön, dich zu sehen, Paria.« Sie blieben aneinandergelehnt stehen.

Jael marschierte aus der Tür und murmelte etwas von wegen Nachmittagspost.

Als sie die Schritte die Treppe hinunterpoltern hörten, schenkte Maria Ruth ein mattes Lächeln. »Ich bin nur hier, um meine Sachen zu packen. Ich dachte, ihr wärt beide nicht da.«

»Ich bin froh, dass du hier bist.«

Beunruhigt merkte Maria, wie sich Tränen in ihren Augen sammelten. Sie schnappte sich eine der Einkaufstüten, um sie auszupacken. Nach den gebackenen Bohnen und dem Orangensaft hatte sie ihre Stimme wieder unter Kontrolle. »Vielen Dank für den Brief. Ich hätte nicht gedacht, dass du eine Briefmarke für mich verschwenden würdest.«

»He, werd nicht jetzt schon rührselig! Davon kriegen wir um Mitternacht noch genug.«

»Aber ich feiere doch mit Yvonne.«

»Im Ernst?« Ruth kicherte leise und füllte die Obstschale mit Früchten. »Hat dieses Partygirl dich doch noch in die Fänge bekommen?« Dann, während sie in die hintersten Ecken des Kühlschranks spähte: »Vielleicht überlegst du es dir ja noch mal und bleibst heute Abend doch bei uns? Du könntest Yvonne anrufen und es ihr erklären.«

Was genau erklären? Um Zeit zu gewinnen, richtete Maria die Suppendosen ordentlich aus. »Wenn du das wirklich willst …«, sagte sie schließlich.

»Es ist egal, was ich will«, sagte Ruth, faltete eine braune Papiertüte zusammen und steckte sie in die Schublade.

Sie sah hoch und ertappte Maria dabei, wie sie die Augen verdrehte. »Tut mir leid, klang das etwas masochistisch?«

»Sehr.«

»Was ich damit sagen wollte, ist, dass das, was ich will, von dem abhängt, was du willst. Wahrscheinlich muss ich jetzt fragen: Willst du hierbleiben?«

Marias Finger suchten weiterhin auf dem Boden der Einkaufstüte nach abgefallenen Weintrauben. »Wie – hier?« Überrascht stellte sie fest, dass sie die Antwort kannte, und sagte hastig: »Das würde ich sehr gerne. Wenn es geht. Falls ... Platz da ist.«

Sie konnte den Ausdruck in Ruths braunen Augen nicht deuten. Amüsiertheit oder Enttäuschung oder vielleicht auch Ironie. Es war ein verschwommener Blick, wie der eines Menschen, den man an einem Wintermorgen aus tiefem Schlaf wachrüttelt. »Oh, es ist viel Platz da.«

Und in der Wohnungstür rasselte der Schlüssel.

Während des Abendessens erzählte Maria all die lustigen Geschichten, die sie aus den Weihnachtstagen mit der Familie herauspressen konnte. In einer verzweifelten Anstrengung erfand sie noch ein paar dazu. Immerhin wäre es lustig gewesen, wenn ihr kleiner Cousin auf die neue Weste ihres Vaters gekotzt hätte.

Die beiden anderen hatten ruhige Weihnachten verlebt.

»Ruth hat die Weihnachtstage bei Mumsie verbracht«, begann Jael. »Ich war hier ganz allein und konnte meinen Pudding mit Whiskey begießen. Allerdings kehrte sie am zweiten Weihnachtstag an meinen Busen zurück und hatte vegetarische Putenrouladen dabei, die wie etwas Selbstgestricktes aussahen und auch so schmeckten.«

Ruth protestierte. »Du hast zwei Drittel von den verdammten Dingern verschlungen.«

»Habe ich nicht«, informierte Jael sie. »Ich habe sie kleingeschnitten und im Spülbürstenhalter entsorgt, als du auf der Toilette warst.«

Maria warf einen verstohlenen Blick auf ihre Armbanduhr – Viertel vor zehn. Wenn das so weiterging, würden sie um Mitternacht schon nicht mehr miteinander reden. »Hört mal, Leute, ich bin hergekommen, um mich partyfein zu machen. Lasst uns losziehen!«

Bei Yvonne war das Telefon besetzt. »Du kannst sie unterwegs von einer Telefonzelle aus anrufen«, sagte Jael fröhlich. Sie wollte offensichtlich aufbrechen, ehe Ruth irgendwelche Einwände erheben konnte. In zehn Minuten hatten sie sich in Schale geworfen und waren auf dem Weg die Treppe hinunter.

»Wo wollt ihr denn hin?«, fragte Ruth und knöpfte sich die Ärmelbündchen ihrer Jacke zu, als sie an der Bushaltestelle standen.

Jael runzelte die Stirn und schien ernsthaft zu überlegen. Dann sagte sie: »Wie wär's mit, wie heißt das noch gleich, ZZ's? Das gibt's doch noch, oder?«

Ein wacher Blick von Ruth. »Okay.«

Marias Stimme war ihr Unbehagen anzuhören. »Wartet mal, was ist mit mir? Ich meine, ich habe nichts dagegen, aber ...«

»Mach dir keine Sorgen«, erklärte Ruth. »Es ist ein gemischter Club. Da gehen auch viele trendige Hetero-Paare hin.«

»Ja, aber ich bin kein Paar«, sagte Maria kühl.

»Wir suchen dir einen netten Jungen aus, den du mit nach Hause nehmen kannst«, versicherte Jael ihr.

»Ich will mich nur nicht völlig fehl am Platz fühlen, das ist alles.«

»Verlass dich auf mich, Kid«, sagte Jael mit ihrer Humphrey-Bogart-Stimme. »Ich beschütze dich vor den großen bösen Butches.«

»Hallo, wer ist da, bitte?«

»Yvonne, hörst du mich? Ich bin's, Maria. Sorry, bei der Musik versteht man kein Wort.«

»Wo zum Teufel bist du, wenn ich fragen darf?«

»Ich habe den Namen des Ladens vergessen. Ich habe am frühen Abend schon versucht, dich anzurufen. Es tut mir furchtbar leid.«

»Ich habe schon vor Stunden mit dir gerechnet. Meine Mutter hat Hühnchen Kiew gemacht.«

»Es tut mir echt leid. Ich bin in der Wohnung vorbeigegangen, und Jael und Ruth haben mich gefragt, ob ich mit ihnen komme. Anscheinend hatten wir das schon ausgemacht, und ich hatte es vergessen. Ich kann sie jetzt nicht enttäuschen.«

»Klar.«

»Yvonne? Leg nicht auf! Hör mal, kannst du nicht ohne mich losziehen?«

»Mit wem?«

»Bist du nicht mehr mir Pete …?«

»Nein.«

»Aber ich dachte, dass wir mit einer ganzen Gruppe unterwegs sind! Du hast doch gesagt, dass du den Türsteher vom *Purple Snail* kennst.«

»Er ist in Mexiko. Ach, vergiss es. Es geht mir gar nicht um heute Abend. Ich weiß, wo eine Party ist, auf die ich auch so gehen kann. Es geht einfach um dein Verhalten, Maria.«

»Was für ein Verhalten?«

»Du scheinst ja förmlich besessen zu sein von diesen … diesen verdammten Mitbewohnerinnen. Alle anderen zählen gar nicht mehr. Sind normale Menschen dir jetzt zu langweilig geworden, ja?«

»Yvonne, tut mir leid, wenn ich dich unterbreche, aber das Geld ist gleich alle. Hör zu, ich ruf dich morgen wieder an, okay? Okay?«

Jael hielt sich an einer Straßenlaterne fest und lachte Tränen. »Und was hast du dann zu ihr gesagt?«

»Hör auf, dich über mich lustig zu machen. Ich habe bloß gesagt: ›Tut mir leid, aber ich habe keine Zeit.‹«

Jael stützte sich auf ein Auto und hieb im Einklang mit ihrem Lachanfall auf die Kühlerhaube. »Das ist der absolute Gesprächskiller. Ein verbaler Keuschheitsgürtel.«

Ruth war den beiden vorausgegangen, aber sie blickte zurück und rief: »Lass das Auto in Ruhe – du löst noch den Alarm aus.«

Jael überhörte die Bemerkung und stolperte hinter Maria

her. »›Ich habe keine Zeit‹, hast du zu ihr gesagt. Heiliger Strohsack!«

»Nun, wie zum Teufel sollte ich denn wissen, dass sie mich bloß zum Tanzen aufgefordert hat?«, fragte Maria. »Ich erlebe das ja nicht jeden Tag, dass mir fremde Frauen Avancen machen.«

»Ich auch nicht«, sagte Jael voller Bedauern.

»Und außerdem konnte ich sie nicht richtig verstehen, weil die Musik so laut war. Und sie hatte kein Recht, einfach davon auszugehen, dass ich so veranlagt bin. Ihr habt gesagt, es wäre ein gemischter Club.«

»Sie wollte lediglich, dass du horizontal veranlagt bist!«, kreischte Jael.

Maria versetzte ihr einen Stoß, und Jael stolperte in den Rinnstein, aber das löste nur einen neuen Lachanfall aus. »Das arme Mädchen. Der leere Gesichtsausdruck von ihr, als du gesagt hast, du hättest keine Zeit … Sie sah aber nicht schlecht aus. Toller Hintern.«

»Ich wünschte, ich hätte mir nie die Haare schneiden lassen«, murmelte Maria, als sie um die Ecke zum Beldam Square kamen.

Jael warf ihr einen verschlagenen Blick zu. »Es hat dich niemand dazu gezwungen.«

Ruth war bereits vor ihrem Haus angekommen und kramte nach den Schlüsseln. »Huhuuu, Valium«, sang Jael fröhlich über die halbe Straße hinweg. Sie lief in Schlangenlinien um die geparkten Autos herum, bis sie vor der Tür ankam.

Maria kam schnaufend hinter ihr her. »Wie spät ist es jetzt?«, fragte sie mit heiserer Stimme.

Ruth gab keine Antwort, aber Jael schnappte sich ihr Handgelenk und las die Zeit ab: »Halb zwei ungefähr.« Ruth entzog ihr den Arm und marschierte ohne Licht zu machen die Treppe hoch.

»Sie ist sauer, weil ich sie Valium genannt habe«, erklärte Jael mit einem atemlosen Flüstern. »Aber es passt haargenau – sie sorgt dafür, dass ich einschlafe, und sie lässt sich gut oral nehmen.«

Maria bedachte sie mit einem kalten Blick. »Noch so eine Bemerkung und du kriegst einen solchen Tritt, dass du die Treppe runterfliegst«, sagte sie leise. Als sie Ruth eingeholt hatte, klang ihre Stimme wieder normal. »Wir haben die Glocken verpasst«, bemerkte sie mit Bedauern. »Ich glaube, ich war auf der Toilette, als sie ›Auld Lang Syne‹ gespielt haben.«

»Haben sie gar nicht gespielt«, keuchte Jael hinter ihnen. »Wir haben stattdessen eine Polonaise gemacht und sind zu ›Aga-do-do-do‹ herumgeeiert – so ist das moderne Irland.«

Als sie in die Wohnung traten, war Maria Ruths Schweigen schmerzhaft bewusst geworden. Sie durchforstete ihr Gedächtnis, um einen Satz zu finden, der die Stimmung auflockern würde. »Und – wie lauten Ihre guten Vorsätze für das neue Jahr, meine Damen?«, fragte sie.

Jael warf sich in den Schaukelstuhl und griff nach der Whiskeyflasche auf dem Boden. »Ich lasse die Frauen sein«, verkündete sie. »Sie sind so verdammt kompliziert. Und was ist mit dir, Licht meines Lebens?«, fragte sie, aber Ruth war schon über den Flur verschwunden. Jael zog die Füße unter sich und begann zu schaukeln.

Maria wich ihrem Blick aus. Dann nahm sie allen Mut zusammen und fragte mit leiser Stimme: »Warum bist du jetzt so?«

»Es ist egal, wie ich bin«, sang Jael und begleitete sich dabei auf einem imaginären Banjo.

»Kannst du mal eine Minute lang aufhören, Theater zu spielen?«

»Die Tasche ist gepackt. Was ich tue, spielt jetzt keine Rolle mehr.«

Maria warf ihr einen zögernden Blick zu. »Was für eine Tasche?«

Jael antwortete hinter vorgehaltener Hand: »Der alte Lederkoffer von Mrs. Johnson. Er ist hinten im Schrank versteckt und halb voll.«

Langes Schweigen. Dann: »Wenn du vielleicht –«

»Der Teufel soll mich holen«, sagte Jael entschieden, »wenn ich einen Abend lang auf nett mache, nur um sie zum Bleiben zu bewegen.«

Marias Wut und Verzweiflung waren auf dem Siedepunkt angelangt. »Mir ist noch nie jemand begegnet, der so von sich eingenommen ist wie du. Hör zu, du musst noch nicht einmal nett sein – das kann man von dir kaum erwarten. Du müsstest ihr bloß sagen, wie du dich wirklich fühlst.«

»Scheiße fühle ich mich. Wie der letzte Dreck.« Jael schüttete sich noch mehr Whiskey ins Glas.

»Ich meine, was du empfindest, ich meine, wie du sie liebst.«

Keine Antwort. Jael sah sie über den Rand ihres Glases

hinweg an. Schließlich sagte sie: »Und was ist, wenn ich mich daran nicht mehr erinnern kann?«

Marias Stimme sank zu einem wütenden Flüstern herab. »Es ist solch eine ... Verschwendung. Ich fasse es einfach nicht, dass du gerade das Beste in deinem Leben verlierst, nur weil du dich nicht herablassen kannst, drei Worte zu sagen.«

»Ach, Maria.« Jaels Stimme klang seltsam mitfühlend. »Dafür ist es mittlerweile ein bisschen zu spät.«

Maria stürzte durch den Perlenvorhang. Ruths Zimmertür war geschlossen. Sie stand davor, die Hand auf das Holz gelegt, und wartete auf die richtigen Worte. Von drinnen war kein Laut zu hören. Was erwartete sie auch – ein Schluchzen, das Geräusch von splitterndem Glas oder reißenden Gitarrensaiten?

Ihre Gedanken wurden von der Wasserspülung unterbrochen, und plötzlich stand Ruth hinter ihr, die Zahnbürste in der Hand.

»Hi«, sagte Maria mit dem Rücken zur Tür.

»Wolltest du etwas?« Ruths Stimme war kaum hörbar.

Das Licht fiel auf die nassen Borsten der Zahnbürste. Maria schaute stumpf darauf hinab. »Nur gute Nacht sagen.«

»Träum süß, Maria.« Ruth schloss die Tür hinter sich.

Maria lag eine Weile im Bett und war sich undeutlich der Klänge von ›Auld Lang Syne‹ bewusst, die in Jaels heiserer Altstimme aus der Küche gesickert kamen. Die Nacht war endlich sicher. All die scharfen Worte würden sich mit dem Morgentau auflösen, und sie würde ihren Mitbewohnerinnen Pancakes zum Frühstück machen. Aus dem Augenwinkel stellte sie fest, dass sich eine Ecke des Marlene-Dietrich-Posters gelöst hatte. Das Weiße der Augen schimmerte im Straßenlicht.

Als sie aufwachte, war die Wohnung still. Träge blieb Maria liegen und dehnte den steifen Hals. Als ihre Tür sich langsam und knarrend öffnete, presste sie die Augen zusammen. Es war Ruth, sie hatte die Silhouette in der Dunkelheit erkannt. Eine ganze Minute lang geschah nichts. Maria wusste, dass sie angeschaut wurde, und ließ den Mund ein wenig offenstehen. Endlich erklang Ruths Stimme aus der Schwärze heraus. »Bist du wach?«

Geh weg. Maria war tot. Sie war reglos wie ein Trapper, der nicht vom Bären gefressen werden wollte. Geh weg.

Ein paar Sekunden später hörte sie das Rascheln von Papier, dann ein paar gemurmelte Worte, die sie nicht genau verstand, es hätte »Viel Glück!« heißen können. Die Tür wurde geschlossen. Sie wartete, bis die Wohnungstür ins Schloss gefallen war, dann setzte sie sich auf. Vielleicht hatte sie ihr eine Nachricht hinterlassen. Aber es war eine braune Papiertüte, die am Fußende des Bettes lehnte. Drinnen war nichts außer der schwarzen Kappe, keine Nachricht. Maria schlüpfte in ihr Bett und zog sich die Kappe über das Gesicht. Der getragene Samt war warm und vollkommen dunkel.

KAPITEL 8

Um halb acht wurde Maria wach, denn ein Felsblock schien auf ihrer Brust zu lasten. Sie setzte sich auf und tat einen tiefen rauen Atemzug. In ihrem Kopf spulte sich die letzte Nacht noch einmal ab – Bild für Bild. Sie ließ sich wieder zurücksinken.

Sie las die Weihnachtsausgabe der Radiozeitschrift von vorn bis hinten durch und schlug damit einige Zeit tot. Gegen zehn beschwerte sich ihr Magen und fing so laut an zu knurren, dass man es wahrscheinlich durch die Wände hören konnte. Außerdem war im Bett liegen und schmollen etwas, das nur Heranwachsende taten. Sie zog ihre Jeans an und einen ausgeleierten Pulli und trottete in die Küche.

Jael lag in ihre Bettdecke eingewickelt auf dem Sofa. Kam das nicht eher in Hollywoodkomödien vor, dass Leute auf dem Sofa schliefen? Aber Jael war zu jeder theatralischen Geste fähig. Es sei denn, Ruth hatte die Bettdecke über sie gelegt. Ob sie noch schlief? Ja, und schnarchen tat sie auch. Der Aschenbecher neben ihr war voller Zigarettenkippen. Also rauchte sie auch wieder. Ruth war demnach wohl endgültig fort. Maria beschloss, im Moment noch nicht darüber nachzudenken. Sie beugte sich über das schlafende Gesicht. Die zarten Linien um Jaels Augen und Mund verrieten allmählich ihr Alter. Ohne die Vitalität, die sie besaß, wenn sie wach war, wirkte ihr Gesicht schlaff, beinahe verletzlich.

Auch nach einem ausgewogenen Frühstück mit Müsli und Saft fühlte Maria sich immer noch leer. Zum Teufel mit ausgewogener Ernährung. Das laute Brutzeln der Bratpfanne weckte Jael, sie setzte sich auf, nieste zweimal, zog ihren orangeroten Kimono an und wollte ein Würstchen. Sie aßen schweigend und tauschten Teile der letzten Sonntagszeitung aus. Beim Geschirrspülen sagte Maria, dass sie sich jetzt wohl besser zu Yvonne aufmachen würde.

»Ich dachte, ihr hättet euch gestern Abend am Telefon verkracht.«

»O Gott, stimmt ja! Hatte ich total vergessen. Ich sollte sie wohl besser anrufen und zu Kreuze kriechen.«

»Ist es das wert?« Ein ironischer Zug lag um Jaels Lippen.

»Nein«, sagte Maria plötzlich entschlossen. »Also gut, dann rufe ich Thelma an.«

Jael blätterte durch die letzten Seiten des Sportteils. »Ich nehme an, du suchst dir jetzt eine neue Wohnung.«

»Ist wohl besser.« Maria bezwang ihre Verlegenheit.

»Du kannst ruhig noch ein paar Tage hier rumhängen, bist du was gefunden hast. Es sei denn, du willst wieder nach Hause zurück.«

»Auf keinen Fall.« Sie fühlte sich in die Ecke gedrängt. »Also gut, die nächste Miete ist ja auch noch nicht fällig bis zum – bis wann? Bis zum Fünften?«

Jael sah auf, ihre Augen waren von einem blassen Grau. »Maria, die Miete spielt keine Rolle. Bleib so lange, wie du willst.«

»Danke«, sagte Maria steif. Dann jedoch – immerhin hatte Jael gerade einen großen Verlust erlitten – bot sie ihr an, eine Zeichnung von ihr im Kimono zu machen. Sie zündeten ein Feuer an, denn es war ein kalter scheußlicher Morgen, und Jael hoffte, der Feuerschein würde außerdem ihr Doppelkinn kaschieren.

»Kann ich schon mal einen Blick drauf werfen?«, fragte sie ein um andere Mal, bis Maria damit drohte, das Ganze zu zerreißen.

»Ich muss dich jetzt schon warnen, dass es nicht gut wird. Ich habe nur liniertes Papier, und der Bleistift ist zu weich.«

»Macht nichts. Nutz deine Phantasie. Mach meine Titten größer.«

Maria ignorierte sie und konzentrierte sich auf die Proportion der Gliedmaßen. Es fühlte sich an wie ein Sonntag – ein wenig zu warm und ein sich verlierender Geruch von Würstchen. Nach zehn Minuten klagte Jael über Langeweile, und Maria warf ihr eine Ausgabe von *Don Quixote* und ein Päckchen Zigaretten in den Schoß. Sie zeichnete weiter, bemühte sich, Jaels Abbild einzufangen, aber die Zeichnung wurde immer wuchtiger, übersät mit einem Gitter aus Bleistiftstrichen.

Bis auf das Knistern der Flammen war die Wohnung still. Jael bemerkte irgendwann beiläufig, dass Marias Haare sich wieder lockten, aber Maria überlegte so lange, ob das als Kritik oder als Kompliment gemeint war, bis sie schließlich zu antworten vergaß.

Endlich überreichte sie die Zeichnung und verzog das Gesicht zu einem Ausdruck des Bedauerns. Jael war beeindruckt: »Hässlich wie die Nacht, aber eine große Ähnlichkeit.«

»Wirklich? Die meisten Menschen sehen die Ähnlichkeit für gewöhnlich gar nicht.«

Jael drehte das Bild um neunzig Grad, dann drehte sie es auf den Kopf. »Wie auch immer, aber so sehe ich im Spiegel aus, wenn ich eine Nacht lang durchgemacht habe.«

»Wenn du willst, kannst du es behalten.«

»Willst du es nicht?«

Maria verhaspelte sich fast. »Ja, wenn du es nicht willst, aber wenn du es willst, dann nicht.«

Jael grinste katzenartig. »Wir können es ja fotokopieren.« Sie warf das Blatt hinter sich, wo es von einem Luftzug erfasst und um ein Haar in die Flammen hineingezogen wurde. Marias Hand schoss vor, dann legte sie sie zurück in den Schoß. Jael lachte leise und rettete die Zeichnung mit der Feuerzange. Nur eine der Ecken war angesengt.

Eingelullt von dem ruckelnden Zug, vor den Augen das blasse Licht des Winters, war es, als ob der Silvesterabend nie stattgefunden hätte. Sie sah zu Jael hinüber und war außerstande, das schmerzhafte Gefühl des Verlusts in harte Worte zu kleiden. Es war so gut wie unmöglich, Jael für etwas verantwortlich zu machen – das rothaarige Kind, das da gerade Gesichter auf die schmutzige Fensterscheibe malte, schien nichts mit dem giftigen Weib vom Abend zuvor gemein zu haben.

Jael wischte sich die Finger am Ärmel ab und schauderte vor Kälte. »Ich könnte an Hypothermie zugrunde gehen«, bemerkte sie und rieb sich die Fußknöchel. »Tolle Art zu sterben, findest du nicht?«

»Nimm deine matschigen Stiefel vom Sitz runter.«

»Ja, Mami.«

»Seit wir von zu Hause los sind, quengelst du in einer Tour. Dieser Ausflug war deine Idee, erinnerst du dich?«

Jael zog eine Schnute. »Ja, aber da wusste ich auch noch nicht, dass die Dubliner Verkehrsbetriebe ihre Passagiere als Versuchskaninchen für neue Kühlmethoden benutzen. Sind wir bald da?«

»Noch zwei Stationen, dann sind wir in Bray«, erwiderte Maria. »Aus dem Fenster da drüben kannst du das Meer sehen.«

»Sieht bösartig aus. Grau und hungrig.«

»Halt den Mund.«

Als sie die halbe Promenade mit der abblätternden blauen Farbe entlanggelaufen waren, klatschte eine Welle über die Steine und durchnässte sie bis an die Knie.

»Mir ist kalt, ich bin nass, und ich will eine Portion Pommes«, verkündete Jael. »Dampfend heiß und mit einer Unmenge Essig.«

»Schlecht für deine Verdauung.«

»Der Stress, darauf zu verzichten, ist noch viel schlechter für meine Verdauung.«

Zehn Minuten später folgten sie einem gepflasterten Pfad den Hügel hinauf. »Warst du schon einmal auf dem Bray Head, Maria?«, fragte Jael unter ihrem Schal hervor.

»Noch nie.«

»Es ist der kümmerlichste Berg, den man sich vorstellen

kann, aber der Blick über Dublin ist gut.« Sie warf einer tieffliegenden Seemöwe eine Pommes zu. Die Möwe schnappte sich sie. »Ich war elf, als ich zum ersten Mal hier war. Auf einer Tour mit den Pfadfinderinnen.«

»Und – war's schön?«

»Bis zu dem Moment, als ich Angela Cowley einen spielerischen Schubs gegeben habe und sie den Hügel runtergekugelt ist und sich das Schlüsselbein gebrochen hat.«

»Du verarscht mich!«

»Nein. Ich wurde sechs Wochen lang von den Pfadfinderinnen suspendiert. Wegen undamenhaftem Verhalten.« Jael biss eine Pommes genau zur Hälfte ab.

Kopfschüttelnd ging Maria den Weg durch das Farngestrüpp voraus. Ihr Atem wurde rauer. Fünf Minuten später lehnte sie sich mit dem Rücken gegen einen kopfhohen Felsbrocken und schaute über die Bucht. »Wie heißt diese nierenförmige Insel da?«

»Keine Ahnung«, sagte Jael. Sie knüllte die fettige Papiertüte zu einem Ball zusammen und ließ ihn den Felsen hinunterrollen.

»Umweltferkel! Ruth wird –« Sie verstummte, und der Wind trug ihre Worte davon.

»Pass auf, die Tannennadeln sind glitschig.« Jael hatte den Arm um einen Baum gelegt und reichte Maria die Hand. Sie sprangen von einem Baum zum nächsten und hangelten sich so den steilen Waldhang hinauf.

»Ist es noch weit?«, fragte Maria verdrießlich. »Ich glaube, ich habe einen Splitter im Handballen.«

»Nur noch den Steinhügel rauf. Siehst du das Kreuz?«

Sie kraxelten auf allen Vieren über den kleinen Hügel aus runden Felsbrocken und kamen schließlich bei dem Granitfundament unter dem riesigen Steinkreuz an. Erschöpft trank Maria einen großen Schluck Ananassaft und reichte die Flasche weiter an Jael.

Jael hielt ihre Hand fest und drehte sie um. »Das ist kein Splitter, sondern nur ein Kratzer. Soll ich ihn wegküssen?«

Maria war es plötzlich kalt, und sie zog die Hand zurück. Sie legte den Kopf in den Nacken. »Wieso hängt da oben auf dem Kreuz ein U2-T-Shirt?«

»Für den Fall, dass es Gott kalt wird«, sagte Jael lakonisch und biss in einen Apfel.

Die Sonne schob sich hinter einer schmutzfarbenen Wolke hervor, und der Hügel begann violett und kupferfarben zu funkeln. Maria warf einen Blick auf Jael, die mit blassem Gesicht und geschlossenen Lidern am Fundament lehnte. »Ist das da eine Narbe an deinem Haaransatz?«

Jael rieb sich mit dem Daumen die linke Schläfe. »Ist dir noch nie aufgefallen, dass ich dort mal einen Schädelbruch hatte?«

»Wie bitte?«

»Ich bin angefahren worden, als ich neun war. Ich war mit dem Fahrrad unterwegs.«

Maria war beeindruckt. »Ich hoffe, ihr habt den Fahrer verklagt.«

Jael grinste bei der Erinnerung übers ganze Gesicht. »Meine Eltern haben einen außergerichtlichen Vergleich geschlossen. Hundertfünfzig Pfund. Megakohle für die damalige Zeit. Ich habe das Geld später für einen tragbaren Fernseher ausgegeben.« Sie fing an zu kichern und fuhr fort: »Was damals keiner von ihnen wusste, war, dass meine Bremszüge durchgeschnitten waren.«

»Was meinst du mit durchgeschnitten?«

»Es war so eine Art Spiel. Ich habe den Sommer bei meiner Großmutter in Killiney verbracht, und am ersten Ferientag habe ich die Bremszüge mit der Gartenschere durchtrennt. Und ab und zu habe ich dann eine Mutprobe gemacht und bin den Killiney Hill runtergesaust.«

Maria lächelte nicht. »Du Irre. Du hättest dich umbringen können.«

»Das war ja das Aufregende daran.«

»Hat sich denn nach dem Unfall niemand deine Bremsen angeschaut?«

Jael schüttelte sich den glänzenden Pony aus dem Gesicht. »Ich weiß noch, als ich aus dem Koma erwachte –«

»Du warst im Koma?«

»Nun, aus der Bewusstlosigkeit oder was auch immer – jedenfalls, als ich mit diesen irren Kopfschmerzen wach wurde, war mein erster Gedanke, dass sie die durchtrennten Bremsen entdeckt hatten und mich lynchen würden. Aber zum Glück hatte der arme Kerl das Rad mit dem Auto plattgefahren, und man hatte nichts als Mitleid mit mir.«

»Und Geld gab's obendrein. Du bist ein durch und durch unehrlicher Mensch, weißt du das?«

»Absolut.« Jael knabberte an ihrem Apfel.

Maria beobachtete den Himmel. »Ist das da ein Drachenflieger – das rote Ding? Das möchte ich auch einmal machen, ehe ich sterbe.«

»Dann halt dich besser mal ran.«

»Nein, im Ernst. Ich träume schon lange davon. Aber ich hätte nie den Mut.«

»Woher weißt du das?« Jael holte aus und schleuderte den Apfelrest über das Kreuz.

»Ich kenne mich. In dem Augenblick, in dem ich runterspringen müsste, würde ich anfangen zu heulen und betteln, dass man mich wieder losmacht.«

»Du unterschätzt dich.« Jael stand auf, ragte groß auf gegen den Horizont, und wedelte mit den Händen, um die Blutzirkulation anzuregen. »He, lass uns über den Klippenpfad zurückwandern. Ich sehe so gern zu, wie die Züge fünfhundert Meter unter uns vorbeirattern.«

»Er sieht ein bisschen bröckelig aus«, sagte Maria, als sie durch das hohe Heidekraut auf den kaum erkennbaren Pfad zustapften.

»Nur ein bisschen.« Sie drückten sich flach gegen die Felsen, um eine deutsche Wandergruppe vorbeizulassen.

»Jael, versprichst du mir, dass du noch nicht einmal damit drohen wirst, mir einen deiner spielerischen Schubse zu geben?«

Jael wandte sich mit dem Blick beleidigter Unschuld um. »Würde ich so etwas je tun?«

»Was gibt's zum Abendessen?« Jael streckte die Füße zum Kaminfeuer hin und gähnte.

Maria sah sie verblüfft an. »Bist du schon hungrig? Vielleicht könnten wir uns eine Dose warmmachen.« Die Wohnung roch bereits leer, und dabei war Ruth erst einen Tag weg.

»Ich spring schnell runter und hol uns was.« Jael schoss los, ohne Maria zu erlauben, ihr Portemonnaie zu holen.

Sechs Uhr, und die Nacht brach bereits ein. Das Fenster war ein schwarzes Quadrat, es war kein Stern zu sehen, der Smog verschluckte sie alle. Sie würde sich zwanzig Minuten lang ausgestreckt auf ihr Bett legen. Wie hieß noch gleich die Yogaformel, die Ruth immer zitierte? Zehn Minuten Tiefenentspannung sind so gut wie drei Stunden Schlaf. Maria spähte auf ihre Fußspitzen und überlegte, ob sie tiefenentspannt waren. Sie konnte sie nicht spüren, aber das mochte auch an der Kälte liegen. Ihre eine Fußsohle juckte, und sie setzte sich auf, um die Stelle zu kratzen.

Die Leuchtstoffröhre im Bad flackerte, sie schaltete sie aus und spritzte sich kaltes Wasser ins Gesicht. Die weißen Ränder des Spiegels wirkten schief. Die Wohnungstür fiel ins Schloss.

»Maria? Wo bist du?«, wurde gerufen, es klang beinahe klagend. Herrgott noch mal, dachte sie, wo konnte sie in einer Dreizimmerwohnung schon stecken? Sie kramte im Schränkchen nach der Handcreme, stieß eine Reihe Fläschchen um und fluchte leise. Sie machte das Licht wieder an und bückte sich, um ein Fläschchen aufzuheben. Dabei fiel ihr Blick auf das Etikett. »Jael?«

»Was ist?«

»Wem gehört das Henna?«

»Wem gehört das was?« Das Gesicht tauchte im Türrahmen auf.

»Tiefrote Henna Highlights«, las Maria in vorwurfsvollem Ton.

»Mir«, sagte Jael seelenruhig.

»Willst du damit sagen, dass sie nicht echt sind – deine Haare, meine ich?«

»Natürlich sind die echt.«

»Nein, ich meine – *natürlich.*« Maria folgte ihr über den Flur.

»Was heißt natürlich?«, fragte Jael und stellte Teller auf den Teppich vor dem träge vor sich hin flackernden Feuer.

»Ich dachte, du wärst ein echter Rotschopf.« Marias Stimme klang steinern.

Jael schaute mit großen Augen von den kleinen Pappbehältern hoch. »Letztes Jahr hatte ich braune Haare, dieses Jahr sind sie rot. Das Rot ist so echt, wie ich nur sein kann, Maria.«

»Bekomme ich jemals eine klare Antwort von dir?«

»Iss dein Curry.« Jael setzte sich mit gekreuzten Beinen auf den Boden und schenkte sich ein Glas Whiskey ein. »Für dich auch?«

Maria setzte sich. »Nein. Ich fürchte, ich bin immer noch so unkultiviert, dass ich lieber Leitungswasser trinke.«

Jael schüttelte entnervt den Kopf. »Du hast vielleicht Probleme«, sagte sie. »Was soll jetzt schon wieder dieses Kultiviertheitsding?«

»Ich will ja nicht ultrakultiviert sein wie jemand, vor dem man sich nicht traut, Spaghetti zu essen, sondern nur leicht und entspannt erwachsen.«

»Die beste Whiskeywerbung, die ich je gehört habe. Macht mich übrigens nie leicht und entspannt – eher leichtsinnig und unverantwortlich.« Und einen Augenblick später sinnierend: »Ich hatte noch nie Probleme, vor anderen Spaghetti zu essen, auch nicht mit siebzehn.«

»Vielleicht liegt es dann eher am Charakter als am Alter.«

»Du könntest mein Alter ruhig ab und an aus dem Spiel lassen.«

»Ich meine das doch als Kompliment. Was ich brauche«, sagte Maria mit dem Mund voller Reis, »ist eine erfahrene Frau wie dich, die mir eine kleine Anweisung fürs Leben schreibt.«

»Bist du sicher, dass du so enden willst wie ich? Eine einsame, mittelalte Lesbe, die unkultivierten Whiskey in sich hineinschüttet?«

Maria starrte sie über die erhobene Gabel hinweg an. »Fühlst du dich einsam?«

»Noch nicht«, gab Jael leicht verschämt zu, »aber gib mir noch ein paar Tage.«

»Solltest du auch ruhig.« Maria ließ die Worte ohne nähere Erläuterung stehen.

Sie schwiegen und aßen das Curry auf. »Aber die Zeichnung, die du heute Morgen gemacht hast«, sagte Jael, als führe sie eine stille Unterhaltung fort, »war wirklich gut. Du hast Glück – du gehörst zu den Menschen, die etwas machen können.«

»Wie meinst du das?« Maria sah von ihrem Teller hoch.

»Du bist jemand, die etwas erreicht – die Dinge angeht. Ich hingegen gehe immer nur woanders hin«, sagte Jael mit einem schwachen Grinsen.

»Was erreichst du denn nicht?«

»Ach, du weißt schon. Zeichnungen, Essen kochen,

College-Abschlüsse, so ’n Zeug eben. Ich lasse mich durchs Leben treiben und benutze die Dinge nur. Ich mache nie welche.«

Maria war skeptisch. »Und seit wann wünschst du dir all diese Dinge so leidenschaftlich?«

»Oh, das tue ich nicht wirklich. Nur manchmal kommt es mir vor, als wären es drei ziemlich unproduktive Jahrzehnte gewesen.« Als Jael neben sich in die Sofaritze griff, um ihr Feuerzeug hervorzuholen, huschte ein Lächeln über ihr Gesicht.

»Was hast du gefunden? Einen halb gegessenen Hot-dog?«

Jael hielt triumphierend eine Handvoll verkrumpelter schwarzer Karten hoch. »Meine Tarotkarten! Jetzt bist du fällig!«

»Ich glaube nicht, dass ich meine Zukunft kennen möchte«, sagte Maria zweifelnd, aber Jael war schon damit beschäftigt, weitere Karten aus der Sofaritze hervorzukramen.

»Aber ich. Hier!«, befahl sie und breitete die Karten fächerförmig auf dem Kaminvorleger aus. »Wähle drei für deine jüngste Vergangenheit aus, drei für die Gegenwart und drei für die jüngste Zukunft.«

»Was soll denn eine jüngste Zukunft sein?«

»Oh, halt die Klappe, Maria. Die nächste Zukunft dann eben.«

Maria wählte neun Karten aus, ihre Hände zitterten. »Das ist mir unheimlich. Was ist, wenn ich den Tod gezogen habe?«

»Die Karte ›Der Tod‹ steht bloß für eine größere Verletzung oder einen Verlust«, versicherte ihr Jael. Sie schnappte sich Marias kleinen Stapel, legte die Karten in drei Reihen mit den Bildern nach oben, beugte sich darüber und betrachtete sie.

»Warte mal.«

Jael sah verärgert hoch. »Was ist denn jetzt wieder?«

»Das ist aber doch eine völlig zufällige Auswahl.«

»Glaub mir, dein Unterbewusstes hat deiner Hand gesagt, welche du nehmen sollst. Es ist alles Schicksal. Also, was willst du jetzt: eine Vorlesung über die Theorie des Okkulten oder deine eigene Geschichte?«

»Meine Geschichte.«

Jael stützte sich auf einen Ellbogen und betrachtete erneut die Karten. »Okay. Für die jüngste Vergangenheit haben wir hier die ›Neun der Schwerter‹ – das steht für Schuld, Alpträume und überhaupt für allgemeine Scheiße. Daneben die ›Sieben der Schwerter‹ – das bedeutet etwas Verborgenes und Verschwiegenes oder aber Streit mit Freunden. Dann die ›Hohepriesterin‹ – ich liebe diese Karte, sieh mal die weißen Blumen, die sich aus ihrem Kleid ergießen.«

»Wofür steht sie?« Maria nahm die Karte hoch, um sie genauer zu betrachten.

»Noch mehr Geheimnisse. Es ist Persephone, die mit verborgenem Wissen aus deiner psychischen Unterwelt auftaucht.«

Maria konnte ihr verächtliches Schnauben nicht ganz unterdrücken. »Also, das hochtrabende Geschwätz bedeutet schlicht, dass es in meiner jüngsten Vergangenheit um die Offenlegung eines schuldbehafteten Geheimnisses geht. Ist das mein Geheimnis oder das eines anderen Menschen?«

Jael zuckte die Achseln. »Das kann man nicht sehen. Jetzt

deine Gegenwart: zuerst der ›Mond‹. Er steht für Unsicherheit und Unbeständigkeit. Siehst du seine drei Gesichter? Er verweist auf jemanden, dem du nicht trauen kannst – es könntest du selbst sein. In der Mitte haben wir den ›Narren‹. Der verweist auf etwas Riskantes. Der ›Narr‹ ist aus seiner sicheren Höhle herausgetreten und tanzt am Rande des Abgrunds. Dann – oh, diese hier mag ich – der ›Turm‹. Er beinhaltet ein Zusammenbrechen der Konvention – es ist ein Blitz, der deine Festung zerschlägt. Er kann allerdings auch Strafe bedeuten.«

»Denkst du dir das alles gerade aus?«, fragte Maria.

Jael sah hoch und wirkte aufrichtig verletzt. »Warum sagst du so was?«

»Ich habe nur vor kurzem in der Bibliothek ein Tarotbuch durchgeblättert, und ich weiß noch genau, dass der ›Turm‹ so viel wie göttliche Eingebung bedeutete.«

»Sie haben immer eine ganze Menge Bedeutungen«, sagte Jael kühl. »Tarotkarten sind keine mathematische Formel. Ich interpretiere sie und nutze dabei meine Intuition, um die Interpretationen zu wählen, die diesem Muster entsprechen. Und ich glaube nicht, dass ›göttliche Eingebung‹ etwas mit deiner Geschichte zu tun hat.«

»Mach weiter, ich hab nur Quatsch gemacht. Was ist nun mit meiner Gegenwart?«

»Du zauderst, ein Risiko einzugehen«, fasste Jael zusammen, »denn es erfordert, unkonventionell zu sein und möglicherweise bestraft zu werden.«

»Und die Zukunft.«

»Nun, das hier bezieht sich nur auf die kommenden Monate … Aha, hier ist etwas Pikantes. Die ›Zwei der Kelche‹ – der Anfang einer Beziehung – junge, wilde Liebe.« Sie legte den Kopf in den Nacken und fing an zu lachen. »Und sieh mal, was daneben liegt, die ›Fünf der Stäbe‹ – Heirat oder Verbindung mit einer wohlhabenden oder mächtigen Frau.«

»Was bedeutet die letzte hier?« Maria nahm das ›Rad des Schicksals‹ auf und betrachtete es von allen Seiten.

»Das ist leicht. Die kannst du selbst interpretieren.«

»Kann ich nicht.« Sie warf Jael die Karte in den Schoß.

»Schau dir doch nur die kleinen Menschen an, die am Rand festgebunden sind und wie Kugellager herumgewirbelt werden. Ich wette, denen ist übel.«

»Was bedeutet das – Übelkeit?«

»Es ist eine Wende des Schicksals – etwas Großes, das dir geschieht, und du weißt, dass du dabei keine Wahl hast.«

Maria gähnte. »Die einzige wohlhabende Frau, die ich kenne, ist Yvonnes Mutter, und die ist schon vergeben.«

»Ergibt denn alles andere einen Sinn für dich?«

»Manches«, sagte Maria. Sie strich die zerknitterten Karten glatt. Dann fiel ihr etwas ein. »He, warte mal, hast du die Karten nicht von oben genommen? Dann waren ja die obersten drei und nicht die untersten drei die, die ich für die Vergangenheit ausgesucht hatte.«

»Weiß ich nicht mehr.« Jael baute ein Kartenhaus.

Maria starrte sie an. »Aber das bedeutet ja, dass die Affäre schon vorbei ist und dass ich jetzt in der Phase der Unsicherheit bin. Das heißt, dass mir die ganzen Alpträume und Geheimnisse noch bevorstehen?«

»Das weiß man nie.«

Sie funkelte sie an. »Du willst meine Geschichte rückwärts erzählen.«

Jael stupste eine der untersten Karten an und sah zu, wie das Gebilde zusammenfiel. »Es gibt nicht nur eine Art, eine Geschichte zu erzählen. Du nimmst alle Teile zusammen auf und arrangierst sie so, wie es dir passt. Meine Version ist so gut wie jede andere.« Sie fing an, die Karten zu einer Patience auszulegen.

»Du bist eine Opportunistin, weißt du das?« Maria lehnte sich resigniert ins Sofa zurück. Ihre Augen waren hypnotisiert von dem Feuer, das Zimmer schrumpfte auf die Größe einer schmalen roten Zunge zusammen. Die Kohle brannte gut; Maria überlegte, ob sie daran gedacht hatten, die neuen rauchfreien Briketts über Weihnachten auszuprobieren. Sie wandte sich Jael zu, die reglos dasaß, eine Karte zwischen Daumen und Zeigefinger, und sie anstarrte. Sie holten beide Luft – und verstummten.

»Du zuerst«, sagte Jael.

»Nein, es war nur was wegen der Briketts«, sagte Maria und kicherte, weil es nach einem absurden Gesprächsthema klang. »Nein, im Ernst, es war nichts. Was wolltest du sagen?«

Jael warf die Karten auf den Boden und sagte mit gepresster Stimme: »Ich glaube, es ist Zeit, dir zu sagen …«

»Nein.« Das Wort war schneller als ihr Gehirn.

Leicht gerötet fragte Jael: »Nein was? Hab ich dich was gefragt?«

»Tut mir leid, mein Fehler«, sagte Maria.

»Aber wieso hast du denn nein gesagt?«

»Ich dachte, du würdest mich etwas Bestimmtes fragen«, sagte Maria.

»Nämlich?« Jaels Stimme klang unschuldig. »Was hätte ich denn fragen können?«

»Können wir das Thema nicht fallenlassen?«

»Dafür ist es jetzt zu spät.«

»Gut, dann mach schon«, sagte Maria gereizt. Bitte nicht – bitte lass mich falsch liegen!

Jael ließ sie warten. Sie schenkte sich noch einen Schluck von dem goldfarbenen Whiskey ein. »Was ich sagen wollte«, sagte sie schließlich leise, »ist, dass ich dich will.«

Maria wurde von einer großen Müdigkeit erfasst. Sie hätte sich am liebsten auf das Sofa gelegt und hundert Jahre geschlafen. »Ich dachte mir, dass es das ist«, sagte sie. Dann, als die Stille sich zwischen ihnen verdichtete: »Seit wann?«

»Seit jetzt.« Jaels Augen glühten im Widerschein des Feuers.

Maria wich ihnen aus. Sie ließ den Zorn in sich wachsen. »Zwanzig Stunden – ist das deine Vorstellung von einer angemessenen Übergangsfrist?«

»Ich warte schon eine ganze Weile«, sagte Jael in ihrem sanftesten Ton.

»Das Warten ist es nicht wert«, wandte Maria ein.

Statt zu widersprechen, sagte Jael: »Es ist mir egal, wie es ist. Ich will dich einfach.« Um die Sache noch schlimmer zu machen, rutschte sie zu Maria hinüber und legte den Arm um sie. Erbost stellte Maria fest, dass sie sich wie die schlimmste Hollywood-Heldin in Tränen auflöste, aber sie konnte nichts dagegen tun. Noch nie zuvor hatte ihr jemand so die Hand auf den Nacken gelegt. Mit großen Schluchzern ließ sie sich gegen Jaels warmen Körper sinken.

»Fühlst du dich besser?«, fragte Jael sanft, als das Schluchzen nachgelassen hatte. Sie fuhr mit den Fingern durch Marias flaumiges Haar und zog dabei kleine prickelnde Dschungelpfade.

Es wäre so leicht, dachte Maria, Jael von hier an übernehmen zu lassen. Einige Sekunden lang sann sie über diese Möglichkeit nach und ließ die scharfen Finger ihre Kopfhaut zum Leben erwecken. »Nein«, sagte sie dann, kaum laut genug, um gehört zu werden. Die Finger wurden langsamer. Sie räusperte sich und starrte in die Glut. »Ich wünschte, ich wüsste, was du an mir findest. Du bist der erste Mensch, der mich je so angeschaut hat – als ob es sich lohnen würde, mich anzuschauen.«

Die Finger gruben sich tiefer, nahmen ihren Kopf warm und fest in den Griff. »Ich bin sicher, dass es andere gegeben hat, die dir nicht aufgefallen sind, weil sie weniger direkt und deutlich waren.«

Maria grinste traurig. »Nun, ich bin dir dankbar. Aber die Antwort ist immer noch nein. Du hättest doch wissen sollen, dass es nicht sein kann«, fuhr sie hastig fort und gewann dabei an Überzeugung. »Du weißt, dass ich nicht –«

Jaels Stimme bebte heftig. »Du weißt nicht, was du bist.«

»Sei nicht so herablassend!« Sie befreite sich aus Jaels Griff.

»Maria, ich beobachte dich seit drei Monaten. Du hast dich vor meinen Augen verändert, du bist schon so weit gekommen. Du kannst doch unmöglich Angst haben, von dem Berg herunterzuspringen.«

»Mit Angst hat das nichts zu tun! Du weißt überhaupt nichts. Mir ist es doch völlig egal, ob ich lesbisch bin oder sonst was.« Maria funkelte sie wütend an. »Ich will nur nicht mit dir ins Bett gehen. Es ist nicht der richtige Berg für mich.«

Jael verzog den Mund. »Ich glaube einfach nicht, dass du nichts für mich empfindest.«

»Ich mag dich. Aber ich trau dir nicht weiter, als ich dich werfen könnte. Und das ist nicht weit.«

»Heißt das, dass du mich überhaupt nicht willst?«

Jaels Lippen waren ganz nah, der Klang hallte in ihrem Ohr wider, und der heiße Atem ließ sie erschauern. »Doch, ein bisschen.«

»Welches bisschen?« Die Lippen trafen auf Marias Wangenknochen, dann landeten sie ein wenig tiefer und glitten weiter nach unten. Winzige Härchen richteten sich unter ihrer Berührung auf. Die Lippen hielten inne, direkt neben ihrem Mund.

»Na gut, ziemlich viel, um ehrlich zu sein.« Marias Mund verlangte es danach, sich dem Kuss zuzuwenden. Doch plötzlich wandte sie den Kopf, die Lippen strichen über ihr Ohr und waren weg. »Aber nicht genug«, sagte sie, an den Kaminvorleger gewandt.

Jael richtete sich wieder auf und kreuzte die Beine.

Maria nutzte die Gelegenheit, ein Taschentuch hervorzuholen und sich die Nase zu putzen. Sie hoffte, dass sie dadurch vielleicht auch weniger zum Küssen einlud.

»Du bist hierher zurückgekommen«, bemerkte Jael im Plauderton.

»Nicht wegen dir.«

»Du bist geblieben, nachdem Ruth weg war.«

Maria schob das zusammengefaltete Taschentuch in den Ärmel. »Du hast mir irgendwie leidgetan.«

Sie hatte Jael nicht verletzen wollen, doch als sie hochsah, saß Jael stocksteif da.

»Ich habe dir leidgetan?«

»Weil du sie verloren hast.«

Der harte Blick löste sich in Verwunderung auf. »Aber Ruth ist gegangen, damit wir zusammen sein können.«

»Wie bitte?«

»Sie wollte Platz machen.«

»Platz machen?« Marias Stimme schwoll an. »Du hast eine wundervolle Geliebte gehabt, aber bei dir klingt es, als wäre sie eine Legehenne gewesen.«

»Aber es war doch klar«, erwiderte Jael. »Sie hat mir letzte Nacht gesagt, dass sie dich gefragt hat, ob du bleiben willst, und du hast ja gesagt. Deshalb ist sie gegangen.«

Maria fluchte farbenprächtiger, als Jael je gehört hatte. Dann nahm sie sich wieder zusammen. »Habt ihr zwei denn überhaupt keinen Verstand? Ich habe doch nicht gemeint, dass ich bleiben will, um sie zu ersetzen. Es schadet nichts, wenn du dein verdammtes Geschirr mal eine Zeitlang selber abwäschst. Wie kann sie das denn bloß gedacht haben? Ich habe gemeint, dass ich hier bei euch bleibe, wenn ich euch nicht im Weg bin. Ich bin vielleicht erst siebzehn, aber ich kann verdammt noch mal meine eigenen Entscheidungen treffen. Warum hat sie mich denn nicht gefragt? Warum ist sie denn nicht geblieben?«

Sie legte den Kopf auf die Knie und weinte hemmungslos. Als sie sich nach einer Weile mit nassem Gesicht wieder aufrichtete, hatte Jael sich in den Schaukelstuhl zurückgezogen und betrachtete angelegentlich ihr Whiskeyglas.

»Ich habe mich wie ein Stück Scheiße benommen, stimmt's?«, fragte sie.

Maria nickte.

»Gib dir keine Mühe, mir jetzt zu verzeihen – eines Tages machst du das sowieso. Sag mir, was du jetzt tun willst.«

Ihr Kopf war leer. Sie forschte nach Zeiten, Orten, Namen. Und dann wusste sie plötzlich genau, was zu tun war. »Ich muss zu Ruth.«

»Um ihr all das zu sagen? Glaub mir, sie kommt so oder so nicht zurück.«

»Nein, nicht um ihr das zu sagen. Ich muss nur zu ihr.«

Jael wollte etwas entgegnen. Dann hielt sie inne. Es dämmerte ihr. »Liebe Güte, auf den Gedanken bin ich überhaupt nicht gekommen.«

»Was?« Doch dann wusste Maria die Antwort.

»Jetzt ergibt so manches einen Sinn.«

Sie schauten sich beide verwundert an. »Ja, das stimmt«, sagte Maria, mehr zu sich selbst.

Jael räusperte sich. »Wie kommt's, dass ich das nicht gesehen habe?«

»Ich habe es auch nicht gesehen – bis jetzt.«

Jael brach die Stille. »Sie wird bei ihrer Mutter sein«, sagte sie mechanisch.

»Oh. Dann mache ich mich mal auf den Weg«, sagte Maria langsam.

»Hast du die Adresse?«

Ein abwesendes Nicken.

»Nimm den Bus am Ende der Straße und steig hinter der modernen Brücke aus. Hast du genug Kleingeld? Sie nehmen keine Scheine mehr. Du findest noch etwas Wechselgeld in meiner Jackentasche, hängt an der Tür.«

Maria bewegte sich wie eine Schlafwandlerin. Drei Minuten später war sie eingemummelt, hatte Handschuhe an und die Taschen voller Kleingeld. Die Samtkappe steckte in ihrer Manteltasche. Unschlüssig stand sie am Kaminfeuer. Jael erhob sich, ziemlich wackelig, und hauchte ihr einen Kuss auf die Stirn.

Der Bus kam sofort. Maria wusste, dass das ein Zeichen war. Sie setzte sich auf das leere Oberdeck, in die erste Reihe. Der Bus ruckte an und rollte in schneller Fahrt auf die Vororte zu; es war, als klammere man sich an einem Seeungeheuer fest. Während der Fahrt ließ Maria sich alle Möglichkeiten durch den Kopf gehen.

Sie würde das Haus der Johnsons nicht finden. Sie würde durch die Gegend irren und sich schließlich auf einer Parkbank zusammenrollen und erfrieren und am nächsten Morgen von einem der Gärtner gefunden werden.

Sie würde das Haus finden, aber Mrs. Johnson würde keine Fremde mit so einer Frisur ins Haus lassen, sondern sie mit einem riesigen Rosenkranz durch die Straße peitschen.

Sie würde das Haus finden, aber Ruth wäre nicht da.

Wäre mit dem Bus nach Kerry gefahren oder mit dem Schiff nach Schottland unterwegs oder im Flugzeug nach Lesbos.

Sie würde das Haus finden und Kieselsteine ans Fenster werfen und Ruth wecken, und Ruth würde in einem weißen Nachthemd erscheinen und ihr sagen, hebe dich hinweg von mir, Satansbrut.

Sie würde ... Das Geräusch der Klingel bewahrte sie vor weiteren Möglichkeiten. Der Bus kam zum Halt und ließ drei alte Frauen mit Gehstöcken aussteigen. So weit, so schnell, Maria überlegte, ob sie zwischendurch eingenickt war. Sie war kurz vor ihrer Haltestelle. Sie stand auf und durchquerte schwankte das Oberdeck; jedes Mal, wenn ihr leicht schwindlig wurde, berührte sie mit der Hand die Decke. Als sie über die Schulter schaute, sah sie die Brücke. Sie zog an der ausgefransten Klingelschnur. Die Stufen waren steil und schlingerten, wenn sie den Fuß aufsetzen wollte. Während der letzten Augenblicke der Fahrt stand sie beim Busfahrer und versuchte die Balance zu wahren, ohne die Haltestange zu umfassen.

Er ließ sie an einem Stück weicher Wiese hinter der Haltestelle aussteigen. »Gott segne Sie«, sagte Maria mit ernstem Gesicht. Sie stopfte die Handschuhe in die Taschen und begann an der Grünfläche entlangzulaufen. An der ersten Kreuzung fand sie die richtige Straße – sie hatte es gewusst. Sie zählte die Eingangspforten an den Zäunen, eine nach der anderen, und ließ die tauben Fingerspitzen über die rauen Steinpfeiler gleiten.

Als sie das Haus erreichte, war das Außenlicht an. Und es war Ruth, die die Tür öffnete.

Die englische Originalausgabe erschien 1994
unter dem Titel *Stir-Fry* bei Hamish Hamilton.

Die deutsche Ausgabe erschien erstmals 1996 unter dem Titel
***Zartes Gemüse, scharf gewürzt* beim Econ-Verlag.**

Donoghue, Emma: *Als Maria in Dublin die Liebe fand* / Roman
Aus dem Englischen von Gabriele Weber-Jaric
Überarbeitet von Andrea Krug
ISBN 978-3-95917-011-6

Satz und Gestaltung: Grafikbüro Schadenberg, Berlin
Umschlagfoto: ak berlin
Druck: CPI – Clausen & Bosse, Leck

Klassikerin der »Grande Dame« der lesbischen Literatur

Auch als eBook!

© Catherine Walker

Carolyn Blake führt ein angenehmes Leben im sonnigen Kalifornien. Sie hat einen verantwortungsvollen Job, und ihre Ehe mit Paul ist harmonisch, wenn auch wenig aufregend. Eines Tages kehrt Carolyn früher als gewöhnlich von der Arbeit heim und überrascht eine fremde Frau in ihrem Swimmingpool: Val Hunter, die neue Nachbarin. Carolyn ist fasziniert von der unkonventionellen Malerin und fühlt sich immer mehr zu ihr hingezogen. Paul entgeht dies nicht. Er greift schließlich zu radikalen Maßnahmen, um die beiden Frauen auseinanderzubringen …

Katherine V. Forrest | **Die Fremde im Pool** | 288 Seiten, Paperback
ISBN 978-3-95917-010-9 (Buch) | ISBN 978-3-944576-60-2 (epub)

www.krugschadenberg.de